福妻稼到

下

文創風 225

于隱 著

目錄

第十二章

叔昌的頭越埋越低了。「在爹娘的熱孝期裡，我竟然做出這等豬狗不如的事，遭天打雷劈都不為過！以後你們出去，不要再認我這個三弟了，就當沒有我好了。」

「上回你大哥問你，你不是說你和銀月絕對沒有做什麼不合規矩的事嗎？」櫻娘氣急，在這個古代的落後農村，出了這種事，怕是一輩子都要被人在背後指指點點，何況這還是在公婆的忌年裡啊！

「當時大哥問的時候，我是真的沒碰過銀月。可是……後來我實在太擔心銀月，怕她被她爹打，怕她哪一日真的被甄子查帶走，就偷偷地去見了她一面。她哭得死去活來，說我那麼些日子不見她，還以為我不要她了，還說怕甄家來搶人，若是真的要去甄家，她也要把……把第一次給我，結果我沒控制住就……」叔昌後悔不已。

櫻娘坐在椅子上不吭聲。銀月懷孕了，得讓叔昌趕緊把她娶進來嗎？可是在公婆的忌年裡是不能辦喜事的呀！但若是不娶，銀月的肚子在娘家就大了，以後她還能見人嗎？豈不是要被別人的唾沫給淹死？

發了一陣呆後，櫻娘開口道：「你起來吧，跪著也解決不了事情。等你大哥回來，我再和他商量這件事。」

櫻娘話音一落，伯明就回來了。伯明見叔昌這副模樣，自然要問清楚是怎麼回事。

叔昌又顫巍巍地把這件事說了，伯明氣得五臟欲裂！他的三弟竟然在未成親時就碰了人家姑娘，現在看樣子是得在爹娘的熱孝期裡娶親了，這不是大逆不道又是什麼？

櫻娘從沒見過伯明氣成這樣，見他的臉都蒼白了，正要安慰他，卻聽見一聲「啪」——伯明揚手給了叔昌一個大耳刮子！

可能是伯明用的力氣太大，跪著的叔昌被打得身子往旁邊一歪，臉上立刻浮現出五指印，可叔昌仍不敢吭聲，只是眼淚啪嗒啪嗒地掉。

伯明伸手還想再給他一巴掌，卻被櫻娘攔住了。「好了，你打他幹麼？你打他，銀月肚子裡的孩子就會沒有了嗎？你平時可是很沈得住氣的人，這時候怎麼就動起粗來了？」

伯明氣得頭都發暈了。「櫻娘，我們薛家的臉都被他丟盡了！可這還是小事，妳說出了這種事，叫爹娘在九泉之下如何安心？」

櫻娘見伯明氣得身子都有些不穩，忙安慰道：「你放心，爹娘不會不安心，叔昌都有了自己的孩子，馬上就要成家了，爹娘說不定還會很高興呢。」

伯明雖然覺得櫻娘說得有理，可是自古以來，爹娘逝世必守孝三年，至少得等跨入第三個年頭才得以辦喜事呀。

「櫻娘，妳說說，叔昌可以等到後年五月再娶銀月嗎？」伯明失神地問。

等到後年五月，銀月豈不是未婚生子，這不是要糟蹋死她嗎？她的娘家人怕是也不會同意拖到那個時候的。

櫻娘長嘆一聲。「無論拖不拖，銀月肚子裡的孩子就是在那兒，別人都看得見，左右是瞞不住人的。這個冬天還好，穿的衣裳多，人家瞧不出來，待開了春，除非她不出門，而且也不能讓別人去她家，否則是沒法瞞得住的。」

這時伯明忽然又起了僥倖的念頭。「叔昌，你確定銀月懷孕了？會不會是搞錯了？」

叔昌歪倒在那兒，搖了搖頭，哽咽地說：「應該不會錯的，銀月說她這一個月都沒來紅，還噁心嘔吐，幹活時犯睏得要命。她哭得那麼慘兮兮的，若不是很確定，也就不會那麼害怕了。」

櫻娘與伯明聽了皆不出聲，不知道該怎麼辦才好。

這時叔昌小聲地央求道：「要不我和銀月不辦喜事，也不住在家裡，這樣就衝撞不了爹娘的魂，我和她住到阿婆的那間破屋子——」

他話還未說完，伯明便朝他大吼道：「阿婆是和爹娘同一日去的，而且是被爹娘的事給嚇死的，本就魂魄不安，你還要跑那兒去擾她老人家？」

叔昌被吼得身子一顫，不敢再說什麼了。

櫻娘見叔昌杵在這兒也只會讓伯明生氣，便道：「叔昌你先去南山吧，這時山上快開飯了。銀月都有身子了還得幹活，這可是把她自己也給苦著了。唉，她爹又不肯來替她幹活，而且等她爹知道了這件事，還不知要怎樣鬧呢。」

叔昌也知道心疼銀月，便聽話地起身，低著頭，有些魂不守舍地出了門。

櫻娘扶著伯明坐下，再給他倒了杯水。「事已至此，生氣又有何用？想辦法才是正經。」

伯明唉聲嘆氣道：「能想出什麼辦法？總之這回是要被世人罵個狗血淋頭了。」

招娣和季旺嚇得直呆在一旁不敢出聲，也不敢摻和這件事，更不知道該說什麼，便去廚房做午飯了。

櫻娘坐在那兒琢磨了好一會兒才道：「招娣很有可能在大年初幾就要生了，待她把孩子生了下來，我們就去把銀月接來，不辦喜酒，不吹嗩吶，不打鑼鼓，就是安安靜靜地把她接來就行了，當然，該給的采禮也不能少。至於你說衝撞爹娘的魂，我覺得應該也不至於，爹娘見叔昌過得好，是不會生氣的。」

伯明撐著腦袋，實在頭昏得厲害。「暫且只能這麼打算了，還不知錢秀才同不同意咧。」

櫻娘過來幫他揉腦額。「你也真是的，氣性這麼大，都不像平時沈穩的你了，把自己身子氣壞了豈不是更糟？」

「說來說去，都怪我這個做大哥的無用，若是平時多注意叔昌，多教導他，讓他知道什麼事是一定不能做的，說不定就不會出這種事了。」伯明深深地自責，這時他忽然不怪叔昌了，而是怪自己身為長兄失責。

櫻娘怕伯明心理負擔過重，就儘量把此事往好的方面說。「其實這件事真的沒你想像得那麼見不得人，無論別人怎麼說三道四，這都是別人的事。叔昌和銀月過得好，難道你會不高興嗎？待他們的孩子生出來，你會不喜歡小姪子嗎？你想開了就好了。現在我們應該擔心的是銀月過來後，季旺不可能再和叔昌同住一屋了，那他該住哪兒去？」

這下還真是提醒了伯明，本來是想後年五月再給叔昌訂親，所以還一直未考慮置辦新房的事，更沒想過季旺到時候住在哪兒。

伯明尋思著家裡這幾間屋子。爹娘的屋肯定得留著，因為桌子上設了靈位，還經常放著糕點祭著，他們平時都會進去拜一拜的。

接著他想到與廚房相連的小間房，什麼鋤頭、鍬、犁，還有籮筐、籃子和鹹菜的缸罈之類的雜物都是放在那裡，最重要的是還放了糧食。但伯明覺得季旺也只能住這間了。

「把雜物間的東西分放到各個屋裡吧，到時候讓季旺住進去，那間屋子雖然小了點，也破了點，待他要成親時再找泥匠來修繕一下就行。」

櫻娘見伯明現在似乎沈住了氣，便道：「這不就是了，任何事只要想辦法，總能應付過去的。我們好好過自己的日子，不要管別人怎麼說。」

伯明神色肅穆地道：「明日是臘八，我們給爹娘墳上送臘八粥去，正好明日叔昌也歇息，叫他去向爹娘磕頭賠罪。」

櫻娘點點頭。「嗯，這樣也好，叔昌拜過爹娘後，說不定心理的負擔也能輕些，否則我真擔心他扛不住。」她知道，有時候流言蜚語是會讓人一輩子頹廢不振的。

到了晚上，仲平知道了這件事，真想一腳踹死叔昌，幸好被招娣和櫻娘拉住了。

招娣勸道：「你就別再怪三弟了，三弟這一日已經被罵得夠慘了，還挨了大哥一掌，到現在那紅紅的指印還留在臉上呢。」

仲平氣沖沖地說：「我要是大哥，就不只是打他一巴掌，還得打斷他的腿！」

「好了好了，你別再說了。」招娣見叔昌連晚飯都不敢吃了，就一直勸著仲平，總算把他勸住了。叔昌最終在櫻娘與招娣的安撫下，才敢過來吃飯。

次日，一家人吃了較道地的臘八粥，也去墳上拜了爹娘，叔昌不停地磕頭，又哭著賠罪，足足耗了一個時辰，心裡才算輕快些。

眼見著到了年關，家裡開始準備年貨，伯明和櫻娘也在商量著該找哪位媒人去錢家提親，還要找人對生辰八字，看哪一日適宜將銀月接過來。

他們盼著叔昌迎娶銀月這件事能順順利利，別被錢秀才為難，也盼著招娣生孩子能順順利利，因為再過幾日，招娣應該就要生了。

這幾日，伯明已經託了一位媒人去錢家說親，但不巧錢秀才有事外出不在家，銀月她娘也作不了主。

其實銀月她娘到現在還不知情，只覺得甄家不要她閨女當小妾了，那麼嫁到薛家也行。所以她向媒人表示，她應下了這門親，待銀月她爹回來，就可以定日子了。

媒人這麼來傳話，這讓伯明一家放心不少。

這一日，已是除夕夜，在吃年夜飯之前，伯明先帶著三個弟弟去祠堂拜祖先。整個薛家村的男丁都去祠堂了，無論老小，一個不落。

伯明不愛出風頭，所以放的炮竹是最普通的，端過去的祭盆也絲毫不起眼。為了不讓村裡人知道叔昌的事，他不允許家裡任何一人將此事說出去。幸好村裡沒人知道，否則在祠堂裡，叔昌估計就要被大家唾罵死，或許還會遭打！

而且本來就有許多人家嫉妒他家日子過得好，若知道此事，怕是會故意鬧大，說叔昌辱沒祖先。要是這樣，今後叔昌真的沒法做人了。

從祠堂回來後，一家人圍桌吃年夜飯。雖然過年大家都很開心，桌上擺放著十幾盤好菜，可是因為叔昌的事，他們總擔心會出什麼亂子，心裡還是有些壓抑放不開。

叔昌自己則更難受，這些日子以來，他都沒笑過一次，總是低著頭，因為他覺得自己實在抬不起頭來。

大年初一，一家子男丁忙著去拜年；從大年初二開始，他們就要去拜訪親戚了。

因為招娣快生了，雖然仲平也在家守著，但他是一個男人，不懂女人生孩子的事，櫻娘怕他遇事太慌張不會處理，所以她自己只是回了一趟娘家，便留在家裡與仲平一起守著招娣，交由伯明帶著弟弟們去親戚家拜訪。

就在大年初五這一日，伯明、叔昌與季旺去了姑姑家，招娣大清早就說肚子有些疼，櫻娘立即跑去鄰村跟穩婆打了聲招呼，希望穩婆這兩日不要出遠門。

櫻娘才到家，見招娣躺在炕上疼得不行，一陣疼過一陣，櫻娘又趕緊再去鄰村，把穩婆給請來了。

仲平可沒見過女人生孩子，見招娣疼成這樣，他嚇壞了，完全不知所措。待聽見穩婆和櫻娘在屋裡喊著叫招娣使勁時，他的心臟突突直跳，他默默地向老天爺拜了拜，求老天爺讓招娣母子平安。

沒等太久，他便聽見屋裡傳出嬰孩的哭聲，他似乎還反應不過來。自己這是當爹了，他怎覺得一點兒也不真實呢？

孩子的哭聲還挺響亮的，他推門進來時，見大嫂正抱著孩子瞧呢。

櫻娘見他進屋了，忙道：「仲平，你快過來瞧瞧你的小千金，長得像你呢！」

仲平不會看孩子到底長得像誰，就是覺得自己的孩子好看。

他小心翼翼地從櫻娘手裡接過襁褓，仔細瞅著，瞅了許久，他才抱著孩子坐在炕邊，讓招娣也瞧瞧。

招娣滿臉微笑，看著從自己肚子裡出來的孩子，感覺自己做了一件十分了不起的事。

招娣生孩子這麼辛苦，仲平也不會說什麼好聽話，只是給了招娣一個褒獎的笑容，之後他又緊盯著自己的閨女瞧。

這時穩婆過來教他怎麼抱，她見多了不會抱孩子又粗手粗腳的大男人，這麼小的嬰孩脖子還沒長穩，腦袋會晃蕩，沒抱好可是會傷著孩子的。

別看仲平是個幹粗活的漢子，平時也不怎麼細心，但是對於自己的孩子可知道心疼呢！學會了怎麼抱孩子後，他就一直抱著不肯撒手，招娣才抱著看了一會兒，他就又接了過來，要招娣趕緊躺下歇息，不要管孩子的事。

櫻娘付了錢給穩婆，穩婆為招娣弄淨了血水就走了。櫻娘趕忙去廚房給招娣熬紅糖補血，再為她煮些麵條。

招娣的月子肯定是由櫻娘來照顧，無非就是做飯、洗尿布、看孩子。

櫻娘端著紅糖水過來時，招娣有些愧疚。

「大嫂，我坐月子看來是要累著妳了。」

「這點事不算累，到時候我生孩子坐月子，不也是由妳來照顧我嗎？」櫻娘吹了吹紅糖水，讓招娣趕緊喝。

招娣尋思著也是，沒有婆婆，她們妯娌就只能互相照顧了。

待伯明他們回來時，見家裡多出一位小千金，整個院子裡都熱鬧了起來。

這時伯明從仲平手裡接過孩子抱著，他是越看越喜歡，都忍不住想親她了。「櫻娘，我可以親親她嗎？」

櫻娘知道伯明喜歡小孩子，見他那樣，忍不住想笑。「這個我可不敢作主，你問孩子的爹娘吧。」

「這還需要問？想親就親唄。」仲平嘻嘻笑著。

伯明才親過孩子的臉蛋，季旺就跑過來也要親，叔昌其實也想過去的，可是大哥最近對他總是沈著臉，他也不好意思湊上前。想到他自己也快當爹了，那種感覺說不上來，若是被人接受就是喜事，若是不被世人接受，怕是只會帶來煩惱。

櫻娘熬了高粱米湯來餵孩子，又讓伯明去鎮上買鯽魚給招娣發奶。

當伯明買了魚回家時，上次託的那位媒人正好來了，說錢秀才不同意，至於為什麼她也不清楚，只說讓伯明帶著叔昌去他家一趟。

伯明只好帶著叔昌去了，一進錢家大門就聽見銀月在哭。

「爹，我現在生是薛家的人，死是薛家的鬼，你不讓我嫁到薛家，我就只能去死！」

「這世上的男人是死絕了還是怎麼的？難道只剩薛家有男人了？」錢秀才氣得直跳腳，見伯明與叔昌過來了，他吹鬍子瞪眼地質問。「誰允許你們私自拿我閨女的生辰去配八字了？甄家不要她，難不成就非得嫁到你們薛家？我何時同意把銀月下嫁到你家了？」

伯明聽他說是下嫁，頓時火冒三丈。「那好吧，愛嫁不嫁隨你！」原本想甩袖就走，見叔昌苦著臉，只好停下了腳步。

錢秀才見伯明竟然這麼說話，氣得想揍伯明，他手指著伯明的腦門。「我要是把閨女嫁給了你們薛家，我就不姓錢！」

銀月見她爹與伯明鬧翻，哭得更大聲了。「爹，你怎能不姓錢？我肚子裡都有叔昌的孩子了，哪怕你不姓錢，我的孩子也是要姓薛的。」

錢秀才聽得兩眼圓睜，怔了一會兒，他隨手掄起牆角的鋤頭就要敲叔昌的腦袋。「你們薛家竟然出這種畜生！還真當我錢家這麼好欺負嗎？我今日就打死你這個——」

銀月跑過來攔住她爹。「你把他打死了，我和孩子怎麼辦？」

錢秀才氣得甩了銀月一巴掌，若不是叔昌及時扶住銀月，銀月就要摔到地上去了。

錢秀才回屋摔酒瓶、砸椅子，銀月她娘聽見閨女說肚子裡有孩子了，連忙來勸錢秀才。「你還堅持什麼呀！你再不同意，人家扭頭說不要你家閨女了，銀月這一輩子可怎麼辦？」

錢秀才當然知道這個理，隨後他把伯明叫進去了，說讓他家拿一萬文錢過來。

「我家真的沒有那麼多錢。」伯明實話實說。

錢秀才像賣閨女似的，跟伯明討價還價到五千。

伯明想到還得花錢給叔昌置辦新桌椅、櫥櫃等家具，不可能把家裡的錢全花在娶銀月，就坦白地說：「一般人家娶媳婦給一千五百文錢就足矣，我們拿兩千文應該不算少了。」他心想，若為此事花多了錢，仲平肯定會怪他心軟，說他任由錢家索要。

最後，在銀月她娘的勸說下，錢秀才終於妥協了。

不過當伯明說不能辦喜酒，也不能請迎親隊，不能打鑼鼓、吹嗩吶時，錢秀才簡直氣到要吐血了。但吐血歸吐血，他也認了，誰叫他家閨女這麼不爭氣，不知道為自己守身呢？

錢秀才過年前之所以外出，本來就是為了銀月的事，雖然甄家不要銀月了，可是縣裡有一位大地主家想納小妾，他都跟人家談好采禮錢了，人家願意出十萬文錢呢。

十萬文錢就這麼沒了不說，他認為銀月要是嫁到地主家，那可是要享一輩子福的！如今事情變成這樣，他怎能不憋氣？

所謂好事不出門，壞事傳千里。銀月還未嫁人就有了身孕的事，不知怎的就被外人知道了，而且不僅錢家村的人知道了，連薛家村的人也知道了！

都說沒有不透風的牆，紙包不住火，或許就是應了這些話，叔昌與銀月的事已傳得沸沸揚揚。

正月二十，叔昌來錢家迎娶銀月，本來是椿喜事，可是因為不能打鑼鼓、吹嗩吶，也不能穿大紅喜服，這親迎得很壓抑。

本來這已經讓銀月覺得很憋屈，沒想到叔昌帶著她才一出門，便被錢家村的村民們圍觀，竟然還有小孩子往她身上扔石頭，罵道：「銀月不要臉，是個大破鞋！」

叔昌護著她到了大路上，才逃過了那群不懂事的小孩子。

銀月這下哭開了。「叔昌，我到底錯在哪兒了？我不想給人家當小，只想做正妻，想和你在一起，又沒有去害人，為什麼那些人這麼對待我？竟然還教小孩子使壞。」

叔昌安慰她。「不是妳的錯，這都怪我，是我不該……」

「這也不能怪你，是我心甘情願的，當時我怕被送去給甄家當小妾，不想自己的身子被臭男人褻瀆，所以我才想要給你的，哪怕不能永遠和你在一起，我也要把第一次交給我中意的人。若不是這樣，我爹又要把我送到縣裡一位地主家當小妾了……」銀月一路都在哭，她平時對流言蜚語毫不在意，只要自己過得開心就好，可是這回她真有些扛不住了，剛才那些小孩子朝她扔石頭，還把她頭上砸出好幾個大包。

她和叔昌才進薛家村，又被薛家村的人圍著看，這回不是小孩子扔石頭了，而是婦人潑髒水，潑到銀月的身上時，還故意說道：「喲，我沒瞧見，真是不好意思。妳不是錢家村的姑娘，怎麼到薛家村來了？不會是偷偷摸摸地嫁人吧？」

銀月的臉被潑花了，身上也被淋到濕透，在這個大冷天裡，銀月都顧不上冷了，只是一個勁兒地哭。叔昌一直護著她，結果他也被潑個全身濕。

他們倆來到自家的院子裡，家裡也不能為他們放炮竹，只好在一家人的注目禮下走進他們的屋子。

先前家裡為他們倆置辦了幾身新衣裳，他們進屋換上乾淨的衣裳後，就摟在一塊兒哭。

銀月以前一直是個性子潑辣的姑娘，從來沒遇過這種事，想到自己被人這樣辱罵，她根本受不住。直到吃晚飯時，叔昌為她端來了飯菜，她也吃不下，依然伏在炕上哭個不停。

櫻娘這時正在給坐月子的招娣熬骨頭湯，聽見銀月不停地哭，覺得一直這樣下去也不是辦法，銀月自己也是有身子的人，哭壞了豈不是連累肚子裡的孩子？再想到招娣還在坐月子，銀月這麼哭下去，招娣和孩子根本沒法好好睡覺。

櫻娘把骨頭湯端去給招娣後，就去了叔昌的屋子，此時叔昌正在勸銀月吃東西。

銀月見櫻娘來了，仍然沒能止住哭，櫻娘為了讓她轉移注意力，問道：「銀月，妳喜歡這個新衣櫥嗎？這可是木匠師傅新做的。還有這張桌子，妳瞧，這邊上還刻著花紋呢。」

銀月瞧了一眼，絲毫不感興趣。「大嫂，妳說我這樣以後怎麼出門？他們不是扔石頭就是潑髒水，我還不如死了算了！」

「妳淨說胡話，什麼死不死的，妳肚子裡還有孩子，妳忍心他還沒出世就跟著妳去死？他們也不可能整日扔石頭、潑髒水。這些日子妳別出門，等過了一陣子，大家消停了，就沒人會再揪著妳不放了。」

銀月聽櫻娘這麼安慰幾句，果然舒服多了，終於肯吃飯。櫻娘見他們這一日被折騰得夠慘，就叫他們早些歇息。

可想不到次日早上，銀月居然起不了炕了。

近些日子她哭得多，身子虛弱許多，加上妊娠反應，昨日還被人潑髒水受了凍，這下竟發起高燒來。

叔昌請郎中來為銀月看病時，郎中還很不樂意，最後還是叔昌說願意出雙倍的錢，他才勉強來了。結果一搭脈，說銀月這是得了風寒。

接下來半個月裡，家裡真是夠忙了！招娣和孩子需要人照顧，銀月病了也需要人照顧。櫻娘最近洗尿片，手都被水給凍裂了，還得幫著看孩子。

因為已經開春了，伯明要去田裡耕作，仲平和季旺則去南山挖水庫。水庫挖得差不多了，再過一個月就要到村前挖小河了。

叔昌這些日子則在家照顧銀月，為她熬藥。因為怕傷及肚子裡的孩子，郎中開的藥方子都是極溫和的，所以病去得也很慢，折騰了半個多月，銀月瘦了一圈，但總算挺了過來。

銀月因為生病沒有去娘家回門，只有叔昌帶著禮一個人去了。不過其實銀月就算起得來也不敢去，就怕這一路上又要遭罪。

而招娣終於出月子了，可以下炕為自己的孩子洗衣裳，也可以做飯了。

這一日銀月也好些了，來到院子的牆根下曬太陽，她見招娣手腕上戴著一只極好看的銀鐲子——這是仲平昨日為招娣買回來的，因為招娣過生辰，也因為她終於坐滿月子，仲平一高興就去買了，何況這是大嫂先前就囑咐他的。

銀月心裡很不舒服，她這回嫁人嫁得夠丟臉的，被外人欺負也就算了，就連兄嫂們對她也不貼心！說什麼家裡沒那麼多錢娶親，現在卻有錢買銀鐲子——

當她看見櫻娘手腕上也戴著一只銀鐲子時，她心理就更不平衡了。

家裡有錢，不捨得花在娶親上也就算了，誰叫她做了丟臉的事呢，可是作為薛家的媳婦，大嫂和二嫂都有銀鐲子，怎麼偏偏她沒有？

若按她以前的性子，肯定會當面問大嫂的。只是自從出這種事後，她的性子也被磨得軟了些，便不敢直接問了。

中午叔昌跟著伯明從田裡回來時，她在自己屋裡小聲地問叔昌。「為什麼大嫂和二嫂都有銀鐲子，就我沒有？我嫁到你家來，大嫂怎麼一件首飾都沒為我準備？」

叔昌解釋道：「大嫂和二嫂成親時也都沒有首飾的，我們成親有新桌椅、有衣櫥，可算是大哥大嫂用心了。而且大嫂和二嫂都是過生辰時才買銀鐲子的，不是成親的時候買的。」

銀月聽了知道是自己誤會了，便不好再說這個。突然，她又想起來。「正好過幾日就是我十五歲的生辰，你跟大嫂說一說吧，她知道以後，肯定也會給我買的。」

叔昌為難道：「刻意說這個不好吧？」

銀月覺得也是，刻意去提似乎別有用心。「可是，上回不是請人配過八字嗎？家裡人知道我的生辰，大嫂應該會記得這事，我們只要等著就行了。」

叔昌連忙說道：「若是大嫂忘記了，妳可不許生氣。」

「我不生氣，我只會暗中提醒一下。」銀月一邊說一邊擺弄著自己的頭髮。「叔昌，你明日去給我買個髮簪吧，我的那支剛才不小心弄斷了。你買一支像大嫂頭上戴的那種樣式就行，瞧上去挺好看的。」

叔昌支支吾吾道：「這幾月我攢下來的零花錢，都用來給妳買藥了，身上……沒錢了。」

「蛤？我們成親，大哥大嫂沒給你一筆錢嗎？我們也算是一個小家了，身上沒有一文錢怎麼過日子？」銀月覺得這簡直不可思議，莫非買個幾文錢的東西，都得伸手問大哥大嫂要錢？

「銀月，妳別急，二哥和二嫂以前身上也是沒錢的，是年前大嫂才給了他們一些。我們剛成親，大嫂肯定還沒想到這事，遲早會給的。」

銀月手裡拿著那支斷髮簪。「可是我總不能就這麼散著頭髮吧？唉，我爹也真是的，竟然一文壓箱錢都沒給。」

叔昌見銀月嘆氣，也不知道該怎麼辦才好。

銀月只好自己找根繩子把頭髮綁住，再拿那支斷髮簪勉強把頭髮給固定好。

到了晚上，一家人都圍在桌前吃飯，這是銀月第一次和大家一起吃飯，因為之前她生著病，都是坐在炕上吃的。

銀月見家裡的飯菜也不錯，應該不缺錢，就小聲地說：「大嫂，我髮簪斷了，想買支新的。」

櫻娘和伯明猛一抬頭，這才想起沒給他們一文錢，以至於銀月連買支髮簪都得開口問。

櫻娘忙道：「等會兒我給你們一百文錢，你們留著零花吧。」

銀月笑咪咪地點頭。「謝謝大嫂。」

吃著吃著，她又想起自己的生辰來，再看著大嫂和二嫂手腕上那明晃晃的銀鐲子，她確實眼熱得很。「大嫂，再過兩日我就滿十五歲了，其實我比妳和二嫂沒小多少呢。」

櫻娘應道：「也是，我比妳二嫂大三個多月，妳二嫂比妳大一歲又幾日，我們三人確實沒相差多少。」

這時櫻娘和招娣都看見銀月盯著她們的銀鐲子瞧，其實也明白了銀月的意思。櫻娘正準備讓叔昌也給她買一個時，仲平突然冷臉道：「想要什麼直接說，別拐彎抹角的。」

仲平就是這樣直性子的人，他最討厭別人話中有話。銀月聽仲平這麼一說，頓時臉色赤紅，也覺得委屈。

「二哥，你可別把話說得這麼難聽。外人這麼對我也就算了，可你是自家人，為什麼對我也這麼刻薄？」她說著眼淚直掉。「這些日子我病著，除了大嫂，你們誰都沒有來噓寒問暖一下，好像我不是這家子人似的……我髮簪斷了，想買一支難道也不行嗎？我也是薛家的兒媳婦，我生辰也要到了，你們知道我的生辰卻沒人記著，大嫂和二嫂都有銀鐲子，偏偏我沒有，這不是把我當外人看嗎？」

仲平把碗往桌上用力一放。「家裡為妳的事操碎了心，妳還說什麼風涼話！若是沒把妳當薛家兒媳婦，那妳現在吃的是哪家的飯？」

伯明剛才一直沒出聲，這時他眉頭一皺，慍惱道：「夠了，你們都別說了！一家人吃飯還吵架，像什麼樣子！」

櫻娘忙道：「大家都好好吃飯吧，銀月，待會兒我就給你們買銀鐲子的錢。這幾日我是忙忘了，妳別放在心上。」

銀月臉上仍然掛著淚珠。「大嫂，其實我真的不是非要什麼銀鐲子的，我只是覺得……你們好像都不喜歡我。雖然我未成親就有了孩子，可這也是薛家的骨肉，我遭了這麼多罪，難道你們也會因為這個而看不起我嗎？」

「不是，妳想多了。」櫻娘安慰她。「妳才來沒多久，大家與妳還不熟悉。」

這時仲平又叫嚷道：「全家人一出門就被人指指點點，這氣都受夠了，難不成家裡人還要把妳當成菩薩供著？」

伯明吼道：「仲平，你別再說了！」招娣也在桌底下直踩仲平的腳，不讓他說下去。

這時季旺也發起牢騷來。「三嫂，妳知不知道，最近後面的浩子家要我們拆牛棚，說我們家風水不好，屋子一直擋在他們家前面就算了，牛棚竟然也擋著，非要大哥拆掉。還有前面的李子家，要我們拆前面的豬欄，說我們家晦氣重。還有茅房——」

伯明瞪著季旺。「吃飯就吃飯，哪來那麼多話？」

其實這些事叔昌都知道，只是怕銀月聽了心裡又難受，才沒有告訴她。

櫻娘和伯明最近因為這些事情傷透了腦筋，哪裡還記得給錢和買什麼銀鐲子呀。

叔昌心中有愧。「我知道我和銀月給家裡帶來了一堆麻煩事，我想我和銀月還是搬出去住吧，只要我們倆出去了，牛棚、豬欄、茅房都不用拆了。」

銀月驚恐地看著叔昌。搬出去住？能搬到哪兒去？

櫻娘和伯明這兩日腦子裡也偶爾會想起「分家」二字，仲平和老三小倆口完全過不到一塊兒，肯定會經常吵架，而銀月的脾性似乎和大家也不好相處。

這時聽叔昌這麼說，他們倆也沒有馬上反對，可是想到叔昌和銀月畢竟也是自家人，讓他們單獨出去住似乎有些不近人情，所以躊躇不定。

「啪！啪！啪……」就在這時，院子裡傳來聲響。

大家慌忙跑出去看，只見院子裡被人扔進牛糞，還有些砸到搖床的邊上，招娣趕緊抱起孩子，幸好沒砸到小暖身上。

「小暖」是仲平給孩子取的小名，因為有炕頭睡，孩子過了一個暖冬，所以他就取了這個名字。

伯明和仲平再跑到院子外面瞧，只見院牆上也被扔了不少牛糞，髒得噁心，可是扔的人早已跑得沒影了，也不知是哪個混蛋幹的缺德事。

仲平冷著臉道：「我們家這日子沒法過了！」

叔昌這回是下定決心要搬出去了。「大哥、大嫂，你們別再猶豫了，我和銀月不搬也不行，可別讓人傷到小暖。」

伯明小聲問了下櫻娘，見櫻娘點頭了，伯明便道：「好吧，這飯是沒法吃下去了，大家先把院子和院牆收拾乾淨，然後都去堂屋，說分家的事。」

伯明想著，既然叔昌要出去住，乾脆直接分家，否則家裡的錢就是一筆糊塗帳！不分個清楚明白，到時候又會鬧矛盾。

櫻娘心裡也是這麼想的，自然同意伯明說分家的事。

銀月呆立在那兒發怔。她和叔昌還能去哪兒住呀？她捨不得暖暖的炕頭呀！

她默默地回了自己的屋，整個人都恍恍惚惚的。她以為嫁給叔昌後，可以歡歡喜喜地過自己的小日子，可是現在看來，一切都糟透了。

收拾乾淨後，一家人坐在堂屋裡，櫻娘把家裡所有的錢都拿了出來。伯明拿著毛筆在草本上寫著字，然後說：「先分錢，再分地和糧食，都是分成四份。因為季旺還沒成親，要跟著我和櫻娘一起過，所以他這份就先分到我和櫻娘的名下，待他成家了，我們再分給他。」

當時給錢家采禮錢時，是給了一兩多碎銀子加幾百文銅錢，加上最近家裡花銷大，現在只剩下四兩銀子和兩千文錢。

伯明先拿出八百文給了叔昌，算是給他們的零花錢和買銀鐲子的錢，剩下的正好分成四份，每家分到了一兩碎銀子和三百文錢。季旺的這一份雖然分在櫻娘和伯明的名下，但是他們也會攢著，留著以後給季旺娶親用。

然後再分那十幾畝地和糧食，也是平均地分成四份，連黃豆種子和幾罈鹹菜、油鹽全都分了，至於家裡的豬和牛也先說好，待豬賣了錢之後再分，牛仍然是大家共用。

本來兄弟四人平時就很和睦，這樣分家也沒有哪個人說一句不好。銀月見所有的東西都分得很平均，而且還有額外的零花錢和買銀鐲子的錢，她自然也挑不出什麼來。

現在一家人愁的是叔昌和銀月到底住哪兒去好？伯明尋思了良久後說：「你們要麼搭木棚住，要麼住阿婆那兩間屋子。本來我是不希望你們去打擾阿婆的，可是如今也沒有其他的辦法了。」

叔昌低頭思慮著。「我們還是住阿婆那兒吧，銀月近來身子很弱，這時天氣還冷得很，我怕她住木棚會扛不住。」

櫻娘聽了也覺得應該如此。「我和伯明這就去阿婆屋子那兒收拾一下，你們回屋收拾自己的東西吧。」

銀月跟著叔昌回屋時，有些害怕地說：「那是阿婆以前住的屋子，現在她已經去世了，住進那樣的屋子，我害怕。」

叔昌摟著她的肩頭，哄道：「別怕，有我呢。我們不能住木棚，那樣更會遭人欺負，何況到了颳風下雨時，木棚裡根本待不住。我們搬進阿婆的屋子後，就一起去山上祭拜她，沒事的。」

銀月仍然有些害怕，可是她確實也不想搭木棚住。「我……還捨不得這裡的暖炕頭。」

「如今已經開春了，天冷不了多久的，到了年底，我們也起炕頭，幾百文錢就夠了。趕緊收拾東西吧，在這裡多待一陣，說不定就給家裡多惹出什麼麻煩來。」

銀月憋屈地跟著叔昌一起收拾，一邊收拾一邊抹淚，轉念她又想到自己能和叔昌過只有兩個人的日子，以後也不必再問大嫂要錢，想怎麼過就怎麼過，誰也管不了，想來也很自在，便不再流淚，趕緊收拾。

櫻娘和伯明將阿婆的屋子收拾乾淨後，仲平和季旺也來幫著叔昌抬桌椅和衣櫥。

到了阿婆的屋子時，銀月被眼前的破屋爛房給嚇住了，好在櫻娘和伯明剛才收拾了一番，破是破，至少乾淨。

雖然是搬家，但並沒有放炮竹，畢竟不是光彩的事，放炮竹只會引起村民們的反感。

他們沒有多少東西，一會兒就搬完了，銀月坐在鋪好的冷木床上，緊張地看著屋子裡。

「叔昌，我們這就去拜阿婆吧，我怕。」

叔昌只好帶著她先去以前的家盛上一碗飯菜，再拿一疊紙錢和幾炷香，帶著銀月去山上。

此時，櫻娘坐在院子裡織線衣，招娣手裡抱著孩子，兩人久久未說話，只是不約而同地嘆氣。

招娣見櫻娘手裡飛快地織線衣，想到自己因帶孩子耽誤了不少活兒。現在已經分了家，櫻娘剛才還跟她說，到時候頭花和線衣賣的錢也是要平均分的，這讓她頗為過意不去，既然分了家，肯定是要按做的多少來分才對。

「大嫂，若是平均分，豈不是妳和大哥吃虧了？這要是讓銀月知道了，她心中肯定會不平衡的，她雖然分得了一些絹綢料和線料，可她不會做呀。」

櫻娘抬頭瞧了瞧招娣抱著的小暖，朝她笑了笑後對招娣說：「妳現在要帶孩子，若按誰做的多少來分，妳豈不是分不到幾個錢？雖然我們是分家了，但到底還是一家人，你們還要養孩子呢，光靠仲平種田攢不了幾個錢的。仲平挖水庫的日子可比伯明多，伯明說從明日起，他要和仲平輪流換著來，畢竟你們家也是要種田的。至於銀月，這幾日我得了空就去她家，教她做頭花和織線衣，她現在根本不敢出門，再不在家裡幹些活，就怕憋出病來。」

「是啊，只要她學會了，好歹也能掙些錢。雖然家裡現在不用拆牛棚、豬欄和茅房了，但是我心裡還是有些不踏實。不知他們倆搬到那裡後，會不會有人扔髒東西？」招娣是真心替他們憂愁。

櫻娘嘆了口氣。「肯定避免不了的，等過一段時日就好了。也沒有誰有那個精力天天去對付他們，什麼事都是鬧過一陣就完事的，只是他們可能一輩子都要背著這個壞名聲了，除非搬到沒有人認識他們的地方去。」

招娣突然感覺大腿上一陣濕意，低頭一瞧。「哎喲，小暖又尿了。」

她給孩子換上乾淨的褲子後，就在井邊打水洗一洗。小暖在搖床裡哭，不肯乖乖躺著，櫻娘放下針線來抱她。

招娣邊洗邊說：「大嫂，家裡有了小暖後，可是耽誤不少活兒。」

「妳也真是，是幹活掙錢重要，還是我們的小暖重要？」櫻娘抱著小暖親了親。「喲，小千金，妳才一個多月就重了不少呢！別看妳娘瘦，奶水還挺好，把妳養得白白胖胖的。」

招娣笑道：「還不是因為妳頓頓給我做好吃的，不是魚就是骨頭湯的，奶水能不好嗎？」

櫻娘細瞧著小暖，再想到伯明喜歡孩子的那模樣，不知怎的，她忽然也想要個孩子了，覺得有個孩子，她和伯明才算是有個完整的家。

平時瞧著仲平和招娣一起哄著孩子，她還隱約有些羨慕呢！不過，伯明的身子，也不知何時能讓她懷上……

她心裡默默尋思著，慢慢等吧，總有一日他們會有自己的孩子。

第十三章

到了晚上，各家做各家的飯。

吃飯時，櫻娘看著眼前的伯明與季旺，覺得冷清得有些不自在，伯明與季旺也覺得彆扭，平時大家都習慣了一家子圍在一起吃飯，這時還真有些適應不過來。

伯明吃著吃著，覺得有一件事需要鄭重地對季旺說一說。

「季旺，再過個一、兩年，大哥和大嫂肯定會為你說一門好親，哪怕有喜歡的姑娘也別放在心上，到時候告訴我，我替你去提親，絕不能私下來往！你三哥現在的處境就是教訓，你一定要記住，千萬別像他那樣。」

季旺剛才一直低著頭扒飯吃，聽大哥這麼說，他不禁有些臉紅。「我還是小孩子，才不想那麼早娶親，我也不會去隨意喜歡哪個姑娘，等年紀到了，一切聽大哥大嫂安排就是了。」

伯明聽季旺這麼說，放心不少。「話是這麼說，但也沒說不許你喜歡中意的姑娘，只是無論如何，你一定要告訴我和你大嫂，記住了嗎？」

季旺很乖地點頭。「嗯，我記住了。」

而招娣和仲平那邊今日是在小灶上做飯的，兩人也不太習慣。

不過兄弟妯娌們不可能一輩子都在一起，想來慢慢也就會習慣了，只是像現在這樣多浪費一些柴火而已。

兩人吃著飯，仲平邊吃邊說：「招娣，以後吃飯炒兩個菜就行。妳瞧，這四盤菜我們倆根本吃不完，留到明日早上吃味道不好，倒掉又很可惜，我們要節儉地過日子。」

招娣有些不好意思。「剛才炒菜時我忘了現在只有我們兩個人吃飯，所以就炒多了點。」

仲平聽了忍不住一笑。「妳也真是的，今日才剛分家，忙了半個下午，妳竟然給忘了。」

吃完飯後，季旺又搬到了他以前住的屋，也就是叔昌和銀月那間，接著大家就把上回搬到各個屋裡的那些雜物又搬回了雜物間。

忙完了這些，仲平帶著小暖，招娣和櫻娘則坐在一起織線衣。

「大嫂，這些線料都差不多織完了，一共織了十件線衣呢，頭花也都做好了，現在只剩銀月那兒有一些料子。過些日子妳是不是要再和大哥去趟烏州？」

櫻娘點頭道：「明日我去教一教銀月，幫著將她那些料做好了，我和伯明就去烏州。」

次日上午，櫻娘來找銀月。

因為這裡沒有院子，就兩間矮屋，所以一早叔昌就從昨日分的柴火裡抽出粗棍子，繞著屋前插起來，算是弄了一個籬笆。
銀月坐在牆根下曬太陽，手裡還拿著剪刀剪綢布，夫妻倆遠遠就瞧見櫻娘來了，齊聲叫著大嫂。
櫻娘微微笑著，走過來問：「銀月，妳剪這些綢布是做頭花嗎？妳已經會做了？」
銀月搖頭。「我是見這綢布好看，想做一身衣裳。」
「銀月，過幾日我就要去烏州了，我先教妳做頭花和織線衣怎麼樣？我也幫妳做一做，好早些做完去換錢回來。」
銀月紅著臉點頭，把剪刀交給櫻娘，看櫻娘怎麼做頭花。
銀月倒也是聰慧得很，學起來很快，有櫻娘幫著她一起做，一會兒就做出好幾朵來。
櫻娘見她已學會做頭花，就叫她去屋裡拿出線料，開始教她織線衣。這個比較難，銀月學得很慢，這一上午只學會了簡單的平針。
叔昌將籬笆插好後就去了鎮上，因為他要給銀月買髮簪和銀鐲子。
下午櫻娘再來到他們家時，見銀月頭上已經插上了髮簪，手腕上也戴了銀鐲子，櫻娘心裡忍不住笑道，這小倆口的心還真急。
銀月見櫻娘這麼幫她，心裡很高興，覺得之前她認為大嫂沒有把她當作一家人是自己誤會了，所以現在她學起來也格外認真。
有櫻娘的幫忙，過幾日銀月就把頭花和線衣都做好了，櫻娘和伯明便帶著東西，出發前往烏州。

到了烏州，這回櫻娘和伯明選擇住在客棧裡，不再去姚姑姑家打擾。

姚姑姑見他們花錢住客棧，還埋怨了好幾句，說都是老相識了，還這麼客氣幹麼？

櫻娘當然知道姚姑姑的心意，可這是李家，他們是不好意思打擾的。

當櫻娘把那些線衣拿出來給姚姑姑瞧，姚姑姑拿在手裡細摸著，讚賞不已，直誇櫻娘的手藝越來越好。

姚姑姑拿著線衣去找她的那些姊妹們，果然如姚姑姑所料，她們都非常喜歡，個個都說要買，價錢也好商量。姚姑姑說了個合適的價，三百文錢一件，其實這個價錢確實公道，畢竟這活兒費時費力，這麼十件線衣可是織了兩、三個月才織成的，手藝也相當不錯。

結果她們竟然覺得這個價格挺便宜的，一人要買三、四件，備好的貨還不夠賣！姚姑姑便徵詢了她們的意見，問這種線衣好不好賣，她們都說肯定好賣，賣不掉她們就全包了。

之後姚姑姑還帶著櫻娘跑去幾個鋪面問掌櫃，沒想到那些掌櫃們也很認可，認為這種線衣應該多織一些。

得到這麼多人的認同，櫻娘心裡有數了，決定以後要多織些線衣，掙更多的錢。

李長安聽姚姑姑說櫻娘和伯明小倆口還挺能幹，靠自己的雙手掙錢，總算對他們倆另眼相看，也能和他們說上幾句話。

當櫻娘帶著三千多文錢和十幾大包的線料回家時，招娣嚇得不輕。既被這麼多錢給嚇著了，也被這麼多線料給嚇著了。

「大嫂，這麼多線料得織多少線衣啊，我們能織得完嗎？」招娣翻看著這些線料，各種顏色都有。「若是把這些織完，那得掙多少錢呀？」

櫻娘笑道：「妳還怕錢多嗎？只要我們好好幹，一定能掙大錢。只是妳要帶孩子，抽不出那麼多時間來，銀月才剛學會，織得不太好，手也慢，我一個人也織不過來，我正尋思著，要不要招幾個女短工回來？」

「招短工？大嫂妳要當地主呀？」招娣驚愕道。

「誰說招短工就一定是地主？只要能掙錢，出活快，想招多少短工都行。怕就怕賣不掉，不過對線衣這門生意，我很有信心。」櫻娘受到姚姑姑的鼓勵，此時的她確實是信心十足。

「大嫂，那妳準備招多少個女短工？還有，我們把村裡的人都得罪了，我猜她們都不稀罕呢。」招娣之所以這麼說，是因為下午她抱孩子出去玩，沒幾個婦人願意理她。

雖然那是銀月與叔昌的事，可她們一樣是薛家人，多少會受影響的。

其實櫻娘也想到了這個。「能招到幾個就是幾個吧，說不定她們看在錢的分上願意過來。長久下來，大家相處得好，她們也掙到錢了，也許就不好意思再說銀月和叔昌的事。銀月總不能永遠不出來見人吧？這樣對她也好。」

「要把她們招來我們家院子裡幹活嗎？」招娣想到很多人擠在這個院子裡，覺得這樣也不太好。

櫻娘思忖了一會兒。「剛開始學的時候，肯定得在我們院子裡，等她們學會了，以後就可以帶著料子回家做。妳放心，也不會招很多，五、六個人就行。」

招娣笑道：「大嫂，妳現在可算是大掌櫃了！」

「瞧妳說的，幹這麼點活兒就算是大掌櫃呀？等我們掙了十幾萬文錢後，再叫大掌櫃我還真樂意聽，不過我相信會有那麼一日的，暫且等著吧！」

招娣聽了嚇得要死。「十幾萬文錢，那是多少錢？怎麼數得清楚，得數到手抽筋吧——」

仲平在旁邊說：「妳還真當真，怎麼可能掙十幾萬文錢？大嫂在跟妳說笑妳都聽不出來。」不僅是仲平認為櫻娘是在說笑，就連伯明也這麼認為。

櫻娘卻在心裡偷笑，總有一日她一定要掙到這麼多錢，讓仲平大開眼界，不再當她是在說笑。

櫻娘把錢先分給招娣之後，再把銀月的錢送去她家。

當櫻娘拿出四百文錢給銀月時，銀月和叔昌兩人都不太相信，就那些頭花和一件線衣，竟能掙這麼多錢——

可轉念一想，他們也就明白了。銀月才做了十幾朵頭花，那件線衣她也只織了一些，大半都是大嫂織的，即便賣得四百文錢，大頭也應該是大嫂，他們只能得一小半。但大嫂卻把四百文錢都給了他們，這是在照顧他們小倆口。

銀月平時就聽叔昌說了不少誇讚大嫂的話，這回她是真信了！先前她還提銀鐲子的事，現在尋思起來，覺得自己真的是有些過分了。

到底要招什麼樣的女短工，櫻娘也想了很多，當她問伯明這件事情時，伯明說：「我們就把親戚家的女眷叫來吧。」

其實這個櫻娘也想過。「不行，親戚家的女眷若是做得不好，到底管不管？在工錢上也不好談，我若是公事公辦，恐怕她們還會不高興，本來和親戚們相處得挺好，這一下萬一不小心弄僵了可不好。何況親戚家都離得遠，難道中午我們還要管飯？這樣不是又添了一個累贅嗎？飯菜做得好不好吃，有什麼好菜，到時候又成了一個麻煩。總之，要想幹大事不能找親戚，麻煩多著呢！本來是為了他們好，希望他們掙點錢，但是真正做起來實在很難。」

伯明也覺得櫻娘說得有道理，本來是為了大家好，要是因此得罪了向來相處融洽的親戚，確實挺麻煩的。

「我覺得還是找村裡手比較巧的那些婦人吧。當然，和我們家鬧過矛盾的或是嘴刁的，肯定不要！那些性子比較隨和、好相處的，過幾日我去問問她們吧。」

伯明覺得櫻娘考慮事情比較周全，像是做大事的人，不像他，還以為肥水不落外人田，找親戚比較好咧。

這幾日，櫻娘找了好幾位婦人說這件事，她們都同一個表情，先是非常驚愕，然後是驚喜——因為可以掙錢呀！

櫻娘告訴她們，開始學的時候沒有工錢，等學會了以後，織一件線衣有一百文工錢，也就是平均每日約掙十文錢。

十文錢呀！這對她們來說可是一份好工錢，男人們在外面一日才掙七、八文錢呢！根本不用考慮，她們都一口答應，然後千恩萬謝地送櫻娘出門。

櫻娘一共找了六位婦人，在第三日全都到了櫻娘家。因為是來幹活的，她們都規矩得很，態度十分恭謹。看到她們這副模樣，櫻娘更覺得自己的決定是對的，若是找親戚家的女眷來，肯定沒這麼好辦，管又不敢管，說又不好說的。

櫻娘為了讓銀月能和大家好好相處，早些和村民們有來往，就把銀月也叫來了。她們看到銀月也來了，雖然心裡不太舒服，但看在錢的分上，她們也不好說什麼。反正她們是來幹活掙錢的，又不是來看人的，更不是專程來閒聊的。

招娣因為要帶孩子，只有趁孩子睡著的時候才能幹些活。如今人多，到時候織出來的線衣肯定更多，若還是像以前那樣她和大嫂一家一半地平分，那麼她就真成了占便宜的人了。

吃午飯時，那些婦人們都回家了。仲平對招娣說：「以後就按件數來，幹多少活兒拿多少錢，不能總是沾大嫂的光。」

招娣應道：「我也是這麼想的，到了晚上我會跟大嫂說。」

等晚上招娣跟櫻娘說這件事時，櫻娘覺得不妥。「妳帶著孩子幹不了幾件活兒，豈不是掙不了什麼錢？」

「掙一點是一點，我和仲平的花銷又不大，孩子也還在吃奶，不需要用到什麼錢。分家的時候拿了那麼些錢，前幾日又分了一千多文錢，我們都攢著呢，一文也沒花。和村裡其他人家比起來，我們家的日子算是很富裕的了。人要知足，可不能太貪心，否則我會睡不著覺的，仲平也不會同意。就這麼說定了吧，我還等著大嫂當大掌櫃呢！」

櫻娘聽招娣這麼說，也不好再說什麼，何況以招娣手裡的那些錢，按一般人家來說，確實不少了。

伯明最近忙著種田，分家後每家只有三、四畝地，不算多，幹起活來也不算太累，所以忙完這些，他還偷偷地去山上開荒，多種一點是一點。

織線衣的活兒他幫不上櫻娘的忙，所以田裡的活兒，他一定要多幹。

因為心情好，幹活也有勁，吃飯也多，伯明感覺自己的身子越來越強壯了！以前活兒幹多了頭還容易發暈，近來好像沒有這種症狀。

雖然他和仲平、叔昌三個人，各家幹各家的活兒，但是因為田都在一塊兒，他們常常互相幫忙，好像和以前並沒有太大的區別。而叔昌和仲平見伯明去山上開荒，他們得了空也都會去。

這幾年來，在山上開荒的人不少。因為這片山沒有人管，誰家開的荒，這片土地就是誰的，如今有很多人都在搶占地方。

雖然伯明瞞著櫻娘去開荒，但是櫻娘可不傻，知道他經常忙到這麼晚才回家，必定是有緣由的。於是她便去問仲平，這就給問出來了。

這一日，伯明照常幹活到很晚，直到櫻娘和季旺把飯菜都端上桌了他才回到家。

「伯明，你要開荒可以，可別把身子累壞了，這麼日日不停歇地幹活，你扛得住嗎？」櫻娘說話時，給他倒了一杯熱呼呼的茶水。

伯明見櫻娘已經知道他開荒的事，還很不好意思呢。「不累，近日來我幹活可帶勁了，妳沒瞧見我每頓都吃很多嗎？」

這個櫻娘倒是也發現了，所以最近每頓都做得比較多一些。「來，你瞧，看我今晚做了什麼好飯菜。」

伯明瞧了瞧。「這一大碗是什麼？好像是魚。」

櫻娘很興奮地說：「這叫水煮魚，還有那一盤叫蘑菇燉小雞。」為了做這兩道菜，她可是費了不少功夫。

一旁的季旺還接著說：「這盤茼蒿也很好吃，我剛才偷偷用手抓了一把嚐過了。」

伯明瞧見這些菜，還沒開始吃就已經胃口大開。果然，這一頓他總共吃了三碗飯，還意猶未盡呢！

而伯明的身子越來越好，晚上睡覺的時候，對櫻娘可是好一陣折騰，時而溫情，時而熱烈，櫻娘都累得有些扛不住了，但他的精神還很足。

事後，櫻娘掐著他的胳膊問：「你最近吃了什麼？我都快被你折騰得吃不消了。」

伯明傻笑著，撫著她柔軟又順溜的頭髮。「不就是吃妳做的飯菜，難道是妳下了什麼藥？」他不僅身子厲害了，連嘴皮子都厲害了。

櫻娘噘著嘴。「討厭！不跟你說了，睡覺！」

伯明笑著緊緊摟住她。「嗯，好好睡覺，明日又是新的一日，家裡還有好多活兒要幹呢！」

過了一段時日，近來櫻娘總覺得有些不舒服，頭暈腦脹的，還吃不下飯。最近她只是看著那些人織線衣，自己一點都不想動手，但並不是她懶惰，而是身子乏得很。

這一日，她坐在那兒看著看著，竟然打起瞌睡來，這真是讓招娣和銀月大感吃驚。

招娣輕聲叫著她。「大嫂，妳是不是這幾日沒有歇息好？臉色很不好看耶。」

瞧著她那模樣，銀月也說：「大嫂好像是生病了，還是找郎中來看一看吧。」

櫻娘搖頭道：「找什麼郎中啊，不過沒什麼精神而已，過些日子就好了。」

其他在幹活的婦人們聽了，七嘴八舌地說起來。「妳現在也是有錢人了，請個郎中有什麼好捨不得？」

「就是，若是生病了，吃了藥就會好得很快，何必硬撐著遭這個罪？」

眼見櫻娘被她們說動了，銀月趕緊去請了郎中來，這一把脈，郎中說出一個讓櫻娘驚喜萬分的消息——

她竟然懷孕了！

只是櫻娘仍然不大相信。「郎中，你確定我懷孕了？真的沒錯？」不是說要過個幾年嗎？怎麼現在就懷上了？

郎中很自信地說：「別的我不敢肯定，但這個肯定沒錯！喜脈如此明顯，我有絕對的把握，妳已經有喜了！」

聽完郎中的話，櫻娘高興得不知道該說什麼了，只是滿臉帶笑，趕緊去拿錢付給郎中。以前有不少人以為她生不出孩子來，暗地裡沒少嘲諷她，這下見她竟然懷上了，她們都不好意思起來，這會兒可都卯起勁地恭喜她哩！

就連銀月也臉紅起來，她見櫻娘的臉色實在不好，就對櫻娘說道：「大嫂，妳去屋裡躺著吧，我們都會好好幹活，不會耽誤做事的。」

櫻娘心裡高興，加上身子確實有些扛不住，便回到屋裡，安安心心躺在炕上睡了。她睡得還挺沈，一覺睡到天黑，待伯明和季旺回來時，她還沒有醒來。

季旺去廚房做飯，伯明來到屋裡，輕輕摸著她的頭。沒人跟他講這個大喜事，他還以為櫻娘是生病了。

他在櫻娘身邊守了一會兒，櫻娘便醒了過來，看到伯明就在自己的身邊，櫻娘笑咪咪地問：「你知道我為什麼大白日的在睡覺嗎？」

伯明還一臉憂慮。「妳都生病了，還這麼開心幹麼？妳好好躺著，我去找郎中來。」

櫻娘拉住他的手。「下午已經找過郎中了，我沒有生病，而是肚子裡有小東西了。」

「小東西——」伯明還沒反應過來，嚇得臉色蒼白。「什麼小東西？」

櫻娘瞪了他一眼。「你木魚腦袋呀！這也聽不懂？不好玩！」

伯明僵著身子，大膽地想像一下。「不會是說有孩子了吧？這怎麼可能！怎麼會那麼快？妳肯定是搞錯了，可別白高興一場。」

「郎中都說了，他有絕對的把握，怎麼可能搞錯？」櫻娘急得坐了起來。

伯明聽說是郎中把過脈的，頓時歡喜得慌了神。「那妳還坐起來幹麼，趕緊躺下呀！」

「我都躺一下午了，再躺身子都軟了。而且我也餓了，我要起來做飯。」

伯明按住她。「妳還做什麼飯呀，季旺正在做呢！以後家裡的飯妳都別做了，我和季旺來做，妳好好養胎就行了。」

「我沒那麼嬌氣，招娣懷孕的時候不也照常做飯嗎？她除了做飯，還什麼活兒都幹，我哪能就一直躺著？不憋屈死才怪。」

「那好，我扶妳起來走一走。」伯明心裡仍一直怦怦亂跳，既緊張又興奮，還有種不真實的感覺。

被伯明這麼服侍著起炕，櫻娘還真是不大習慣。

兩人來到院子裡散步，櫻娘說：「算算日子，我們的孩子要比銀月的晚出生三個多月，只能排老三了。」

伯明剛才還不敢相信這件事，這會兒就已經開始想像孩子的模樣了，邊想邊呵呵地發笑。

見他這模樣，櫻娘禁不住笑道：「有了孩子就高興成這樣？我在說我們的孩子只能排老三了，你聽到沒？」

「老三就老三，只要沒弄錯，妳是真的懷孕了就好。」伯明說完這些，又自言自語了起來。「我有孩子了？我要當爹了？」

櫻娘掐了一下他的手背。「很疼吧？這是真的，不是作夢，瞧你那沒出息的樣子。」

伯明又是一陣傻笑。

這時，仲平也回來了，伯明迫不及待地把櫻娘懷孕的事告訴了仲平。

「大哥，你說我們家一下添了這麼多孩子，是不是就是別人說的那句話，叫『人丁興旺』來著？」仲平與伯明蹲在院子裡聊天。

仲平以前也為大哥和大嫂沒有孩子的事擔心過，如今看來他是瞎操心了。

「可不是嗎？以前我們還都是孩子，現在都要當爹了。」

知道季旺不太會炒菜，櫻娘就到廚房來幫忙。

「大嫂，我都這麼大了，遲早要學會做飯菜的，正好趁妳懷孕的時候我多練練手。」季旺炒個菜竟然揮汗如雨，簡直比在田裡幹活還累。「我也想學妳做好吃的菜，妳現在都懷孕了，可不能吃瞎對付的飯菜。」

櫻娘覺得他確實需要學一學，就點頭道：「好，我教你。」

到了晚上睡覺時，伯明躺在離櫻娘遠遠的地方。

「你這是幹麼，睡那麼遠怕我吃了你呀？」櫻娘納悶。

「哪可能呢？我是怕睡著後不小心壓著妳，妳肚子裡可是有我們的孩子，我要是把孩子壓壞了，那還得了！」

櫻娘哭笑不得。「我發現你今日真是傻了，孩子在肚子裡，哪會那麼容易壓壞，你當是豆腐呀？」

伯明這才稍稍挪動身子靠近櫻娘，但還是不敢挨著她。櫻娘摟著他的胳膊，一會兒就睡著了，好像下午是白睡了，這瞌睡多得真是擋也擋不住。

伯明聽著她均勻的呼吸聲，慢慢的也跟著睡著了。睡著後他就開始作起夢來，夢見一堆小孩子繞著他格格直笑，他忙得滿頭大汗，不知道該抱哪一個好？

次日一早醒來，他說要到山上去，把這個好消息告訴爹娘，還要去佛雲廟告訴他的師父和師兄弟們。

櫻娘懂得他的心思，說要陪著他一起，伯明哪裡肯？

「妳都有身子了哪能爬山？我一個人去就行，妳好好在家待著，千萬別蹲下來洗衣裳，傷著腰可不好，待我回來再洗，我以前在廟裡都是自己洗衣裳的。還有，妳可別織線衣，有這麼多人織，不缺妳一個。」

櫻娘不想讓他擔心，滿口答應了。

招娣聽到這些，還真是對櫻娘羨慕得不得了。她以前就覺得大哥比仲平會疼人，看來還真是沒錯！她懷孕的時候，仲平雖然也心疼她，可沒到這種地步。於是她故意打趣道：「大嫂，大哥現在可是把妳當心肝寶貝一樣疼著，真是教人羨慕呀。」

櫻娘嘆道：「有什麼好羨慕的？我可累得慌！他不讓我幹這個，不讓我幹那個，處處管著我，妳說煩不煩？」

嘴上雖然這麼說著，其實櫻娘心裡也美得很呢！她忍不住摸了摸肚子，雖然還是一片平坦，但心裡盈滿了幸福。

櫻娘近來妊娠反應太大，幾乎每日都要吐個兩、三回，還昏昏沈沈的，腦子不太清醒。伯明心繫著櫻娘，這幾日幹活都是早早就回了家，櫻娘也覺得有他在家陪著，她似乎真的比較好受一些。

因為找了幾位女短工在家裡幹活，這些日子已經織好二十多件線衣了，為了不盲目在家織花樣，櫻娘想先帶去烏州，放到上回談好的那家鋪面賣看看，聽聽顧客有什麼意見。

可是以她現在身子的狀況，根本受不了長途顛簸，伯明也不同意讓她去。

她瞅著這些新織出來的線衣，發起愁來。「伯明，你不讓我去烏州，我待在家裡心也不安。這樣盲目的在家裡織線衣，若是這些款式花樣不好賣，豈不是在家白折騰這麼久？拆了再織麻煩且不說，還得白付那些工錢。」

伯明心裡其實已經有了主意。「我一個人去就行，小暖這幾日生病了，仲平不敢出遠門，而季旺和叔昌要去挖村前的小河，最近工期緊，一日都不讓歇的。我能找到那家鋪子，更何況我都去兩回了，妳還不放心嗎？」

櫻娘點頭道：「好吧，也只能讓你一個人去了，反正價錢早就跟掌櫃的說好了，若是遇到什麼事，你還可以找姚姑姑。只是你趕牛車要慢點，我真擔心你會趕到溝裡去。還有，你別太著急，可不許事情辦完了就連夜往家裡趕，多歇一夜再回家，萬一趕夜路遇到打劫的可就完了。」

伯明在櫻娘一遍一遍的叮囑下，獨自一人去了烏州。

哪怕叮囑了那麼多遍，看著伯明一個人趕牛車出門，櫻娘的心裡仍然是七上八下的。

在伯明離開家的第二日，櫻娘照常在院子裡坐著曬太陽，看著大家幹活，她偶爾也動手織一些，但是只要她低頭幹活，腦袋就有些犯暈，最後還是算了。

到了晚上，櫻娘聽到隔壁的二叔家鬧開了。左右不過是二叔罵梁子，然後梁子頂嘴，老么見他爹和哥哥吵架，他就嚇得大哭。

最後聽得二叔大吼一句。「我沒有你這樣的兒子！這是我的家，你想滾就滾！」

梁子果然捲著鋪蓋出來了，來敲櫻娘家的院門。

因為此時天都黑了，仲平和季旺早就回到家裡，仲平跑去開了門，梁子窘著臉說：「我能借你家的雜物間住幾夜嗎？待我搭好了木棚屋就搬出去。」

仲平又來問櫻娘，櫻娘自然是答應，可不能連這點人情都不講。

櫻娘走了出來。「梁子，你和你爹鬧僵了，是不是也分了家？」

梁子被他爹氣得不輕，說話時聲音都是抖的。「分了，不分行嗎？他說等我娘從牢裡出來了也不要她，要休掉她，還說要為我找個後娘回來……妳說他還是我親爹嗎？家裡的地分了一大半給我和老么了，暫時由我種著，家裡的錢他只給我一千五百文，只能將就著過吧。」

他話音才落，院門又被敲響了。仲平再去開門，這回是老么來了，他也摟著鋪蓋。

他跑到梁子身邊。「哥，我要和你在一起，爹動不動就打我，還喝酒，我不喜歡他。」

梁子嘆道：「好吧，你以後就跟著我過，娘還囑咐我，要我帶好你呢。這幾日在大哥家的雜物間歇夜，明日我們倆就去村南頭搭木棚。」

老么以前可是個頑皮的孩子，只是自從他娘出事後，他的性情大變，雖然變勤快了，可是很少笑，這時也已是哭得眼淚鼻涕一大把。

「你們倆肯定還沒吃飯吧？」櫻娘瞧著這對兄弟，實在覺得心酸，好好的一個家，就這麼散了。

梁子客氣地說已經吃過了，但老么不太懂得這些人情世故，老老實實地點頭說還沒吃。正好家裡有些剩飯剩菜，季旺就去廚房裡熱一熱，叫他們倆進來吃。

過了兩日，梁子和老么就搭好了木棚，緊接著就來搬鋪蓋，還去二叔家搬了一些家具和分好的糧食。

當日夜裡，櫻娘出院門去上茅房，發現一個女人的身影閃進了二叔家的院門，櫻娘嚇了一跳，藉著月光仔細一瞧，從那女人的身高與身段看來，應該是村裡的寡婦春花。

這二叔實在太不檢點了，估計是這麼久沒有碰女人，他熬不住了。

難道他趕梁子出家門，就是為了方便和春花鬼混？那他這個爹還真是夠誇張的了。

這時，突然從院牆邊走出一個男人的身影，嚇得櫻娘差點叫出聲來。她趕緊捂住嘴，因為她看清了這個男人是梁子。

梁子走過來，小聲地說：「大嫂，我爹的醜事請妳別說出去。他丟了人，我和老么也不得臉。我早就懷疑有這事，沒想到這麼一守，還真就碰到了！我娘不再跟著他也好，到時候我攢夠了錢，蓋了房子，就接我娘到我家裡住。」

「嗯，你放心，我不會說出去的。」櫻娘趕緊回了自家的院子。

櫻娘回到屋裡，喝了口水，心裡暗想，以後還是在屋裡弄個夜壺好了，半夜出院門見到太多自己不想見的事，實在太嚇人了。

這一日，已是伯明去烏州的第四日了，櫻娘猜想他下午應該就會到家了，就算被什麼事耽擱了，最遲也不會超過晚上。

可是直到吃過晚飯，還沒等到他的歸來，櫻娘不禁有些擔憂。

她躺上了炕，一直睡不著。雖然她對伯明做事大多數時候還是很放心的，可是見他久久不回，當妻子的又怎能不擔憂？

她半夜爬起來，到院門外瞧了好幾次，然後又悻悻而歸。就這麼一會兒來炕上躺著，一會兒起身去察看，折騰了大半夜，直到天快亮了，她才累得睡著了。

因為整晚來回起身，櫻娘累得睡過了頭，直到近午才醒來。當她睜開眼睛時，感覺屋內光線太亮，刺眼得很。

她瞇著眼睛翻了個身，準備再賴一會兒，卻發現炕邊有個人影。她倏地一下清醒過來，睜大了眼睛，仔細一瞧——沒錯，是伯明回來了！他正笑咪咪地瞧著她呢！

櫻娘騰地一下坐了起來。「你怎麼回來得這麼晚？害得我擔心一晚上。」

伯明不回答她的問題，反而先說：「妳可別這麼猛地起身，肚子裡還有孩子呢。」

「這兩日我身子輕快了些，沒事的。」櫻娘上下打量著他，見他精神飽滿、神采奕奕的，心裡納悶得很。「你趕了這麼久的車，身子肯定疲乏得很，怎麼還這麼精神？你是因為什麼事耽擱了？」

伯明身子挪近了些，攬著她的肩頭。「我也擔心妳在家裡等得著急，所以也不敢多耽擱，沒想到還是回來晚了。不過，我又攬了一個活兒回來了，是男人們幹的活兒。」

「男人們幹的活兒？」櫻娘好奇。「什麼活兒？」

「收線衣的掌櫃說，再過兩個月，這線衣肯定是賣不掉了，因為天快熱起來了。他還囑咐我說，家裡織好的線衣最好在這個月底就送過去，再晚就得留到秋季才能賣了。他說這兩個月可以編些葦蓆和蒲扇，兩個月後已是六月初，就可以賣了。」

櫻娘笑道：「葦蓆和蒲扇？你會編嗎？哪怕會編，估計編出來的樣式也是不好賣的。自己用一用還行，若說要拿去賣，我看還是算了吧。」她知道烏州那邊對於手藝的要求可高著呢。

伯明卻自信滿滿地道：「這妳就不知道了！離我們鎮不遠的谷坳有不少蘆葦和蒲草，我小時候也跟著大人們學著編過。當然，手藝確實很差，入不了眼，所以掌櫃才讓我去尋一個手藝很精的施師傅，好歹我會編，算是有基礎，我付給施師傅五十文錢，跟著他學了半日，我就全都會了。」

「難怪你這麼晚才回來，原來是學這個去了！可你不是要種田，哪有空閒做這個？」櫻娘瞧了瞧豔陽高照的窗外，邊說邊穿衣裳。

「我和仲平、叔昌、季旺幾人，到了傍晚或是逢下雨天的時候不就可以做了？而且我們還可以教村民們做，然後低價收過來，再漲個幾文錢送到掌櫃那兒，不也可以掙錢嗎？反正妳不用再操心掙錢的事了，這個月織完線衣，就等秋季再說吧，妳好好歇息幾個月。」

櫻娘想到這近半年自己可以不用管什麼事，就在家歇著，倒也覺得舒坦。只是伯明就越來越辛苦了，種那麼多地，還想著掙錢的事。

她知道伯明是不想讓她太操勞，想來夫妻之間也無須說什麼客氣的話，櫻娘便高高興興地點頭，由他去了。

櫻娘起了炕，和伯明一起去廚房，鍋裡有熱粥還有白麵餑餑，這都是季旺早上做好的。想到自己身為大嫂卻睡到這麼晚才起，吃著季旺做的現成早飯，她心裡還挺過意不去的。為了連夜趕回家，伯明可是連昨日的晚飯都沒吃，這時他也跟著櫻娘一起坐在廚房吃著。

招娣和銀月在院子裡給婦人們發線料，昨日櫻娘就說了，從今日起讓她們領料回家做，遇到不會的地方再來找她就是了。因為每日有這麼些人在院子裡幹活，多少會影響他們一家人自在地過日子。

吃過飯後，伯明就把賣線衣和頭花的錢交給了櫻娘，櫻娘便將工錢發給大家。

這些婦人們幹了這些日子，終於盼到發工錢了，全都興奮不已。當她們每個人都領到三、四百文錢後，個個歡天喜地地摟著錢和線料趕緊回家去了。

招娣因為忙著照顧孩子，只領了兩百文錢，銀月領了三百。幹多少活兒領多少錢，她們也沒有怨言，何況她們也不覺得錢少，要知道以前可是一年到頭難得見到多少銅板的。

之後招娣抱小暖出院門玩去了，銀月也領線料回家幹活，現在家裡清靜了，櫻娘和伯明坐在院子裡說說話，就把二叔分家的事都跟伯明說了。

伯明先前也猜到二叔會另找女人，他嘆了口氣。「我去瞧瞧梁子和老么。」

「嗯，你去吧，我也要來做午飯了。」櫻娘說著就要起身去廚房。

伯明站在院門外，轉身道：「等會兒我回來做，妳歇著，下午我帶妳去谷坳那邊看蘆葦，妳不是說好久沒出門了嗎？」

「哦，好吧。」櫻娘笑咪咪地應著，有伯明這麼體貼她，令她真心感到舒服。

吃過午飯，稍稍休憩，伯明便帶著櫻娘去谷坳了，他還拿著繩子、鐮刀等，打算挑一擔子蘆葦回來。

谷坳位於相鄰幾個鎮的正中間，離薛家村算遠的。以前櫻娘可是幹農活的好手，走起路來腳下生風，只是近一年來沒再下地幹農活，最近又懷孕了，體力便差了不少。

伯明時不時停下來等她，櫻娘邊走邊感嘆。「還是出來走一走好，好久沒這麼放鬆了。你瞧，到處都是鬱鬱蔥蔥的，鳥語花香、百花爭豔，多好的景致啊。」

這裡的風景清新宜人，櫻娘心裡還暗想著，若是放在現代，開發開發，倒是可以搞一個度假山莊了！當然，在這個古代是實現不了的。

伯明瞧著櫻娘好似一位遊山玩水的文人墨客，忍俊不禁道：「櫻娘，妳越來越不像一個農婦了，倒是有點像大家閨秀。」

櫻娘嗤笑一聲。「想說我矯情，你就直說。」

伯明見她心情好，他也感嘆一番。「這一年來，妳都沒好好歇息過，每日不是操心家裡的事，就是想著掙錢，真是辛苦妳了。」

「你幹麼啊，說這種話，有什麼辛苦不辛苦的。」櫻娘折下路邊的一朵花，放在鼻間聞著。「伯明，你還記得嗎？去年這個時候，我們才剛剛成親。」櫻娘心裡感慨，這一年過得可真快，她和伯明都成親一年了。

伯明聽櫻娘說起去年成親的事，他便沈入自己的思緒中，回憶起洞房時他那傻乎乎的模樣，禁不住一陣傻笑。

「你笑什麼呢？」櫻娘瞧著他。

伯明一陣臉紅，直搖頭。「沒笑什麼。」

其實櫻娘猜出他想到什麼了，伯明的小心思她幾乎都能捉摸個大概，她瞧著伯明的紅臉直偷笑。

谷坳四面環山，從山上流下來的泉水清澈見底，櫻娘坐在水邊照著自己的臉龐，再洗洗臉，然後坐在那兒觀賞風景。

伯明瞧著那一大片蘆葦，一開始欣喜極了，之後卻憂愁了，他沒有拿鐮刀去割，因為這些蘆葦還太嫩了。

他來到櫻娘身邊坐下。「等一個月後再來割吧，雖然青蘆葦也能編蓆，但是這些也太嫩了點，哪怕收回家曬乾後成黃色的了，也是很容易斷的。那頭的蒲草大概也還沒長成，看來是白來一趟了。」

櫻娘被一陣微風吹拂，正覺得舒服呢。「沒有白來，這不是玩了一趟嗎？」

他們在青山綠水間玩了好一會兒，才一起回家。路過鎮上時，他們去買些東西，卻撞見村裡的老缺，他就是當初二嬸說的那個與綠翠在池塘邊說話過於親熱的光棍，他今年已經三十二歲了，還沒娶親，大家都認為他肯定會獨身一輩子。

兩人見老缺不僅買了好幾壺酒，還買了好些其他的東西。他家明明窮得叮噹響，今日竟然捨得這麼花錢，讓伯明頗為意外。

伯明上前打招呼。「老缺大哥，你這是要辦什麼喜事嗎？買這些好東西。」

「是……是有喜事。」老缺是既高興又心疼，表情複雜得很。

櫻娘接著打趣問道：「不會是要娶新娘子了吧？」

她只是隨口問問，沒想到老缺竟然點頭了。「是啊，這個月底就要成親了。」

櫻娘與伯明同時怔住。沒聽說他訂過親呀，怎麼突然就要成親了？

「是哪家的姑娘呀？」櫻娘好奇問道。

老缺的笑容滯了一下。「是……是綠翠。」

「綠翠?」櫻娘還以為自己聽錯了。「你是說被梁子休掉的那個綠翠嗎?」

老缺頂著一張大紅臉,窘道:「就是她,難道還有哪個也叫綠翠?」

綠翠自從被休回娘家後,有媒人為她先後找過兩個三十多歲還未娶妻的男人,可是這兩個男人都想有個後代,見她不能生育,也不想娶她。可偏偏一開始都答應了,背地裡還去找她幽會,待上過幾次床後,就又說不要她了。

她的哥哥嫂嫂們都嫌她丟臉,整日說些難聽的話來刺激她,她便賭氣去了她姊姊家,可奈何她姊夫的家人也厭煩她,從來就沒給過好臉色看。

綠翠眼見自己實在走投無路,所以當她有一次無意中在大路口見到老缺時,便決定破罐子破摔了!想到老缺以前對她挺有意思,還曾經聽他跟別人說只要能娶到女人就行,有沒有小孩子不打緊,想來老缺應該不會拒絕她的。

對於她的主動相迎,老缺如同久旱逢甘霖。他上無老,下無小,倒是有兩個妹妹,但都嫁到鄰鎮去了,兩個妹妹家也都窮困得很,幫襯不了他什麼。

對於他這種窮困潦倒的人竟然有女人願意跟著他,哪裡還會計較什麼呀!當晚就答應了要娶她。

綠翠為了自己第二次嫁人不能太丟臉,非要他辦酒席。而且經一事,長一智,她說必須等成親入洞房了才能讓他碰她。

一個三十多歲未碰過女人的男人,聽到這話,自然會照辦,為了那一夜洞房,要他做什麼都樂意。

櫻娘和伯明除了向他道喜，還能說什麼？只能買好東西，相伴著回家了。

回到家正巧碰到梁子來給他們家送鳥蛋。梁子幹活時在自家地旁邊的樹上掏了鳥窩，因為中午伯明送了果子給他，為了禮尚往來，他得了鳥蛋也就想著送幾個過來，說是給大嫂補身子。

伯明就問他知不知道綠翠的事？梁子還真不知道此事。

他聽伯明這麼一說，當場呆若木雞，之後他啐了一口。「她這是中邪了嗎？嫁人難道非要嫁到薛家村來？竟然還是老缺——都快可以當她爹了，她不嫌丟臉，我還嫌丟臉咧！」

伯明勸道：「你也別生氣了，既然你休了她，她現在想嫁給誰也不是你能管的事。如今同在一個村子裡，以後低頭不見抬頭見的，你也別當著她的面罵罵咧咧，老缺聽了會不高興的，他們還要辦酒席呢。」

梁子哼了一聲。「鬼才願意去喝他們的喜酒。」

「梁子，聽說有人給你說了一門親，什麼時候定下來啊？」櫻娘問道。

說到此事，梁子臉色更加不好看了。「哪還有什麼親呀？昨日女方家裡託媒人來退了。」

櫻娘與伯明兩兩相望，不知這又是出什麼事了？

梁子嘆氣道：「人家聽說我住在木棚裡，還帶著一個弟弟，分家時也沒分到什麼錢，嫁過來竟然連個正經屋子都沒得住，也就嚇退了。」

櫻娘和伯明半晌沒吭聲，想想也是，哪家姑娘願意跟著他住木棚呀？

「你放心，待日子好過了，肯定能娶上好親。你才十九，還年輕著。」櫻娘安慰道。

梁子點了點頭，算是收下櫻娘的安慰，接著他忽然發出一句感慨。「娶不娶就那麼回事，女人真是個大麻煩。」

他說完就走了，櫻娘忍不住問伯明。「你也覺得女人是個大麻煩嗎？」

伯明笑道：「有些女人可能是，但妳不是。」

次日，伯明和季旺去挖村前的河，只是才挖半個時辰便下起雨來，大家就都扛著鍬和鋤頭跑回家了。監工也不是那種不近人情的人，凡是下雨都會讓眾人歇工的。

正值梅雨季節，這雨一下起來便沒完沒了，大家都沒法去田裡幹活了，仲平去開荒的山上種花生，才放幾行花生米，便被雨趕了回來。

這雨一下就是連續五日，沒停下來過，他們兄弟幾個也都在家閒著。伯明想到好些日子沒看到叔昌了，便撐著傘來到叔昌家。

剛到叔昌家門口，伯明就被眼前的景象給嚇住了！因為叔昌正在雨裡撐著西面的牆，滿身是泥，全身濕透。

伯明跑了過來。「這牆是要倒了嗎？」

叔昌見大哥來了，忙道：「這面牆全是裂縫，一下雨，雨水都滲進屋裡去了，我怕這牆再泡幾日，真的會倒，就想著用這些砍來的樹給撐住。這裡面是廚房，若是銀月做飯時被倒下的牆壓到，那可就完了。」

伯明幫著叔昌一起扛樹來撐牆，但心裡一想到弟弟住在這種破屋子裡，還真不好受。幸好這裡有兩間屋，睡覺的屋還挺堅固的，沒什麼事。

撐好牆後，兩人滿身都是泥水，進了屋，叔昌遞給伯明一身乾衣裳。

伯明換衣裳時才發現銀月不在家。「這大雨天銀月去哪兒了？她可是挺著大肚子呢。」

「可不是嗎？她大姊前日來我家玩了，昨日又非要銀月去她家玩，還不讓我跟著。她大姊說她會攙著銀月走，讓我別操心。」叔昌說時一臉的憂心，這大雨天，他真的擔心銀月，怕她摔了。

兄弟倆正說著話，銀月就回來了，還是被她大姊家的一位老婆子給攙回來的。叔昌總算是放心了，但他不免埋怨銀月幾句，說她都要當娘了，以後可不許挺著大肚子亂跑。

銀月正要頂嘴，卻見季旺從外頭衝進來。「大哥，家裡來大客了，是從烏州來的，大嫂叫你趕緊回家！」

伯明聽得一愣。姚姑姑怎麼會想到來永鎮？他一句話也沒說，趕緊跟著季旺跑出去了。

第十四章

姚姑姑一臉疲憊，她在這種天氣出遠門，肯定是累壞了。

不過，除了姚姑姑，她身後還跟著一位丫鬟和兩位家丁。櫻娘見過這位丫鬟，上次去烏州時，這位丫鬟總是眉開眼笑的，不知今日是怎麼回事，她雙眼紅腫、臉色憂戚，好像是遭遇了什麼傷心事。

櫻娘只當姚姑姑是來看望自己的，也沒太在意這位丫鬟的事，高興地攙著姚姑姑進屋。

「姚姑姑，妳怎麼找得到我家？」櫻娘沏一杯熱茶，遞到姚姑姑的手裡。「這糟心的雨下個沒完沒了，妳這一路上遭了不少罪吧？」

姚姑姑確實渴了，喝下熱茶後舒服不少。「以前我在永鎮待過，怎麼會找不到妳家？來到薛家村的村口一問，不就尋過來了。這一路上馬車輪子陷進泥潭好幾次，確實是累人，在路上足足耗了三日，一身骨頭都快要散架了。」

那丫鬟聽姚姑姑這麼說，臉埋得很低很低，彷彿都是因為她才會這樣。

櫻娘這才覺得事有蹊蹺，姚姑姑冒雨出門，肯定不是為了來看她的，便問：「妳家裡是不是……出了什麼事啊？」

姚姑姑給丫鬟使了一個眼色，那個丫鬟便心領神會地出了屋。

姚姑姑嘆氣道：「可不是嗎？此事說大不大，說小不小。雲兒丫頭一直跟在我身邊，盡心侍候著我，本來日子過得很安生，沒想到前些日子，瑠兒他竟然……」

見櫻娘聽得很迷茫，姚姑姑才解釋道：「瑠兒就是李長安的長子，今年才十五歲，他平時雖然不是很聽話，但還算知書達禮，教書先生也說他挺上進，悟性不錯，將來想考個功名應該不難。沒想到他不知哪根筋不對了，竟然對雲兒起了不該有的心思，那日趁我不在屋裡，將雲兒給……」

姚姑姑沒有說下去，櫻娘也聽明白了，應該是十五歲的大少爺瞧上了繼母身邊丫鬟的故事，而且只是一時興起，不是要死要活地喜歡。

櫻娘問道：「像李家這種大世家，當大少爺的不是可以納妾嗎？」

「若是如此，我就不用發愁了。可是李長安得知後，當時就要趕雲兒出府，還是我及時攔住了，但他卻氣得這些日子一直睡不好覺。他說瑠兒以後可是要考功名走仕途的，可不能早早讓這等下人亂了心思。只是雲兒從小沒爹娘，當年還是經過幾次轉手賣到李家的，這要是把她趕出府，她流落在外該怎麼過活？」

櫻娘知道姚姑姑向來心善，肯定見不得自己的貼身丫鬟就這麼被趕出去，流落街頭。

姚姑姑又道：「我本來尋思著，既然不肯讓雲兒給瑠兒做妾，就把雲兒配給府裡的家丁也行，可是李長安卻還是不同意，說跟了少爺又跟奴才，府裡豈不是都被她攪亂了，成何體統？不過也是，那些家丁見雲兒失了身，怕是將來也不會對她好的。我想著雲兒可憐，李長安又不容她，所以想來想去就把她送到妳這兒來，希望妳能幫幫她，給她配個好人家。聽說鄉下好多窮人家娶不上親，雲兒姿色不錯，人也乖巧，不知有沒有哪位男子會要她？」

櫻娘沈思著，她可從來沒辦過這種事啊。「以雲兒這等姿色，應該是不愁嫁的。可是她曾失過身，鄉下的男兒也比較忌諱這種事，富裕人家怕是難找的，只能找窮人家了。妳放心，我會幫著留意這件事，讓雲兒好有個依靠。」

其實櫻娘想到有一個缺女人的男子，正是梁子。他剛被女方家退了親，這一年來家裡沒個女人，日子過得實在是不像樣。

可是梁子說女人是個大麻煩，櫻娘也沒有把握他會要雲兒，或是他會不會對雲兒好，所以她沒急著跟姚姑姑說這件事。

「雲兒若是交給別人，我還真是不放心，交給妳的話，我就踏實了。」姚姑姑知道櫻娘肯定會盡心幫忙的。「只是給妳家帶來麻煩了，我還怪不好意思的。」

櫻娘嘟嘴道：「姚姑姑妳又跟我客氣什麼！我們之間還需要說這個嗎？」

姚姑姑微笑道：「好，我就不說這個了。我實在是心疼雲兒，妳給她配窮人家的男兒並不打緊，只要人踏實，願意好好過日子，不嫌棄雲兒就好。」說話時她還從包袱裡掏出一個大荷包來，裡面一共有十兩碎銀子。

她把錢遞給櫻娘。「妳給雲兒配人家的時候，先別說會給男方家裡錢，待他們成了親，人家對雲兒也不錯，妳再拿出錢來幫襯他們過日子。」

櫻娘接過了錢。「妳還真是心細，雲兒有妳這麼為她考慮，也算是得福了。」

姚姑姑大老遠從烏州來到薛家村，櫻娘自然要盡地主之誼。

櫻娘知道姚姑姑平時吃的可都是好飯好菜，以前在宮裡自是不必說，後來嫁到富甲一方的李家，錦衣玉食慣了，如今來一趟鄉下，最想吃的應該就是一些野味了。

這時雨小了一些，伯明撐著傘去菜園邊挖薺菜，還順便弄了半籃子蒿草回來。

櫻娘一邊做著蒿粑一邊和姚姑姑敘著話，雲兒一直在旁邊低著頭幫忙幹活。

可能雲兒覺得自己的身子被玷污了，是個不乾淨的人，深深的自卑感使她不敢正眼去瞧任何人，唯有靠雙手不停地幹活，才能使她心裡好受些。

因為是陰雨天，櫻娘挽留姚姑姑在家裡多住幾日，想等天晴了再讓她回家。

姚姑姑倒想在這兒多清靜幾日，可是她身不由己，因為雲兒的事，她都離家好幾日了，待這次回家後，她大概還得受李長安的責問呢，也就不便多待了。

因此第二日下午姚姑姑就帶著兩位家丁走了，留下雲兒在櫻娘家。

昨兒夜裡，姚姑姑是和櫻娘睡的，雲兒睡在雜物間，伯明則帶著和姚姑姑一起來的那兩位家丁在二叔家借宿。

現在，只剩下雲兒留在這兒，這個雜物間就算是她的房間了。

雲兒一句話也不敢說，只知道拚命地幹活。活兒都被她幹完了，櫻娘叫她歇會兒，她便坐在那兒不敢動彈。就算是坐在那兒，她也在絞盡腦汁尋思著還能幹什麼活兒，結果硬是把地掃了一遍又一遍，把桌椅擦了一遍又一遍。

自從被李璿糟蹋之後，她如同驚弓之鳥，見到男人都躲得老遠，所以她不敢出現在伯明、仲平和季旺面前，見到他們都繞著走。最後，實在找不出什麼活兒幹，她就躲在雜物間裡。

櫻娘和她不熟，不太瞭解她的性子，也不知道該怎麼解她的心結，所以便沒管她，打算先晾幾日讓她靜一靜再說。

再下了兩日的雨，老天爺總算是饒過這一片土地上的老百姓了。

伯明跑到麥田和高粱田裡去瞧，雖然看樣子不會絕收，但至少要損失一小部分的糧，於是他趕緊去開荒的山上把花生種上，雖然晚種了好些日子，但種了總比不種要強。現在，他把希望全寄託在黃豆的種子上了，因為再過一個月就可以種黃豆了。

一段時日過後，村子裡有人辦喜事。原來是老缺要娶綠翠了，他還來叫伯明和櫻娘去喝喜酒，說中午是女客，晚上是男客，務必要去。

老缺竟然還叫上梁子，梁子自然是婉拒不去的，但櫻娘尋思著自家和老缺家沒有任何過節，是不好不去的。

這日中午，她帶著分子錢去了，酒席辦得很一般，她將就著吃點。

下午綠翠就被迎親隊從她娘家接過來了，也不知是她或老缺故意的，還是因為梁子的木棚前那條路好走一些，綠翠偏偏就從木棚前走過，好像是在說，你還真當我嫁不出去？

迎親隊裡的都是本村的人，他們從此路行過時，都感覺怪怪的，也不知綠翠心裡到底是怎麼想的。

但梁子並沒把心思放在這上面，他早早去田裡幹活了，懶得見這等場面，免得噁心了自己。

幹活回來，他想到這一日該輪到他家放牛了，便早些回了家，恰巧見招娣牽著牛從外面回來，應該是已經放過牛了。

「二嫂，妳不是要帶小暖，哪裡有這麼多空閒去放牛？」

招娣指了指在院門口抱著小暖的雲兒。「你又不是不知道，自從雲兒來了，她幾乎把我家的活兒全幹了，我和大嫂最近連衣裳都沒洗過，就連小暖拉臭在褲子上，她都搶著去洗。我怪不好意思的，可她非要這麼幹，攔都攔不住。不過小暖挺喜歡她的，因為她只跟小暖說話，見了我們都是低頭不吭聲，更奇怪的是，她吃飯都不敢上桌，而是端著碗去自己屋裡吃，見了大哥、仲平和季旺，至少要離一丈遠呢。」

梁子好奇問：「那個姚姑姑為什麼把她留在妳家？她在烏州應該是見過世面的，不應該這麼膽小吧？」

招娣搖頭道：「這個我還真不清楚，大嫂也沒細說，只說她沒爹沒娘沒依靠，所以才來我家的。」

「哦，或許是她膽子太小，在那種大戶人家吃不開，所以才被送到妳家吧。」

招娣迷糊地點點頭。「或許是吧。」

梁子也不愛管人家的事，只是掃了一眼雲兒的背影，便抬腿走了。

櫻娘剛喝完喜酒回家，就撞見周里正來了。

她實在想不出家裡有什麼事值得周里正跑一趟的，還以為他是來說收稅糧的事，便問道：「周里正，稅糧向來都是收了麥子後才開始收的，莫非今年提前了？」

「我倒是想提前收，只是糧食還都長在田裡，收得上來嗎？」周里正不鹹不淡地說。

聽他這語氣，櫻娘便覺得八成沒好事，她眉心緊蹙著等他繼續往下說。

周里正將眼神瞟向在一旁抱著小暖的雲兒，再上下打量一番，然後轉向櫻娘。「誰允許妳私自收容流民了？」

櫻娘啞然，怔了一會兒，才醒悟過來他指的是雲兒，連忙解釋道：「她可不是流民，而是烏州李府的丫頭，因李家下人太多，用不了這麼多丫頭，便遣散她到我家來。」

「此女與妳無親無故，妳家與烏州那邊大戶人家大概往上數幾十代都沾不上邊，而且她又沒有官府簽署遷入薛家村的文疏，這不是流民是什麼！要是家家戶戶都像妳這樣隨意收留流民，我們村裡豈不是亂了套？流民一多，偷雞摸狗或淫亂風化的事便會滋生，這個責任妳擔當得起？」周里正義正辭嚴道。

櫻娘一聽，不禁汗顏。都說現代社會的戶籍制度管得太嚴，給人帶來諸多不便，可是在這個古代，戶籍制度還更為嚴苛呀！只不過是雲兒來寄住，竟能扯到什麼偷雞摸狗與淫亂風化——

雲兒被扣上流民的帽子，心裡極不好受，她垂首站在一旁，神色有些惶恐，懷裡的小暖還伸長雙手抓她的頭髮玩，弄得她頭皮生疼，她也不吭聲。

櫻娘正色瞧著周里正。「按你的意思，我收留了流民，是要受什麼處罰嗎？」

「罰錢一百文，且三日之內將流民打發掉。若是逾期不辦，我會向鎮上吏長稟報，到時候自然有人上門來請她走。」

周里正見櫻娘臉色不好看，便進一步解釋道：「這可不是我故意為難妳，明文禁止之事，我一個小小的里正怎敢縱容？上面怪罪下來，誰替我擔著？以前每年齊山都有逃荒的人到顧家村，但都只敢待個三兩日的。記得有一年，因雨大路不好走，他們耽擱了十日，可把顧里正給急壞了，硬是把吏長找來，將他們統統驅趕出顧家村。這位姑娘在妳家待了近二十日吧，若不是有人告訴我，我還被蒙在鼓裡呢。」

周里正可是看在櫻娘的面子上才願解釋一番，畢竟櫻娘以前是織布坊的大領頭，如今又從烏州攬活回來很會掙錢，好歹名氣不小。

可他就是這麼一副冷面孔，對櫻娘的態度已經算是不錯的了，平時他對其他的人家，可都是疾言厲色！若是別戶人家私留流民，他估計直接開罵了。

櫻娘此時十分躊躇，姚姑姑把雲兒交託她照顧，她可不能這樣讓雲兒被驅趕呀。

她仔細琢磨著周里正的話，聽他說到齊山逃荒來的人，她忽然想到招娣。招娣因為嫁給了仲平，所以理所當然地成了薛家村的人，被登記在薛家村的戶籍名冊之中。

「周里正，你無須為此事擔憂，雲兒不會給你惹麻煩的。她都十五了，馬上就要嫁人了，左右不過幾個月的事，你先幫著擔待點，她一個弱女子，不會給村裡添什麼亂子的。」

周里正再次瞧了瞧雲兒，見她確實是個大姑娘了，說要嫁人應該不假。「她被說到哪家了？若是可以的話，讓她早些嫁了吧！妳和她不沾親帶故的，何必這麼養著她？」

「得朋友之託，我自當盡心護她周全。雲兒臉皮薄，我此時也不好當著你的面說把她配給了誰。待伯明回家，吃過晚飯後，我就叫他去你家送那罰的一百文錢，正好可以與你細說此事。」

雲兒聽櫻娘這般說，她面紅耳赤地抱著小暖進了院門。其實，她心裡還在隱隱作痛，因為她怕嫁人，怕別人嫌棄她。

周里正覺得此事可大可小，想來一個待嫁的姑娘確實不構成什麼隱患，何況聽說伯明晚上要到他家去，他也能領悟其中的意思。雖然他並不是見錢眼開之人，但是偶爾也會收點好處來貼補家用。

周里正鬆口道：「好吧，那就晚上讓伯明來我家跟我細說。」說完，他背著手走了。

坐在院子裡的招娣，將他們的對話都聽了進去，但卻聽得如坐雲霧。「大嫂，雲兒與誰說親了？」

櫻娘抬腿跨進了院子。「雲兒沒有與誰說親，不就是隨口扯個幌子，要是不這麼說，周里正哪能放過雲兒？」

雲兒聽櫻娘說這只是個幌子，稍稍鬆了口氣。

招娣仍是著急。「這種事哪能瞞得住？」

「只要肯花錢，而有人又缺錢，還怕瞞不住？」櫻娘也聽說過周里正偶爾會收些禮錢。大事他不敢徇私，但這點小事他還是能擔當的。

到了晚上，伯明來到了周里正家，他除了帶一百文的罰錢，還另帶了一疋綢布和一兩碎銀子。

伯明以前哪幹過這種送禮的事啊，姑且不論此事對或不對，就這面子上他都有些抹不開，但他又不忍心讓櫻娘來做這種事，所以他還是硬著頭皮來了。

他也不多說話，將東西放在周里正家的桌子上，然後再客客氣氣地呈上一百文罰錢，就作了個揖走了。

待伯明走後，周里正翻騰著那疋綢布，還皺眉嫌禮太少，沒想到當他拿起布疋，見到碎銀子滾了下來，頓時驚呆了！

他作為一個里正，每月領三斗糧和一百文錢，日子過得不是很寬裕，長這麼大他也只見過銀子兩、三回。

他將銀子放在手掌上掂著重量，一張幾乎不會笑的臉終於有了笑容。

伯明回到家，櫻娘正坐在油燈下做小孩子穿的老虎鞋，他瞧著這麼小巧可愛的鞋，忍不住湊近看。「妳說我們的孩子生下來腳會有多大？這鞋是不是小了點？」

櫻娘仔細瞅著手裡的鞋。「不小，小暖的鞋也比這大不了多少。周里正那事兒辦妥了？」

「應該是妥了，反正我是沒說什麼，他也什麼話都沒說，我們就只互相客套了幾句。」

櫻娘聽伯明這麼描述，就知道此事應該是成了。「現在他是不會趕雲兒走了，只是雲兒遲早也是要嫁人的。你說梁子怎麼樣？我瞧著梁子人踏實，是個能過日子的人，雲兒看上去也是個勤快賢慧的，梁子不就想找個這樣的嗎？」

伯明雖覺得這兩人配對算是靠譜，可他覺得梁子都休過一回妻了，這回可得謹慎著來。「哪日我問問梁子，並且將雲兒的實情托出，此事可不能瞞他。他若是不介意且瞧得上雲兒，也算是好事一樁。若有半分嫌棄，還是不要結這個親好，這樣雲兒不覺得委屈，梁子也不會有遺憾。」

櫻娘點頭道：「嗯，我也是這麼想的，總得他們倆都稱心如意才好，可不許有一絲勉強。」

兩人正說著話，他們的房門響了。聽到這敲門聲，櫻娘和伯明就知道是雲兒，因為在這個家裡，也就雲兒會將門敲得這麼溫柔。

「進來吧。」櫻娘放下手裡的鞋，伯明則去一邊待著。他知道雲兒不敢靠近任何男人，他便先離得遠一些。

雲兒進來後，見了櫻娘就跪。雲兒在李府是個當下人的，平時有點什麼事就跪來跪去的，不覺得有什麼，倒是櫻娘有些撐不住，連忙將她拉起來。

「雲兒，妳以後可不許對我行如此大禮，我們這是農家小戶，可沒有這些規矩，妳有什麼事就直接說。」櫻娘給她挪過來一把春凳。「妳先坐下吧。」

坐下後，雲兒兩隻手緊攥著，小嘴一張一合囁嚅了許久，才開口道：「櫻姊姊，我不想嫁人！以我這身子，嫁給誰就是害了誰，若是我留在這裡真的給你們帶來了麻煩，我還是走吧。」

「哪裡有麻煩？周里正應該不會再找來了，妳可別將此事放在心上，好好在我家待著就行。就連被休回娘家的人都可以再嫁，妳這樣為何不能嫁？」

雲兒哽咽道：「女人不都是要從一而終的嗎？以我這被糟蹋過的身子，本該自盡才對，哪裡還有臉面活著……我沒有去尋死，還苟且活著，本就是見不得人的，又何必去嫁人，往人家臉上抹黑呢？」

難怪她最近總是恍恍惚惚的，竟然是因為沒有去尋死而自責——

櫻娘忙安慰道：「這是李瑨犯渾惹下的錯事，該死的是他而不是妳！若是哪家女子被混帳男人欺負了去報官，那個混帳男人還得蹲大牢呢！莫非就因為妳是李家的丫頭，被欺負了還成了妳的錯？妳以後可不許再有這種輕生的念頭，妳這麼乖巧溫順，肯定會有人喜歡妳的。只要人家心裡有妳，就不會嫌棄妳，還會好好疼惜妳的。」

喜歡？雲兒聽了很迷茫，她覺得這個詞永遠不會發生在自己身上。她做慣下人了，只知道伺候人，從沒想過什麼喜歡不喜歡的。

當時李璿壓在她的身上，她亂抓亂打，大哭著求饒，可是李璿就是不肯放過她。男人不都是欺負女人、絲毫不把女人放在眼裡嗎？而且在欺負之後便棄之如敝屣，喜歡一詞又是從何而來？

雲兒低著頭道：「不會有人喜歡我的，若是周里正不再趕我走了，櫻姊姊妳就把我賣給別戶人家當下人吧，這樣賣得了錢又可以幫襯著妳家。我伺候人慣了，也不怕再當下人，這輩子就這麼過下去吧，反正是孤苦一生的命。」

櫻娘聽了也不好再說什麼，畢竟雲兒沒經歷過感情之事，不知道被心愛的男人喜歡著是什麼感覺，現在跟她說再多，她也是不會相信的。

「妳放心，我不會把妳隨便配人。對方若不是真心喜歡妳，我絕不會讓妳盲嫁，妳就安安心心在我家待著。時辰晚了，妳回屋睡吧。」

雲兒起了身，還向櫻娘行了個禮才轉身出門。

她這個當丫頭的習慣，還真是不好改過來。

最近村前挖河的工期突然停了，而且再過半個月就得忙著收麥子和種黃豆了，所以伯明帶著三個弟弟開始編葦蓆和做蒲扇，打算趁這段不忙的時候趕緊多編一些。

所有的村民們都以為這只是暫時停工，沒當回事，可是緊接著就有不少小道消息傳來，說這河不挖了，要等明年再挖。

聽聞此事，有人歡喜有人憂，因為停工不幹活了，能夠歇下來自然高興，可是停工之後，遠一些的村落盼望許多年的河流，這回莫非又落空了？

櫻娘感到有些納悶，挖個小河不就是為了引流水庫的水，挖到一半不挖了，這豈不是爛尾工程？好端端地突然說要等到明年，這是怎麼回事啊！

櫻娘隱約覺得這件事沒那麼簡單，好似有什麼大事要發生似的。

半個月後，伯明將葦蓆和蒲扇拉去烏州賣了，多少掙了些錢回來，之後家家戶戶都開始收麥子了，然後就忙著拖糧去繳地稅和人丁稅。

時值盛暑季節，大家把這些活兒都幹完後，幾乎人人都累癱了。

伯明兄弟幾個卻沒有空歇息，因為這些日子他們四個正在忙著播種黃豆呢！櫻娘的小弟根子也來學了，最近吃住都在她家。

根子沒有他哥柱子心思多，也比較聽話，學起來很認真，更不敢胡亂言語。可能是因為在自家沒吃過多少好東西，他來這裡除了貪吃一些，並沒有什麼不妥的舉止。

當大家都淡忘挖河的事，正起勁地忙著黃豆的活兒，大事突然來臨了——

周里正因為之前收了他們家的綢布和碎銀子，所以得了消息趕緊來通知他們，說當今聖上要在蘊州建一座別宮，蘊州附近三個省已經下了檄文，總共要抽調出幾萬人去做徭役。具體到底是要做幾個月或是兩、三年，誰都不敢下定論，因為現在還沒有人知道這個別宮要建成什麼樣子。

朝廷為了不耽誤百姓種田，只徵選十五至二十歲之間的男丁。仲平還沒滿二十歲，叔昌剛十八，而季旺也十六了，也就是說他們家有三個人得去服徭役。這一下就把全家人差點都嚇懵了。

幸而周里正算是個得了錢財不忘辦事之人，他說會想辦法讓他們家只去一個，而他打算往上稟報的理由是，他們兄弟幾人年幼失父喪母，且家中孕婦嬰孩多，若是一下走了三個，家裡就失去梁柱，難以過活。

這個理由多少還算靠譜，應該是不會被駁回，但是，只去一個也是得有人去呀！仲平、叔昌和季旺三人，到底該誰去好呢？

這幾日，家裡特別安靜，而這種壓抑的氛圍，讓大家都覺得有些喘不過氣來。

每個人各懷著心思，卻都不知該怎麼說，只是埋頭幹活。眼見著明日上午就得有一人啟程去蘊州了，此時卻還沒決定到底該讓誰去，個個心裡都鬱結得很。

櫻娘與伯明也為了這件事商量過好幾回，但都沒得出個結論來。

到了吃晚飯時，季旺實在憋不住了，將他的心思說了出來。「大哥、大嫂，我已經收拾了幾件衣裳，明日上午我就去村南頭與大夥兒碰頭。聽周里正說，朝廷會給每戶出丁的人家發一百文錢，待到了蘊州，還會給我們發當季的衣裳，一年四季都會發，不需要帶冬季的衣裳。況且有梁子哥和我作伴，我們倆在蘊州互相有個照應，想必不會太苦的。」

伯明抬頭道：「你以前一直在葛地主家幹活，本就吃了不少苦，這大半年來，因為我和你二哥、三哥都成了家，我們三人都只能輪流去挖水庫和小河，而你只歇過幾日，幾乎沒有斷過工。家裡數你最小，卻吃了那麼多的苦，如今要服徭役，還不知何年何月才能回家，若是再讓你去，我們這三個當哥哥的還能叫哥哥嗎？」

季旺忙解釋道：「兄弟之間幹麼計較那麼多？你們三人都成了家，小暖才半歲，而大嫂和三嫂又都懷著孩子，只有我去最合適。」

伯明搖頭。「你都十六了，若是在蘊州幹個兩、三年都回不了家，豈不是耽誤了娶親？你上回咳嗽到現在都還沒完全好，再去受這個苦，萬一落下病根子該如何是好？」

在旁的仲平剛才一直低頭吃飯，此時也抬頭了。「大哥說得沒錯，季旺你不能去。建別宮對朝廷來說可是件大事，絲毫馬虎不得，對服徭役的百姓們肯定十分嚴苛，吃苦受累且不說，就怕還要挨打受罵！若是每逢為公出勞力都讓你衝前頭，我們三個當哥哥的肯定要被人說話。我早就想好了，還是我去最合適。」

招娣聽仲平說他要去，身子僵了一下，手裡的餑餑險些掉下來。她不是不願意讓仲平去，而是覺得她帶著小暖，這日子本來就夠忙的了，若是仲平還要離家幾年，這日子該怎麼熬？

可是家裡總得有一個人去，若仲平真的去了，她也不敢多說一句，只是心裡會很難受。現在親耳聽見仲平這麼說，她就好像有些撐不住了，她真的害怕過孤兒寡母的日子。

但想到銀月挺著大肚子，叔昌怕是走不開的，而季旺正如大哥和仲平所說，這些年來確實吃了太多的苦，咳嗽病又沒好全。至於大哥，這次徭役本就沒他的事，大嫂的肚子也慢慢大了，大哥自然是不可能會去的了。

思來想去，似乎真的只有仲平合適了。招娣嘴裡的一口餑餑嚥了好幾下，都沒能嚥下去，她的雙手也有些抖，但是仲平作出的決定她必須得支持。

不就是要吃幾年的苦，她以前又不是沒吃過苦，不怕，她一定能撐得住！招娣這麼安慰著自己，便穩了穩心緒道：「確實只有仲平合適，他的身子是你們兄弟四人中最壯實的，就這麼定了吧。」

伯明卻回道：「小暖這幾日又染了熱病，仲平若是去了，留下妳和孩子在家，誰能放心？」

櫻娘聽著他們說來說去，禁不住在心裡深深嘆了口氣。以家裡的這種情況，確實是誰也不能離開家，這真是個大難題呀，這幾日想得她頭都疼了起來。

近來伯明向她提過幾次，說他是當大哥的，遇到這種事，他應該擔著才是，但是櫻娘一直沒有同意。一是這次服傜役，伯明的年紀本不在此列，二是她真的離不開伯明，她不想自己生孩子的時候，孩子的爹卻不在身邊。她沒有那麼堅強，也沒有那種奉獻精神，甘願為弟弟們挑起大梁。

平時伯明去趟烏州，她都牽腸掛肚的，若是去四百里開外的蘊州，一去就不知是哪年哪月才能回來，她覺得自己肯定會扛不住。

這時伯明放下了碗筷，這碗飯他根本就吃不下去，他無奈地瞧著櫻娘。「要不……還是我去吧？」

其實他心裡也不想去啊，他捨不得櫻娘和還未出世的孩子，他不能想像長期看不到櫻娘，自己會成什麼模樣？可是，身為長兄必須有擔當，他總不能對此事不聞不問，由弟弟們搶著去吧？

櫻娘只是悶頭吃飯，沒同意也沒反對。

仲平、招娣、季旺三人齊齊瞧著伯明愣了一會兒，緊接著仲平搖頭道：「不行，你都超過年紀了。」

伯明應道：「年紀是小事，周里正可以幫著改。」他說話時偷偷瞅了一眼櫻娘，怕她生氣，可是他這實在是無奈之舉。

櫻娘也放下了筷子。「你們都別爭了，先吃飯吧，吃完飯後，把叔昌給叫過來，你們兄弟四人抓鬮，誰抓到『去』字，就由誰去，不用再爭了。」

這確實是最公平的辦法，大家都沒吭聲，埋頭吃飯。

吃完飯後，季旺去叫叔昌了，其他人都坐在堂屋裡，四個小紙團已捏好了放在桌子上，待叔昌一來就可以抓了。

櫻娘和招娣都有些緊張，小心臟怦怦直跳，只不過櫻娘比較沈得住氣，大家都看不出她的情緒，而招娣卻是坐立不安，雙手微顫，腿腳發抖。

仲平見她那樣，忍不住握住了她的手。招娣可是第一次得仲平如此細膩的安撫，眼光盈盈都快閃出淚來了。

櫻娘見她擔心成這個樣子，心裡又是一陣嘆息。若是仲平抓到了「去」字，招娣往後過日子估計是有得哭了。

這時梁子過來了，他正準備跨進院子，而此時雲兒恰巧拎著個桶，準備去院子的對面餵豬，兩人就這麼面對面撞個滿懷。

雲兒慌裡慌張地說：「對不起、對不起！」

梁子扶住了她，再去扶穩還在搖晃的豬食桶。「是我走急了才撞到妳，應該是我跟妳說對不起才對。」

雲兒沒吭聲，拎起桶就往豬圈那兒去。

梁子回頭瞧了她一眼，也沒說什麼，便進了院子。他見伯明一家子神情肅然地坐在桌前，就知道他們還沒決定好到底是誰去。

「大哥、大嫂，我又來麻煩你們了。」他自己拉了把椅子坐在旁邊。

「你是為老么的事來的吧？」櫻娘猜道。

梁子點頭道：「可不是嗎？我這一走，實在是放心不下老么。我讓老么住我爹這裡了，可是你們也知道，我爹經常不在家，有時候還帶……」他頓了一下。「老么說了，要是我爹動不動打他、罵他，他就一個人住木棚裡去。他才八歲，還是個孩子，我這一去實在有些不放心他，還望大嫂、二嫂平時有空幫我照顧他，也管管他，不要讓他惹出什麼亂子。」

櫻娘也覺得梁子這一走，老么沒了依靠確實可憐。「你放心，老么若是不想住你爹那兒，就讓他來跟季旺住一屋吧。我們一家這麼多人都在，不會讓他出事的。」

梁子知道櫻娘說話分量重，說到就必定能做到，他說了好些感謝的話，就回去開始收拾行李了。

又等了好一會兒，叔昌才被季旺叫了過來。

櫻娘見叔昌神色戚然，關心地問：「老三，你這是怎麼了？和銀月吵架了？」

叔昌坐了下來，搖頭道：「不是。銀月她哥哥要去蘊州了，她娘在家哭得死去活來，說家裡就一個兒子，才剛得了一個孫女，還未得孫子，若是銀月她哥有個三長兩短，她這個當娘的也不用活了。銀月回家看望她娘，見她爹在打她娘，好像是因為託了人去冒名頂替，本來已經事成了，結果不知是被誰說出去，竟然告到吏長那兒去，錢秀才就把氣撒在銀月她娘頭上，銀月見娘家鬧成這樣，一回來就是哭，到現在連晚飯都沒吃。」
櫻娘蹙眉。「銀月自從有了身子後，每隔一段時日就大哭幾回，這對孩子好嗎？」
「我也勸她別哭來著，可是銀月她根本止不住的，她哥這一走，以後她娘就真的沒好日子過了，肯定整日被她爹欺負，怪她娘沒多生出幾個兒子來。」叔昌應道。
櫻娘嘆道：「家家有本難唸的經，錢秀才一家以後的日子可有得鬧騰了。」
本來櫻娘不太想讓伯明抓鬮的，只讓他們三個弟弟抓。現在她目光掃了一圈，叔昌？他要是走了，銀月估計會哭得背氣過去。仲平？招娣向來是個不能自主的，沒了仲平，儘管她不會反對，但恐怕再也展不開眉來。季旺？瞧他那黑黑瘦瘦的模樣，從十三歲就開始幹重勞力，三年來都沒歇過幾日，還落下了咳病。
若是不讓伯明一起抓鬮，她這個大嫂當得也太自私了。
櫻娘瞅著那四個小紙團，幽幽說道：「抓吧，再不抓還待何時？」

第十五章

伯明兄弟四個你看著我，我看著你，誰先抓呢？仲平向來不是個磨蹭的人，他伸手就隨便抓了一個，伯明和叔昌、季旺也就跟著隨手抓。

此時招娣都有些不敢看了，她見仲平展開紙條，她根本不敢斜視，只是緊張地扯著手裡的手帕子。

櫻娘也緊張得很，她同樣沒有看伯明手裡的紙條是什麼，反而看向弟弟們。

她對面的仲平放下紙條，上面一個字也沒有，她再瞅著叔昌，他也放下紙條了，仍是一個字都沒有，再看向季旺，他也……

櫻娘感覺有些頭暈，眼前一陣發黑，她努力讓自己撐住，深呼吸了一口氣，眼前又亮了起來。還好，自己並沒有因此而暈過去。

伯明愧疚地望著櫻娘不出聲，他覺得這就是命，既然抓鬮都被他抓到了，他這個當大哥的哪裡還有推卻的理由？

櫻娘站起身來。「我去替你收拾東西。」

她一進屋，眼淚就流了下來。好久沒流淚了，這種感覺還真的不好受，這是她來到這裡第一次感覺到深深的無奈與無助，整個身子像是被掏空了一樣。

她再一想到歷史書中總有類似的描述，說古代服徭役的百姓多麼淒慘，每日吃不飽，也休息不好，還要被打罵，若是再遇上什麼傳染病，估計就沒命回來了。

雖然這次是建別宮，不可能像修長城那樣死傷慘重，但是她也不敢肯定就真的能好得了多少……想到這些，她整個人都不好了，渾身無力，哪裡還能收拾什麼東西。

緊接著伯明進來了，他把屋門關上，走過來將櫻娘擁在懷裡。「櫻娘，我對不起妳，也對不起我們的孩子，妳別哭了……」

雖然他叫櫻娘別哭，可是他自己卻不爭氣，眼淚一個勁兒地往外流，趁櫻娘在他的懷裡瞧不見，他趕緊用衣袖給抹掉了。

其他人都坐在堂屋裡發呆，不知該怎麼辦。他們都知道，大哥抓鬮抓到了，他是絕不可能再讓弟弟們去了。

招娣見仲平沒抓到，卻一點兒也開心不起來，她嗚咽問道：「仲平，你說大嫂該怎麼辦？她還懷著孩子呢。都怪我不好，剛才就該堅持讓你去的，根本不該同意抓什麼鬮。」

一想到平時大嫂對她如此照顧，而她卻不能為大嫂分憂，剛才還盼著仲平不要抓到鬮，她覺得自己實在是太壞了。

招娣後悔了，淚眼盈盈地跑去敲門。「大嫂，都是我不好，妳打我罵我吧。大哥身子向來沒有仲平好，只有仲平是最適合去的。什麼抓鬮不抓鬮的，這哪能算數！」

見裡面沒有動靜，招娣著急了，對仲平道：「你快去找周里正，讓他把你的名字記上，跟他說明日你會準時去村南頭。」

仲平聽了點頭，起身往屋外走。

這時櫻娘突然將門打開了，神情自然，沒事一般地說：「胡說什麼！抓鬮不算數，那什麼才算數？你們要是還叫我一聲大嫂，就別折騰了。時辰不早了，你們早些睡吧。」

仲平根本不聽這些，執意出了院門去找周里正，伯明趕緊也跟著出門了。

周里正見他們哥兒倆爭著要去，還真是沒轍了。最後聽伯明說家裡抓了鬮，是他抓到的，周里正想到他是長兄，抓鬮又不好不作數，就在冊子上寫了「薛伯明」三個字。

仲平見自己拗不過哥哥，垂頭喪氣地和伯明一起回家了。

其實，一家子人都知道，這個時候無論是誰抓到了鬮，其他人都開心不起來。

叔昌回到自己的家後，聽到銀月還在哭，他也跟著哭了起來，還揪著頭髮、捶打自己的腦袋。

銀月見他那樣，止住了哭聲，驚愕地問：「怎麼？你抓到鬮了？」

叔昌哽咽道：「不是，是大哥，我倒情願是我抓到了。」

銀月先是鬆了一口氣，可是見他這麼難受，她心裡也不好受。「叔昌，你心裡肯定在怪我吧？若不是我，你肯定會不顧任何阻攔都要去的，是我拖累你了。」

叔昌瞅著銀月的大肚子，眼見著還有一個多月就要生了，他拉著銀月的手。「是我自己作孽，不關妳的事。」

銀月啜泣道：「以後我再也不跟你吵架了，也會好好聽大嫂的話，多幫著大嫂，不給她惹事。待她生了孩子，我幫她帶，我……我去給孩子洗尿布和屎褲子，我還要給她……」

這一夜大家都睡不著覺，招娣和仲平在炕上翻來覆去，而小暖好似知道了什麼，也是一個勁兒地哭鬧。

平時從來捨不得打孩子的招娣，這回她狠狠地抽了小暖的屁股好幾下，抽得啪啪直響。

仲平把小暖抱過來，瞪著招娣。「妳打她幹麼？她才幾個月大，懂什麼？」

招娣無言以對，她知道自己不該打孩子，可就是心裡煩躁又愧疚，不知該往哪兒發洩，就對孩子動了粗。

櫻娘把伯明平時穿的衣裳放進包袱裡，還放了幾大串錢在裡面，然後她又去翻箱底，把分家時得的銀子也放進來了。有一兩銀子本該是季旺的，因為之前為雲兒的事已經給了周里正，現在只剩一兩了。

伯明走過來把銅錢和碎銀子拿了出來，只留了一串錢在裡面。「周里正都說了，不須帶錢，有這一串錢零花就夠了，帶多了怕在路上會惹麻煩。」

櫻娘也怕他帶多了錢，會被人盯上，於是她找出針線，先把碎銀子縫在小荷包裡，再把小荷包往伯明一件衣裳的裡層縫上。

伯明知道櫻娘的用心良苦，也不攔著她，隨著她去。

櫻娘縫好後，囑咐他道：「那串銅板才一百文錢，也不算多，別人見了不至於惦記，這些碎銀子你可千萬別讓人瞧見了，留著救急用，若是生病了，你可得拿出來去看郎中，千萬別拖著。」

「我知道，我會愛惜自己身子的，我還要回來跟妳和孩子一起過好日子呢。」

「還有，去了後不要傻乎乎地拚命幹活，趁沒人盯梢時，你就好好歇息。聽說男人多了，湊在一塊兒愛打架鬥毆，你可不要摻和進去，被打傷了怕是沒人管的。」

伯明拉著她到炕邊坐下。「妳別擔心這個擔心那個的，說不定我過個大半年就回來了。我不愛與人計較，更不愛打架，妳不用操這個心，只要在家好好養胎，順順利利把孩子生下來，千萬不要整日惦記著我，我肯定會過得好好的。」

櫻娘知道，這些依依不捨的話，越說只會讓人越難受，乾脆什麼都不說了。

兩人上了炕，伯明輕輕掀起她的衣襟，對著櫻娘肚子說起話來。「我的孩兒，爹明日就要遠走他鄉了，沒空管你了，你可要聽你娘的話，不許鬧。再過四個月你就要出來了，可不能像小暖姊姊那樣，總是在夜裡哭鬧，你得乖乖的，不許累著你娘。你乖的話，待爹回來就會給你帶糖吃，若是不乖，我就抽你的小屁股。」

櫻娘淚光閃閃，卻笑著說：「待你回來，說不定孩子都會走路了，哪裡認得你？孩子肯定會拿著小棍子趕你出去，還跑過來告訴我——娘，剛才來了一位壞叔叔，被我趕走了，哈哈……」

伯明禁不住也笑了起來。「孩子敢轟爹出門，看我不好好收拾他！」

兩人說笑了一陣，又一起想像著孩子的模樣，還為孩子取了好多名字，男孩名、女孩名都有。

聊到深夜，兩人小心翼翼地親熱了一陣。懷胎五個月，只要動作不是太大，也是無礙的。

次日，一家子早早起床為伯明做了頓豐盛的早飯，仲平和招娣也過來吃，連叔昌和銀月都來了。

一大家子就像沒分家前那樣圍桌吃著，誰也沒有多說什麼，更不提伯明去蘊州的事。

吃過飯後，一家子都跟在伯明身後，要送他去村南頭。伯明轉身攔住他們。「你們該幹什麼就幹什麼去吧，別搞得這麼興師動眾，好像生離死別一樣。」

櫻娘也讓他們各忙各的去，她怕到時候自己會哭，被這一家子人瞧著會很難堪。

但招娣抱著小暖，堅持要和櫻娘一起去送伯明，除了她，其他人都聽話地止住了腳步。不送就不送吧，送別的場面確實會讓人很難受，

來到村南頭，村裡幾十名小夥子都到場了，伯明是年紀最大的一個，只不過他長相偏年輕，比那些十八、九歲的人還顯小。

櫻娘瞧著伯明站在那三排人群裡，開始還能忍著不出聲，但當他們啟程，伯明朝她揮手時，她再也控制不住地淚如泉湧。

招娣也是滿臉糊著淚，小暖見伯明走了，跟著大哭起來。雖然她還不會說話，可是平日裡伯明沒少親她、抱她，她可是知道的，小暖一邊大哭著，還一邊往前伸著雙手，可能是想要大伯抱抱。

村裡其他人見自己的兒子要走了，也都哭了起來。對他們來說，兒子可都是家裡的命根子呀！且不說這一去要吃多少苦、遭多少罪，他們只盼著兒子能活著回來。

梁子和伯明是並排走在一起的，老么在旁也哭得厲害。

櫻娘見村民們個個哭得傷心，她抹了把淚，招呼著招娣和老么。「別哭了，咱們回家吧。」

她在轉身那一刻，再瞧了瞧遠處已經變得很模糊的伯明，伯明也回頭瞧著她，又朝她揮了揮手，雖然他連櫻娘的人影都瞧不太清楚了。

櫻娘回家後，坐在院子裡繼續做那雙小老虎鞋。

小暖還在哭鬧，招娣怕她吵得櫻娘煩心，趕緊將她抱出去玩了。

雲兒戴上一頂大簷草帽去池塘洗衣裳，她之所以戴這麼個大草帽，並不是怕把自己曬黑了，而是因為帽簷這麼一遮，她再緊低著頭，路過的男人們就瞧不清她的臉了。

仲平、叔昌、季旺一起去田裡幹活，他們在路上就已經商量好了，雖然大哥不能再種黃豆了，但是他們會輪流幫著種，不但不能讓大哥家的地荒掉，而且還得好好種，一定要有個好收成才行。

老么去他家的花生田裡鋤草，因為麥子和高粱都收了，花生也快要收成了，他並沒有太多的活兒要幹。至於他爹薛家枝自己分得的那些地早就荒了，全都長著野草，反正他不缺錢，沒糧吃可以去買。

櫻娘就這麼渾渾噩噩過了一日，老虎鞋上的針線全縫歪了，她又拆了重新縫。吃飯時，為了不讓一家人瞧著操心，她勉強吃了一小碗。

晚飯後，招娣洗了一盤新鮮紅棗出來。「大嫂，這棗可甜了，是從三叔家的棗樹上摘來的，妳多吃點。」

櫻娘伸手拿了幾顆吃，確實甜得很。可是，為什麼吃著這麼甜的東西，她心裡卻發苦呢？

招娣在旁沈默了許久，她懂櫻娘的心思，只是不知道該怎麼安慰，這個時候多說什麼都是無益的，只會徒增傷悲。

招娣抓了一大把棗往櫻娘手裡塞。「妳多吃些甜棗，明日我就給妳做梅干扣肉和水煮魚吃。」

「算了，還是過些日子吧，這幾日妳哪怕做出山珍海味或宮廷八寶，我也是吃不下的。」

招娣知道櫻娘難受，只好乖乖地坐在旁邊陪著。直到小暖餓了要吃奶，她才回自己的屋。

櫻娘感覺身子乏得很，便上炕躺著，瞧著旁邊空空的，看不到伯明的身影，也聽不到他的聲音，這種日子何時才會有盡頭？

想到這才是第一日，她的淚水一點一滴地落下來，滲進了枕頭裡。

此時的她，真的好後悔出什麼抓鬮的主意。

在夜裡，她作了個夢，夢見以前她讀書那會兒，老師在講解《詩經》裡的〈君子于役〉篇，老師感慨加批判地講解完之後，讓同學們朗讀一遍。

「君子于役，不知其期。曷至哉？雞棲於塒。日之夕矣，羊牛下來。君子于役，如之何勿思……」

雞兒、牛兒、羊兒都能每日按時回家，而她的伯明卻不知要在外吃多久的苦。

讀書時候的她，哪裡能想到，有一日她會成了那個盼望在外服徭役的丈夫能早日回家的農婦？真是生不逢時，時運不濟，人生難測啊……

接連這一個月，她每天夜裡都睡得不太安穩。

這一日已是秋分，家裡的花生已經收了，櫻娘挺著六個月的大肚子和雲兒一起在廚房裡煮花生，櫻娘還特意往花生裡加些大料，讓花生入點味。

這時叔昌神色慌張地跑了過來，還未進門便直呼大嫂。

櫻娘走出廚房門。「叔昌，這是怎麼了？你怎麼大呼小叫的？」

「大嫂，銀月說她肚子疼，會不會是快生了？她在家裡疼得直哭喊，我得去找穩婆，又怕她一個人在家挺不住……」

櫻娘忙打斷他。「你快去找穩婆吧，別說廢話了，我這就去！」她也不管鍋裡的花生了，趕緊出門，此時正好撞見招娣抱著小暖進院門。

招娣把小暖交給了雲兒，也和櫻娘一起過去。

雲兒抱著小暖坐在灶下燒著火，再起身看看灶上的花生煮得怎麼樣了，嘴裡忍不住說道：「小暖，妳大伯母可真是夠辛苦的，妳大伯不在家，她挺著大肚子還要操心著弟弟、弟妹們的事。等妳長大了，可得孝順妳的大伯母，記住了嗎？」

小暖哪裡聽得懂呀，卻還有模有樣地點頭，又咧嘴格格直笑，好像真的聽懂了似的。

櫻娘和招娣到了銀月家時，只見她渾身已被汗濕透，頭髮也汗涔涔的，看來真的是疼得不輕。

銀月見她們倆來了，安心不少，可是止不住肚子疼啊，她時而要命似的喊疼，時而咬唇，嘴唇都被咬得鮮血淋漓。

招娣給她擦完汗，又來替她擦嘴上的血。「大嫂，妳說銀月這是怎麼了，年初我生小暖時可沒疼成這樣呀，妳瞧她渾身沒一絲是乾的。」

櫻娘在旁說道：「每個人生孩子都會不一樣吧，可能是她骨縫太緊了。銀月，妳疼就喊出來，再多做深呼吸，別再咬嘴唇了，妳的嘴唇都破得不像樣了。」

銀月鬆開牙關，唏哩嘩啦哭了起來。

櫻娘也不管她哭不哭了，隻身去廚房為她煮點吃的，等會兒生孩子她才會有力氣。

只是待穩婆過來後，她摸了摸銀月的下面，說還早著呢，可能得等到傍晚或夜裡才會生。

銀月聽到這話，差點暈厥過去，都疼得快沒命了，竟然還要等到晚上才能生——現在還沒到午時，這不是要她死嗎？

到了傍晚時分，她感覺自己真的撐不住了，要進鬼門關了，幸好她的孩子還算爭氣，總算是生出來了。

銀月筋疲力盡，連喘氣的力氣都快沒有了，她都沒勁兒問一聲孩子是男是女，只是閉著眼睛躺在那兒緩神。

櫻娘瞧了瞧孩子。「又是一位可愛的小千金。」

她和招娣一起幫著孩子裹襁褓，這時招娣突然發問。「大嫂，銀月要坐月子了，誰來照顧她和孩子？」

這時叔昌也進來了，他怕麻煩兩位嫂子，忙道：「我來照顧銀月就行。」

櫻娘搖頭。「你可不行，男人都粗心，孩子可不能隨便應付，何況你還得去田裡幹活，哪能日日在家待著？以前銀月說她大姊會來照顧她的月子，我瞧應該也來不了了，聽說她大姊最近和葛家鬧得很僵，還是我和招娣輪流著來吧。」

招娣連忙接話道：「大嫂，有我一人在這裡就行了，妳自己還懷著孩子，是不能受累的。」招娣本就一直心存愧疚，覺得沒為家裡出過力，任何事都是大嫂出面，這回她無論如何也不能讓大嫂受累了。

櫻娘也知道招娣在想些什麼。「我倒是想由著妳一個人來，可是小暖誰帶？」

招娣思量了一會兒，回道：「白日有雲兒幫著帶，小暖餓了的話，就讓雲兒把她抱過來，我給她餵奶，晚上由仲平帶著，小暖會很乖的。」

櫻娘覺得這辦法也行，為了滿足招娣那小小的心思，她也就同意了。「好吧，那就辛苦妳了。」

叔昌見兩位嫂嫂這麼細心為他和銀月考慮，很想說一些感激的話，只是平時相處得親近，太客氣的話也說不出來。

他思來想去，覺得讓兩位嫂嫂幫孩子取個名比較合適，這樣表示著他極為敬重嫂嫂們的意思。「大嫂、二嫂，我和銀月都不太會取名，最近想了好些名字都覺得不好聽，以後孩子到底叫什麼，我聽妳們的就是了。」

招娣聽了連忙應道：「我大字不識幾個，哪裡會取名字？就由大嫂幫著取吧。」

叔昌點頭，轉身熱切地瞧著櫻娘，櫻娘懂叔昌的意思，便答應了。

櫻娘回家後，替招娣收拾了一些她平時用的東西和鋪蓋，送去了叔昌家，然後再回到自家。

因為這一整日陪著銀月，她午飯都沒有吃，這時雲兒把晚飯都做好了，她才坐下來準備吃一點。

此時仲平和季旺也回家了，櫻娘叫仲平過來一起吃，招娣要照看銀月的月子，他一個人若是還要開伙確實太麻煩。「仲平，這個月你就都在我家吃吧。對了，老么最近怎麼樣了？他前些日子還曾過來玩，這兩日怎麼沒見著他？」

仲平嘆氣道：「前日夜裡二叔打了他，說他小孩子還敢管爹的事。老么一賭氣，跑去木棚住了。我叫他過來和季旺一起睡，他說等天再涼些就過來，這才秋分，夜裡也不太冷，說住木棚也無礙的。」

櫻娘吃著飯，沈默了一會兒，說：「等打了厚霜就叫他來家裡吧，梁子把他託付給我們了，我們可不能疏忽大意。」

仲平點頭道：「嗯，這事我會記著的。」

「仲平，吃過飯後，你去把那些上半年來我們家織線衣的婦人們都叫來吧，如今已到秋分，可以開始織線衣了，正好家裡還有好些線料，讓她們來領回去織。」

仲平身子滯了一下，便道：「大嫂，要不……今年這個買賣就算了？妳還有三個多月就要生了，別為此事操心了。」

櫻娘搖頭。「這事費不了多少心思，我自己又不織，不累的，只是你得趕緊學會趕牛車，到時候去烏州的事就得靠你了。」

仲平知道櫻娘作了決定是不會改的，只好點頭答應了。

伯明與梁子來到蘊州幹活也有一陣子了，雖然天天埋頭苦幹，還好身子能撐得住。每日都是天黑後才收工，他們吃著乾乾的窩窩頭，再喝一碗漂幾片青菜的湯，就算是一頓晚飯了。

吃過飯後，其他人都鑽進帳篷去了。累了一整日，有些人是倒在地鋪上立刻就睡著了，還有人圍在一起玩牌，也有人將頭埋在枕頭裡哭。

伯明與梁子想說說話，怕吵著他們，便來到帳篷外坐著。

「大哥，我今日瞧見監頭手裡的別宮圖了，各種宮殿樓宇繁複且不說，好像還要造大湖和建塔樓。聽說聖上對皇宮越來越不滿意，才想著建一座別宮，若是建出來他覺得滿意的話，或許還會遷都至此。我尋思著，按這麼個建法，怕是五年我們都回不了家。」

這也是伯明灰心的緣由，其實他今日也瞄見了那幅圖，想到櫻娘在家裡殷切盼著他回家，他心中酸楚無以言表。

梁子見伯明傷懷，安慰道：「這只是我瞎猜的，或許不用那麼久。這不是有好幾萬人都在卯著勁幹嗎？誰都想早點回家，不敢懈怠的。」

「怕是累死累活地幹，沒個五年也是難以完工的。這還只是圖上畫的，說不定哪一日聖上想出什麼新玩意兒，又要建這個、建那個，回家的日子就更遙遙無期了。」伯明越說越灰心，都有些哽咽了。

梁子見伯明才來一個月就有些撐不住，他真的很為伯明擔心，如此長期憂鬱下去，怕是要生出病來。他心裡雖然記掛著老么和他娘，但沒有伯明那般思念深重。

梁子身子往後一倒，仰躺在地上，感慨道：「還是不成親好，你瞧這一批來的人，成了親的個個愁眉苦臉，但是和我一樣沒有家室的，都沒心沒肺似的還過得挺悠哉，只要不餓肚皮就行。」

兩人正說著，遠處傳來一陣打鬧和罵人的聲音，梁子坐了起來。「好像哪個帳篷裡又有人打架了。」

伯明手裡拔著地上的小草揉捏著，心裡想念著櫻娘，根本就沒太在意別人打架的事。因為每隔幾日就會有人打架，大家都習慣了，反正打鬧一陣就完事了，都是為了一些雞毛蒜皮的事，像是誰的腳太臭了、誰睡覺愛打呼嚕了，或是誰在吃飯時搶菜吃了，這都能成為打架的由頭。

梁子與伯明稍稍朝那兒瞅了一眼，又接著說話，只是後來吵鬧聲越來越大，他們才意識到這次好像與平常不同，似乎鬧得很大。

此時很多人都圍過去瞧熱鬧，梁子忽然大拍腦袋道：「銀月她哥好像是住那個帳篷的，他前段日子就打人了，今日不會又是他在打誰吧？」

他們兩人趕緊起身去看，只是這時已經有好幾百人圍了過來，他們倆根本擠不進去，看不見裡面發生了什麼事。

接著就有好幾個監頭執鞭過來了，他們一個勁兒地甩著鞭子，那些圍觀的人挨了鞭子立即讓出一條小道來，監頭們便進去了。

不一會兒，就聽人說裡面打死人了，而且還是三個。監頭命令那個帳篷裡的人將死者抬出來，伯明與梁子一瞧，頓時嚇傻了，因為其中一人竟然是銀月她哥錢銀寶，另外兩位看似只有十六、七歲，不知怎的就命喪黃泉了。

這三位死者被監頭們命令抬到另一座山頭上去埋掉，伯明與梁子腿都有些發軟。銀月她哥就這樣沒了，若是她爹娘知道了，還能不能活下去？

錢家就這麼斷了子也絕了孫，銀月她娘怕是想活也活不了了，因為錢秀才肯定會日日折磨著她，嫌她沒多生幾個兒子，現在斷了後，不怪她又怪誰。

伯明心裡一陣發冷，雖然他對錢銀寶沒有任何好感，但總歸與錢家算得上是親家，見他就這麼死了，他又怎能無動於衷？他的意志更加消沈了，且不說要幹多少年才能回家，就怕哪日不小心被人打死都有可能，這種事誰又能意料得到呢？

過沒多久，大家開始說起這件事來，伯明與梁子雖然沒有湊上去聽，遠遠的也聽出個大概了。

原來是錢銀寶先動手打那對堂兄弟，好像是因為錢銀寶身上帶了不少錢，被人盯上了，前兩日他發現錢不見了，懷疑是這對堂兄弟偷的，上次他就打了這兩兄弟，後來仍不解氣，今日又繼續打他們。

也不知真是個誤會，還是這對兄弟想抵賴，反正這次人家不孬了，和他對打起來！要知道帳篷裡是放著各種鋤頭和鍬的，雙方一推一搡，撞上去就容易要了人命。

而且聽起來好像主要是錢銀寶的錯，是他打死那對堂兄弟，自己則是受重傷失血過多而死。當然，還有其他人參與，只不過有些人怕惹事，沒有提及。

就因為錢的事而鬧出三條人命來，伯明摸了摸自己身上的錢，頓覺不安起來。

奇怪的是，接下來這些日子十分安靜，大家也都不敢再鬧了，畢竟誰不怕死呀。

所有人都以為這件事就這麼過去了，伯明與梁子還特意去那山頭上拜了拜被錢銀寶打死的那對堂兄弟。當然，他們也順便看了看錢銀寶的小墳頭，不禁傷感了一陣子。

之後大家仍然每日幹著活，此事便慢慢被人淡忘了，如此又過了二十日，那對堂兄弟的爹娘與親戚們竟然得知了此事，似乎是因他們的家就在蘊州境內，不時關切著兒子，經常跑來這一帶打聽，沒想到這次卻打聽到了噩耗。

這兩家失了兒子，哪肯甘休！就直接告上官府。都說冤有頭、債有主，可是錢銀寶人都死了，官府又能怎麼辦？

那兩家如何都不肯就此罷休，最後將此事告到巡撫那兒去了。

約莫又過了一個月。這一日，伯明與梁子一起彎腰挖著土，因為長期勞累，吃得又差，幾乎沒有油水，加上伯明本身心思過重，不僅是身形消瘦、意志消沈，甚至已經快到了精神恍惚的地步。

想到櫻娘還有十幾日就要生孩子了，他這幾日是日夜不能寐，因為精神不集中，難免會幹錯活，還被監頭們打過幾回。

此時他正在尋思著，家書有沒有送到櫻娘的手裡？

雖然這裡是不允許寄家書的，但伯明為了讓櫻娘能安心地等著他，有一夜他花五十文錢收買了看守，然後跑到二十里外的一個小山村，把身上的一兩銀子給了一位看起來還算精幹的農夫，從他家找出粗劣的紙筆，給櫻娘寫了一封信。

他洋洋灑灑寫了一封近三千字的書信，然後託付這位農夫把信送到櫻娘的手裡。雖然他給的這一兩銀子太少，讓人家跑幾百里路，除去來回路費和吃用，大約連一百文錢都餘不下來，但是對方還是同意了。

伯明這幾日都在估算著，那位農夫現在已經走到哪兒了？應該到欒縣了吧？或許已經到了永鎮，也有可能已經把信送到了櫻娘的手裡？

櫻娘收到他寫的信，會不會激動得淚流滿面？他實在是想她啊！想得飯不思、夜不寐，都快得病了。

依梁子看來，伯明已經得病了，因為他經常魂不守舍，嘴裡會突然冒出櫻娘的名字。

伯明知道櫻娘肯定如同他一般，也會如此思念他，他希望這封信能帶給櫻娘一些慰藉。

就在這時候，忽然有三位穿著差服和套靴的人朝他走了過來。

「你是薛伯明嗎？」其中一人凶巴巴地問。

伯明糊裡糊塗地點了點頭。這時那人又問梁子是不是叫薛梁子，梁子自然也點了頭。

見他們倆都點了頭，其中一位看似領頭的人物將手一揮，朝兩位跟班命令道：「將他們倆帶走！」

第十六章

銀月早已出了月子，此時正抱著小語來櫻娘這邊玩。「小語」是櫻娘給銀月孩子取的名字。

她正要進院門時，見有一位陌生的男人在院前瞅來瞅去的。他瞧見了銀月，趕忙走過來問道：「這是林櫻娘的家嗎？」

銀月聽口音就知道他是外地人。「你是說林……櫻……娘嗎？」

那位男人連忙點頭，他聽銀月的語氣，還以為她就是本人呢。「妳就是林櫻娘吧，我總算是找到妳了！」

「林櫻娘是我大嫂，你找她何事？」銀月警惕地瞧著他。

男人聽了十分地高興。「在蘊州服徭役的一位年輕人託我給妳大嫂送信來了，那個年輕人應該就是妳大哥吧。」

銀月驚得兩眼圓睜，突然跑進了院子裡。「大嫂！大嫂！大哥託人給妳送信來了！」

櫻娘乍聽還不相信，當她見有一位陌生男人隨著銀月進院子，頓覺腦袋一陣嗡嗡作響，還有些天旋地轉。這是真的嗎？自己不是在作夢？伯明給她寫信了？

銀月見櫻娘站了起來，身子有些不穩，連忙騰出一隻手來扶她，只用另一隻手抱著小語，然後她再去屋裡倒一杯水出來，讓櫻娘抿了幾口，櫻娘腦子才清醒了一些。

櫻娘趕緊來到那位男人面前。「這位大哥，信在哪兒？」她已經迫不及待了。

男人知道她心急，立即從懷裡掏出信來遞給了櫻娘。櫻娘對他萬分感激地連說好幾句謝謝，然後雙手捧著信回自己屋裡去了。

銀月替男人搬了張凳子坐，再為他斟茶。

櫻娘坐在桌前，雙手微抖地拆著信。她將信紙打開，看到熟悉的字跡，看到伯明寫的開頭稱謂「吾妻櫻娘」，她已經完全控制不住了，熱淚盈眶，打濕了信紙，墨字被暈染開來。

她害怕字跡模糊，立即掏出手帕子將淚水吸一吸，再擦淨自己的淚，然後捧著信一字一字地往下看——

吾妻櫻娘：

見字如見面，妳近來可安好？此時，我手握粗毫，浮現於眼前的盡是妳如花笑靨，如飴似蜜，久沁於我心脾，難以消去。

不知妳是否有掛念於我？而我對妳，則思念成疾，不可言狀，若不以此信聊表心意，實在難以安眠。這段時日經常似見妳立於我眼前，伸手想將妳捉住，可每每抓住的都只是一團氣。每逢有妳入夢，最怕之事便是清晨醒來。我曾一度晝夜不分、今昨不分，妳可不許笑我愚昧蠢鈍，因那是我在想妳、念妳……

伯明在信裡先訴說了他對櫻娘深深的思念之情，然後是對他們孩子的期待與想念，還有對一家人的牽掛。

之後他才寫到自己與梁子在蘊州的情形，總之是報喜不報憂，說吃得飽、穿得暖，幹活也不是很累。還說他和梁子住在一個帳篷裡互相照顧，有個伴的這種日子也不算難熬。

儘管他快熬不下去了，但從信裡看不出他有一絲頹廢情緒，雖想念之情深重，但仍能好好幹活，仍能好好度過每一日，望她不要過於憂心。

……天涯海角有窮時，只是相思無盡處。當妳抱著孩子守立院門前，教孩子開口叫爹的那一日，便是我的歸期。

夫君伯明親筆

當櫻娘看到信中這最後一段話時，已是淚雨滂沱，用來拭淚的手帕子都濕透了三塊。

讓她欣慰的是，伯明一切都很好。只要他不遭罪，不受飢渴折磨，她覺得無論自己日子有多麼難熬，都能承受得下來，哪怕是度日如年，她也要扳著手指一日一日算著過。

三千多字的信，櫻娘仍覺得短。她將每一字、每一句重複看了一遍又一遍，看得忘了時辰，忘了周圍的一切。

她感覺自己有千言萬語要對伯明訴說，想回答他的各種問題，再應答他的思念之情。當即，她尋出紙筆，一口氣也寫了近三千字的信。

院子裡，那位幫忙送信的男人受到銀月熱情的款待，為他端出了好些吃食。待天色暗下，招娣帶小暖回來了，仲平和季旺也都回家了，他們極力挽留他在此留宿一夜，這是待客之道。何況，此時他們覺得這個人不僅僅是個客人，已相當於是他們家的恩人了。

直到飯菜端上桌，招娣才來喚櫻娘去吃飯，銀月已抱著小語回自己家了。

仲平和季旺也很想知道大哥在信裡寫了什麼，但是櫻娘久久沒有出屋，他們也不敢輕易去打擾。

招娣知道櫻娘肯定將信看了好多遍，但待在屋裡這麼久也應該差不多了。「大嫂，快來吃飯吧，妳不來吃，客人也不好動筷子的。」

櫻娘聞聲放下寫好的信，隨著招娣來到廚房。她不停地給送信之人挾菜，還說自己寫了一封信，希望他能幫著帶給伯明。送信之人一聽說櫻娘會寫信，當場驚呆。以他的見識，村婦們是連大字都不識幾個的，哪裡會寫字，更不可能會寫信了。

招娣見他如此驚訝，十分驕傲地說：「大哥曾經教過大嫂識字寫字，我大嫂也算得上是半個文人呢！」

櫻娘淺淺一笑。「瞧妳說的，還半個文人咧，連文人的邊都沾不上的，只不過會寫幾個簡單的字而已。」

仲平見櫻娘雖心緒難平，但還能把持得住，便說道：「大嫂，等會兒妳將大哥的信讀給我們幾個聽聽可好？大哥有提及我們嗎？」

櫻娘還在回味著那封信。「你大哥怎麼可能會忘記你們，就連小暖都提了好幾遍呢，他說叔昌現在都已經當爹了，還說，他好想親眼看著我生……」說到此處她有些哽咽，沒有接著說下去。

大家也不敢再說什麼讓櫻娘傷懷的話了，除了叫送信之人多吃飯菜，他們都是默默地吃飯。

飯後，叔昌和銀月過來了，一家子圍坐在一起聽櫻娘讀伯明的信。當然，櫻娘跳過了許多伯明對她的思念，這種濃厚的思念之語，她自己體會就好，可別唸出來讓弟妹們笑話，畢竟有些話語過於纏綿了。

晚上時櫻娘像摟著寶貝一樣摟著這封信睡覺。她知道，這封信會成為她往後的慰藉。只要想念他，她拿出信來讀一讀，心情就能舒暢許多。

這一夜，她夢見了伯明，伯明朝她羞澀地笑著，還說道：「櫻娘，我回來了。」

櫻娘大喜，朝他撲了過去，將下巴抵在他的肩頭上，雙手緊緊摟住他的腰，卻感覺他的肩頭不夠結實，不知怎的她就驚醒了過來。

原來自己是側著靠在軟綿綿的枕頭之上，手裡摟的是被子，果然是不夠結實啊。

她起炕時，天色才剛呈魚肚白，此時廚房裡已是熱鬧一片，招娣和雲兒早早就起來了，正在為送信之人做豐盛的早飯，因為他說吃過早飯就要回家去了。

早飯後，櫻娘把自己寫好的信交給他，還另外給了他三百文銅錢，以表一家人對他的感謝。這時招娣把分家時分得的一兩碎銀子拿了出來，希望送信之人把這個也帶給伯明，因為伯明為了託信已將身上的那一兩銀子花掉了。

送信之人連忙搖頭，嚴肅地說道：「可千萬不要給他帶銀子了，聽說前段時日有人因為身上帶著銀子，被人惦記上了，後來不知怎的就鬧大了，還鬧出人命來，可是丟了三條人命啊！另外，修別宮乃聖上親點欽差大臣督守，監管甚嚴，若是偷跑出來寫信被抓到，可是要被嚴懲的。」

櫻娘聽了神色倏變。「招娣，妳把銀子收起來，不要送了，可千萬別給伯明惹痲煩。這位大哥，你若是真能見上伯明一面，叫他以後千萬千萬不要再冒險出來寫信了，讓他照顧好自己，不要掛念我們，大家都過得好著呢。」

送信之人得了櫻娘的再三囑咐便要走了，仲平和季旺將他送到村口，直到瞧不見他的人影才回來。

櫻娘一直有些坐立不安，伯明在信裡寫他在那兒好像一切都很安穩，活兒不算累，也不挨飢渴，監守們也不凶悍，可是從送信之人口中得知的情況好像並非是這樣。

她只好自我安慰，伯明和梁子都是良民，懂得自律，無論管得有多嚴苛，只要不犯事，他們應該能平安歸來的。

再過十來日後，送信之人已回至家裡好幾日，終於尋到一個機會去打聽伯明之事。沒想到他打聽到的卻是伯明和梁子這對堂兄弟被蘊州官府差役給帶走了，具體所為何事人家也不會跟他說清楚的。

他本想再跑一趟欒縣永鎮，將此事告知櫻娘。可是考慮到此事只會給薛家帶來憂慮，一個小小的農家又怎麼鬥得過官府？何況他上次見櫻娘挺著那麼大的肚子，這幾日應該就要生了，若因聽到此事而動了胎氣，鬧得她難產或出人命，那可就是他的罪過了。而且他也怕給自家惹禍，他猶豫許久，最終還是沒敢去。

此時，伯明與梁子莫名其妙地被關在蘊州大牢，也沒有人來提審，只不過前兩日被帶到堂前受一群人圍觀，這群人應該就是那對被打死的堂兄弟的家眷。

伯明明白了，錢銀寶他已經不在人世了，可這些人不出這口氣不足以解恨，且又驚動了巡撫大人，蘊州官府只好將他們兩位給帶來了，誰叫伯明是錢銀寶的親戚呢？而梁子更加無辜，就因為他是伯明的堂弟也連帶著被關進來了。

梁子背靠著陰潮的土牆，苦笑道：「大哥，那些人不會是要我們一命抵一命吧？」

「怎麼可能？官府雖然黑暗，但也不至於濫殺無辜，我們倆又沒摻和打架之事，他們是不可能為了讓那些人出氣而害自己丟掉烏紗帽的。我尋思著，官府只不過是將我們抓來走個過場，待平息那些人的怒氣後，還會將我們送回工地的。」

梁子覺得伯明說得有道理，官府不至於為了一樁案子又弄出另一樁冤案來，所以也就安心了。「前日在堂前，聽那些人說已經派人去永鎮了，好像是要找錢秀才家賠兩條人命的錢，據說要一千呢。」

「一千文？」伯明聽上去覺得不可思議，這是不是也太少了？

「哪可能呀？是一千兩！錢秀才一家投胎十次也掙不來這麼多錢呀！真不知他家該怎麼辦？」

「錢家沒有錢，他們要也是要不出來的。何況錢銀寶自己也沒了命，官府也會考慮此事，最後應是有多少就賠多少了。唉，那些事我們是操不上心了，也不知我們何時才能被放出去。」伯明嘆氣道。

梁子自我安慰道：「其實在這裡還要輕快些，不須幹活，飯菜與工地的也差不到哪兒去。」

梁子再想到他娘也在牢裡，只不過是在欒縣大牢。他心裡泛苦，說著就倒在鋪著草的地上。「大哥，睡會兒吧，別想了。」

伯明哪有心思睡覺啊？他這幾日一直在算著櫻娘生孩子的日子。算來算去，若是櫻娘不提前也沒有逾期，這一、兩日或許就要生了。

次日午時，他一顆心揪得生疼，焦躁難安，渾身不適。他在草鋪蓋上翻來覆去，渾身大汗淋漓。他直覺，或許櫻娘此刻就在生孩子呢。

而如他所料，櫻娘確實是在生孩子。

櫻娘嘴裡喊著痛，心裡卻還想著伯明。她想像著伯明此時就在她的身邊，握著她的手掌為她鼓勁，說只要有他在，她什麼都不用怕。

她開始只是這麼幻想著，接著越幻想就越像真的了，她好像能看到伯明清晰的面容，正在熱切地瞧著她。

有他在，她生孩子怎能不順利呢？果然，過沒多久，孩子生出來了，那哭聲響亮，精神十足。

孩子的哭聲讓櫻娘清醒了過來，原來剛才只不過是一場幻夢而已……

這時，招娣把孩子抱到櫻娘面前，欣喜道：「大嫂，是男娃！」

虛弱的櫻娘接過孩子，她曾與伯明一起想像孩子的容貌無數次，如今孩子已出生，就在她的懷裡。她細細地瞧著，不禁甜甜一笑。「像伯明。」

招娣在旁喜色道：「真的是像極了大哥，妳瞧這額頭、眉毛、眼睛、鼻子、嘴巴，當真是沒有哪兒不像的！」

銀月也湊了過來。「大嫂，我早就說妳肯定會生男娃，還真的如願了呢！」

招娣怕吵著櫻娘，把孩子抱進自己的屋了。銀月則去廚房為櫻娘煮點吃的，折騰了一上午肯定早就餓了。

這時，雲兒抱著小暖，老么抱著小語，一起來招娣的屋裡瞧小弟弟。老么最近和季旺一起住，平時沒什麼事也會偶爾幫著帶孩子，這裡熱鬧，可比他爹家冷冷清清的要好。

招娣倒出溫熱的水，給孩子洗淨額頭上的穢物。剛出生的孩子也就哭那麼一會兒，緊接著就睡著了。

小暖和小語似乎也知道家裡多出來一個小嬰孩，她們倆興奮得手舞足蹈。雲兒和老么將她們倆並排放在炕上，和櫻娘的孩子一塊兒躺著。

他們一起瞧著三個並排的小孩子，覺得挺有意思。

招娣見雲兒十分喜愛小孩子，便道：「雲兒，這一個月裡我得伺候大嫂坐月子，沒空帶小暖，妳得更辛苦了。自從妳來我家，整日幹這幹那的，大嫂一直說很過意不去。唉，妳來我家真是遭罪了。大嫂上回說，想為妳說一門親，妳怎麼就不同意呢？若是成親了，妳遲早也會有自己的孩子的。」

雲兒輕輕地搖了搖頭。「我是個懦弱無能之人，我怕自己顧全不了孩子，讓孩子跟著我吃苦受罪。」

老么在旁立即應道：「雲姊姊，妳別為此事憂心。待哪一日妳生了孩子，我幫妳保護他，絕不讓別人欺負他。」他近來與雲兒混熟了，而且也因為他是雲兒唯一願意與之說話並接近的「男人」，所以他覺得自己與雲兒很親近。

雲兒只不過覺得他是個小孩子才不忌諱罷了，但在八歲的老么看來，那是雲姊姊對他特別好，或是另眼相看呢，讓他常因此而自豪。

櫻娘歇息了一會兒，就在尋思著給孩子取名字。以前她與伯明為孩子取了好多名字，如今想起來，她覺得只有「念兒」這個名字喚起來最為貼心。因為她念著伯明，伯明也在念著她和孩子。

銀月端來一碗魚湯，她扶著櫻娘坐起來。「大嫂，魚刺我都挑出來了，妳趕緊吃點吧。」

櫻娘吃了幾口，確實一根刺都沒吃著。「銀月，妳何時這麼會照顧人了？平時瞧妳也沒這麼細心呀。」

「我曾經答應過叔昌，妳坐月子時，要好好照顧妳，再為妳帶孩子。我說過的話可都是要算數的，從不食言。」銀月認真地說。

櫻娘抿嘴一笑，正要接著說什麼，院子裡突然跑進來一位老婦人，哭得十分淒慘。

銀月聞聲跑了出去。「娘，妳這是怎麼了？爹又打妳了嗎？」

銀月她娘秦氏進了院子後，也沒回答銀月的問題，只是淒厲地哭。她哭得喘不上氣，忽然一下栽倒在地，嚇得銀月發懵，直撲在秦氏身上哭。

櫻娘生完孩子才一個多時辰，根本不能起炕來看，只能在屋裡喊著。「銀月，妳家出了什麼事？」

銀月在外面大哭根本沒聽見櫻娘在叫她，倒是招娣跑了進來，慌慌張張地說：「大嫂，銀月她娘突然昏厥過去了！」

「快掐她人中！再煮糖水給她喝！」櫻娘催道。

她剛生了念兒，本還在喜悅之中，沒想到才這麼一會兒就有人昏厥在她家院子，這日子怎就這麼不清靜呢？

銀月急得直搖晃秦氏的胳膊，還推著她的身子，而招娣又在掐秦氏的人中，如此折騰又吵鬧的，秦氏總算是清醒了過來。

雲兒用開水泡了些糖端過來了，秦氏喝了糖水後，有了些精神又開始哭了。

銀月想到大嫂才生完孩子，正要歇息，她娘這麼吵也不好，何況她也不想娘家的醜事讓這麼多人聽著，便揹起秦氏準備回自家去。

「老么，你幫著把小語抱回我家吧。」

老么剛才一直抱著小語玩，這會兒急忙跟上去了。

招娣來到櫻娘的屋子。「大嫂，妳快將這碗魚湯吃了吧，銀月她娘醒過來了，應該沒事，銀月先揹她回家了。」

櫻娘聽說秦氏已清醒過來，她總算能吃得下了，她還真是餓了，把魚湯吃得一乾二淨。

招娣將空碗接了過來。「妳好好歇息吧，我就不吵妳了。」

「招娣，念兒睡著了是嗎？妳把他抱過來吧，讓他躺在我的身邊。」

「念兒？這是妳給孩子取的名字？」招娣在嘴裡唸了好幾遍。「嗯，還挺好聽的。」忽然，她想到此名的意義，知道大嫂這是念著大哥呢，她沒再說什麼，出屋將念兒抱了過來便又離開了。

櫻娘側身躺著，一雙眼睛根本捨不得離開念兒。她已經當娘了，眼前粉粉嫩嫩的嬰孩就是她與伯明的孩子，想想就覺得這是一件十分幸福的事。

她親了親念兒的臉蛋，輕輕拉著他的小手。念兒睡得很香甜，她一直這麼瞧著，直到眼皮子撐不住了，才睡了個迷糊覺。

銀月這時在家聽秦氏一抽一噎的，終於斷斷續續地將錢銀寶的噩耗說出來了。

「剛才有官差來家裡，說是妳哥……他……他打死了人，要我們家賠一千兩。我問他們……問他們妳哥現在怎麼樣了，他們說……說……說人沒了……」秦氏說出來後又差點背過氣去。

銀月聽了臉色蒼白，雙手直顫抖，連她都差點要暈過去了，更何況是她娘。不過她還是硬撐住了，一聲不吭地站起來為秦氏捶後背和揉腦額，防止她再昏厥過去。

銀月沒再多問她哥的事，只是任由眼淚流下。

母女兩人就這樣以淚洗面良久，銀月輕聲道：「娘，如今妳和爹這日子沒法過了，以後妳就住在我家吧。大姊家妳也是去不得的，前些日子她和那個姓鄭的女人大鬧一回，差點被葛家打發出去配人，幸好是懷了孕，最近才消停些，哥哥他又……妳什麼都別想，以後我和叔昌為妳養老送終。」

秦氏腦袋渾濁不清，根本沒聽清銀月在說什麼，就那麼眼神呆滯著，嘴裡抽泣著，像是傻了一般。

銀月將她扶上床躺著，為她蓋好鋪蓋，然後來餵小語喝奶。

小語吃得很香，大概是餓極了，銀月撫著她的柔軟頭髮，哽咽地說：「小語，娘算是生得一雙慧眼，看上了妳爹，且和妳爹成了親，否則怕是會和外婆或大姨那樣受男人欺負呢。還有妳舅舅他……他也不是個好男人。待妳長大了，娘定要為妳擇個好夫婿……」

銀月說著說著，眼淚滴落在小語的臉上，她伸手輕輕為小語抹去。

這時叔昌幹活回來了，他見銀月在哭，岳母還躺在床上，也不敢多問什麼，只是默默地在旁邊瞧著銀月和小語。

「叔昌，大嫂生了個男娃，吃了晚飯你去瞧瞧。」銀月強作鎮定地說。

叔昌點頭。「我在路上就有聽人說大嫂生了，剛剛過去時大嫂正在睡覺，就沒進屋瞧了。」他瞅了一眼床上的岳母，小聲問著。「娘……她怎麼了？」

銀月呆滯了一會兒，平靜地說：「我哥在蘊州惹了大禍，打死了兩個人，他自己也沒了命。官府差役尋到了我的娘家，說要賠給人家一千兩銀子。」

叔昌像聽說書先生在講著傳奇一樣，霎時反應不過來。待他的腦子理解過來後，雙腳卻直發軟。

他的雙腳像踩著棉花一般，一腳深一腳淺地往廚房去，因地上不平，他撲通一下摔了個嘴啃泥，然後迅速爬了起來，去灶上做飯。

吃過晚飯，叔昌過來看櫻娘。櫻娘和招娣兩人正忙著餵念兒喝濃高粱米湯。念兒似乎喝得很帶勁，小嘴一吮一吮的，才剛出生的嬰兒只能喝一小半碗，過沒多久他就喝完了。

櫻娘拿巾子給念兒擦嘴，隨意地問叔昌。「你岳母現在好些了嗎？你岳丈也是，怎麼動不動就鬧脾氣？待別宮建好，錢銀寶不就回來了，他何必這麼鬧？」

叔昌支支吾吾地說：「銀月她哥……回不來了……」

「什麼?!」櫻娘驚愣地看著叔昌。

叔昌把銀月說的話一字不漏地告訴了櫻娘。櫻娘愣怔許久，才緩過神來，對錢家遭如此大禍，她不知該說什麼好了，只望銀月能夠挺住。

繼而，櫻娘忽然慌了起來。「你大哥不會有事吧？」

叔昌聽了一驚，忙道：「這跟大哥肯定沒關係的，大嫂妳可千萬別瞎想，好好坐月子才是。」

這時招娣也趕緊來安慰櫻娘，生怕她多想。「大嫂，前些日子才剛收到大哥的信，大哥好著呢。他從不與人打架，也不愛惹事，何況他與梁子在一起，別人也不敢欺負他們。」

「就是就是，官府差役只是去了銀月家，又沒來我們家，肯定沒事的。」叔昌接著說。

「大嫂向來是明智之人，這回可別想岔了。」

櫻娘覺得他們分析得甚是有理，她確實沒必要這麼杯弓蛇影的，沒事自己嚇自己。

她穩了穩心緒，說道：「一千兩銀子錢家怎麼可能賠得起？官府也不打聽打聽人家的家境，哪怕是葛地主家，一下也不一定能拿出這麼多錢來。錢家就算賣房賣地，也湊不出一百兩銀子。」

叔昌嘆氣道：「銀月說了，賠錢的事由她爹去管，她爹要麼是耍賴不賠，要麼會賣掉院子和幾畝地，然後去縣裡給一戶地主家的兒子當先生。若是官府還不肯放過，最多把她爹給關進牢裡去。她嫂子肯定會帶著一歲多的閨女回娘家，也就是說我岳母……需要我和銀月給她養老送終了。」

櫻娘仔細思量後說道：「叔昌，我們家在錢這方面是真的幫不了錢家，即便家裡賣房賣地也湊不上多少錢，今年種的黃豆加上你家的也只賣七千文，折算起來才七兩銀子，完全於事無補。只是這樣……銀月她不會心裡不痛快吧？」

叔昌忙搖頭。「怎麼會，她也知道這個窟窿太大，根本不是像我們這樣的門戶能填得平的，她壓根兒就沒想著讓我們家出錢。」

櫻娘又道：「但在人情上我們家可不能淺了，你要好好侍奉你的岳母，這也是你應當做的。我瞧著她娘這樣，怕是也沒幾年好活了，你這個當女婿的可不要有半點嫌棄。」

「嗯，我會謹記著大嫂的話，定當好好奉養岳母的。」叔昌再抱了抱念兒，便起身回家了。

銀月雖然沒有在他面前大哭，但他知道銀月此時心裡肯定是萬般難過，他得趕緊回家安撫她。

招娣來抱念兒。「大嫂，我把念兒抱到我屋裡去睡，這樣妳就可以睡安穩覺了。」

「這哪行，妳不是還要帶小暖睡嗎？」櫻娘伸出雙手，要把念兒接過來。

招娣不肯撒手。「小暖睡搖床，不會擠著念兒。她最近也乖，夜裡都不鬧的。我和仲平帶慣了孩子睡覺，妳就放心好了。」

「可是夜裡我不是要給孩子餵奶嗎？」櫻娘問道。

招娣輕笑一聲。「妳現在還沒下奶，怎麼餵孩子？等過個一、兩日再說吧，我不會餓著念兒的。」她說著就抱念兒走了。

櫻娘知道招娣是希望她好好坐月子將身子養好，她不愛為這小事爭來爭去，何況她與招娣早就親如姊妹，也就隨著招娣。

招娣抱著念兒，仲平抱著小暖，兩人在屋裡有說有笑的。

「薛小暖、薛小語、薛念，這三個名字哪個最好聽？」仲平饒有興趣地問道，他覺得還是他為小暖取的名字最好聽。

招娣笑盈盈地應道：「我覺得都好聽。」

這時念兒不知怎的醒了，哭了起來，招娣很有經驗地說道：「我瞧念兒應該是剛才沒喝飽，才吃那麼一點高粱米湯根本不夠。」

仲平把小暖放進搖床裡。「我再去熬一些來餵他。」

招娣卻連忙道：「要不……我餵奶給他喝？」

仲平一怔，拍著腦門說：「對呀，這樣應該也行的，妳還沒讓小暖斷奶，還是有奶水的。」

招娣說著就撩起衣襟，要給念兒餵奶。

仲平攔住她。「不行，妳得先去洗個澡。妳忙了一日，身上肯定會有汗，可別弄髒了奶水，把念兒肚子給餵壞了。」

招娣臉一紅。「平時我給小暖餵奶，你怎麼都沒讓我去洗。」

「小暖都大了，沒那麼容易壞肚子嘛。」仲平回道。

「討厭！你竟然還嫌我髒，念兒肯定都不嫌的。」招娣嘴裡這麼說著，還是去洗了。雖然說已是冬月了，今日她確實忙到出了些細汗。

待她洗淨了身子，再來給念兒餵奶。念兒似乎很喜歡奶水的味道，十分享受地吸了好一陣，然後滿足地睡去。

招娣瞧著懷裡的念兒，頓時有了錯覺，感覺念兒像是她的兒子一般，她簡直疼愛到不行。

而這一頭的櫻娘並沒有那麼快睡著，雖然她覺得伯明應該不會出事，可是心裡仍然禁不住擔憂。

次日吃早飯時，招娣端來了一碗棗粥給櫻娘。「大嫂，念兒昨夜睡得可好了，夜裡就只醒了一回。」

仲平把念兒抱過來，放在櫻娘的身邊。「大嫂，上回妳說這幾日讓我去烏州一趟，我瞧著今日沒颳大風，是啟程的好日子。要不……我現在就收拾收拾，等會兒就去？」

櫻娘一邊吃棗粥一邊尋思著什麼。「讓季旺跟著你一塊兒去吧，你們倆一起好互相照應著。招娣，妳去裝一罈子鹹菜，蘿蔔條和四季豆都要裝一些，還有，再裝一罐子辣白菜，姚姑姑很愛吃這些的，讓仲平給她捎去。」

招娣聽了這話，出屋忙去了。

櫻娘再思量片刻，又道：「仲平，你將雲兒的事好好跟姚姑姑說一說，讓她放心別太記掛。雲兒在我們家雖然享不了福，還從早到晚的幹活，但她過得還算舒暢，最近還時常笑呢。」

仲平點頭。「嗯，我知道的，我會好好跟姚姑姑說的。」

櫻娘放下了粥碗。「你找紙筆來，我給你畫個圖吧。」

「畫什麼圖？」仲平不解。

「你沒去過烏州，怎麼知道鋪面在哪兒，又怎麼知道李府在哪兒？何況從永鎮到烏州，中間有好些岔路，很容易走錯的。我是因為以前坐過甄家的馬車，才記著路的，儘管這樣，那次我和你大哥一起去，還是差點走岔了。」

仲平恍然大悟，他竟然把這事給忘了，趕緊去拿紙筆。

櫻娘知道仲平不識幾個字，她畫圖時，是怎麼形象易懂怎麼畫，然後她再對著圖與仲平細講一番，仲平直點頭，說他明白了。

仲平和季旺一起將東西往牛車上搬，幾大包線衣、一包頭花，另外就是一個罈子與一個罐子。櫻娘還囑咐季旺要多鋪些乾草在牛車上，否則屁股顛得疼。

招娣目送著仲平和季旺啟程，她不停地囑咐仲平，叫他仔細照著大嫂畫的圖走，千萬別走錯了。季旺一路上十分興奮，這可是他頭一回出遠門。

次日一早，招娣燒好了水，找出早前曬好的艾葉，雲兒在洗著小木澡盆，因為這一日是孩子的洗三日。

才忙完這些，她們便瞧見李杏花帶著根子來了。

李杏花和根子先進屋來瞧櫻娘和孩子，自從根子學種黃豆，林家也掙了些錢。雖然沒有薛家掙得多，但好歹也掙了兩千文錢，這對林家來說已算是大數目了。

這次李杏花來還帶著一些禮，是她親手做的嬰孩被褥和棉帽，雖然值不了幾個錢，但也算得上是她一份心意，這可是她頭一回主動送東西到閨女家。

「櫻娘，伯明不在家，妳自個兒帶著孩子可辛苦了。要我說，伯明是個好女婿，只是他身子向來不是很強健，這次服徭役還不知要吃多少苦……」

李杏花說話時見櫻娘神色有些黯然，趕緊打住不說了，可別因為她這幾句話讓閨女掉淚，坐月子掉眼淚對身子可不好。

招娣將兌好的艾水拎進屋裡，雲兒也把澡盆洗淨了搬進來。如今已入冬，可不能在外面洗。

李杏花抱起念兒。「我的小外孫，姥姥和小舅舅來給你洗三，你高不高興？」

根子在旁笑道：「小外甥長得真像姊夫。」

櫻娘見這麼一大家子人圍著給念兒洗三，她坐在炕上不禁微微笑著，念兒有這麼多人疼著，她這個當娘的就坐在一邊乾看著好了。

念兒被他們洗得乾乾淨淨之後，再抱到暖炕上來。櫻娘試著給他餵奶，因為她覺得胸部脹得厲害，應該是要下奶了。

果然，念兒拚命吸，吸了好一會兒，終於有奶水出來了。

櫻娘見念兒吃得那麼歡，笑道：「念兒怎麼好像吃過奶似的，你們瞧他那陶醉和熟練的模樣。」

招娣在旁笑而不語，她可沒把自己這兩日給念兒餵奶的事告訴櫻娘。

仲平和季旺到了烏州，先是去鋪面將帶來的東西換了錢，再進一些線料和絹綢料。因為他們倆說是林櫻娘的家人，掌櫃的也就不拿他們當外人，價錢全按以前的來，一切都很順當。
之後他們再來到李府，姚姑姑自然是很熱情地招待他們兄弟倆。
這一日，恰巧李長安從蘊州那邊辦事回來，他見薛家兄弟來了，雖然沒有熱情招待，但也跟他們倆打了個照面。
說完雲兒的近況後，李長安無意中提起一事。「你們永鎮有一位姓錢的打死了兩個人，你們知不知道？這件事可是鬧大了，連巡撫大人都知道了。」
仲平聽了慚愧地低下了頭。「那是我三弟的大舅子，他向來性情暴躁，沒想到竟然惹出這種禍事。他本人也挺可憐，為此而丟了命。」
李長安聞聲愕然。「是你三弟的大舅子？那麼被頂替關起來的兩位應該也是你們家的親戚呀！」
仲平聽了頓時驚慌失措，季旺嚇得都不敢坐了，騰地一下站了起來。
仲平緊張地問道：「被頂替的是……是什麼人？」
姚姑姑也著急問道：「上回來我們家的薛伯明和他的堂弟也去服徭役了，不會是他們倆吧？」
李長安頓了頓。「若按你們這麼說，那應該就是了，我聽蘊州知府說，好像真的是……是姓薛……」
李長安這句話對仲平和季旺來說，如同晴天霹靂。他們呆立在那兒，身子好半晌無法動彈。

愣了好一陣，他們兄弟倆腿一軟，一下跪了下來。

仲平顫著嗓子哭道：「李大哥，您和蘊州知府都有來往，看來你們之間也是有交情的。您……您能幫幫我大哥嗎？我大嫂才剛為我大哥生了個兒子，她若是知道此事，就怕她……她受不住啊！」

仲平本來還想說些之後會如何致謝的話，可是除了嘴上道謝，又能怎麼感謝呢？想到自家就那麼點家產，都抵不上這屋裡的一個瓷瓶。他怕李長安聽了寒磣，也不好意思開口了。

季旺跪在一旁除了哭，就是朝李長安磕頭，磕得咚咚直響。

李長安本來是不想惹這件事的，沒想到隨口一說，竟然這麼巧，偏偏就是薛家的人。他見這哥兒倆朝他又跪又拜的，他坐在那兒發窘，不知該如何是好。

姚姑姑聽到這事，眼淚都出來了。「長安，你若是真的能幫上他們，就幫一把吧。我知道此事肯定會很難辦，可是伯明他們完全沒有摻和打人之事，這麼頂替本來就是不合律法的事，只要你去找蘊州知府——」

姚姑姑話還未說完，李長安抬袖一擺，意思是叫她別再說了。

李長安見這對兄弟苦求的模樣，也心生惻隱。「你們倆先起來吧，此事我會考慮考慮，但可不敢說一定能幫得上你們。」

仲平和季旺千恩萬謝地再磕了個頭，才起了身。

姚姑姑先派人送兩人回客棧，接著便來到李長安的書房。

她為李長安沏了一杯茶，端了過來。「長安，我知道你向來不愛管閒事，可這真的不是閒事。櫻娘與伯明上回來過我們家，你也見過他們倆了，可是一對恩愛有加、相濡以沫的小夫妻呢。他們吃過不少苦，這下又遭此禍事，你若是能……」

李長安抬頭瞧著她。「我又沒說不幫，只是此事可沒妳想得那麼容易。錢家連一千兩銀子都湊不上，聽說賣掉所有家產才湊上幾十兩銀子，這根本沒法交差呀。」

姚姑姑也知道，這件事看起來很難辦，但聽李長安如此一說，應該是用錢就能解決的。既然是能用錢解決的事，那就不是難事。

她轉身回自己的屋裡，端出兩個精緻的小木匣來。一匣子是白花花的銀錠，還有一匣子是珍貴的首飾，裡面有項鍊、耳環、玉鐲子等幾十樣上品。

李長安很不悅地瞧了瞧她。「他們又不是妳的至親之人，妳為何如此上心？這些東西不都是妳平時最珍愛的嗎？」

姚姑姑平靜地說：「雖不是至親，卻是深交故友。無論多珍貴的東西也只是身外之物，哪有救人重要？」

李長安蹙著眉頭，稍稍凝神，冷聲嘆氣道：「妳把東西都收回去吧，還用不上這些。」

他從筆筒裡抽出一支狼毫毛筆，姚姑姑趕緊過來給他攤紙研墨。

仲平和季旺回到家後，隻字不提大哥和梁子的事。

櫻娘見他們倆回來時笑得有些牽強，臉色灰暗，只當他們是在路上顛簸幾日太辛苦，過於疲憊所致，並未多做其他想法。

櫻娘的月子一直是招娣在照顧，銀月來過幾回，都被櫻娘趕走了。銀月既要帶孩子，又要照顧她娘，櫻娘是不會讓她來照顧自己坐月子的。

銀月她娘家遭此禍事，外人都沒見她哭過。其實她只不過是外表堅強罷了，在叔昌面前，她也哭過好幾回的，特別是她娘秦氏近來一句話也不說，飯吃得極少，更讓她揪心。

這一日，銀月來領工錢。櫻娘見銀月這些日子消瘦不少，也不知該說什麼安慰的話，只是問道：「聽說妳爹把賣院子和賣地的幾十兩銀子交給了官府，然後就去了縣裡，之後就沒有人再追究了？」

銀月默默地點了點頭，神情懨懨的。

「如此說來，這也算得上是一件好事，至少沒被官司纏上。妳爹在縣裡過得應該也不會差了，妳好好奉養妳娘，日子也就這麼將就著過吧，會慢慢好起來的。」

銀月應道：「也只能這樣了，官府沒有再找來已算是萬幸了，前些日子我還擔心官府差役們會來我家惹事呢。聽說葛地主怕被官府纏上，索要一千兩銀子，趁他大兒子出遠門辦事不在家，竟然把我大姊關在一個小屋子裡。若不是看在她懷孕挺著肚子，怕是又要打發她出去配人了。我也不知此事是真是假，已經讓叔昌去葛家打聽了，到現在也沒見他回來。」

正說到這裡，叔昌過來了。他剛才已回家，見銀月不在，就知道她肯定是來這兒了。

銀月一見到他就問：「我大姊果真被關起來了？」

叔昌點頭道：「聽說被關了七日，不過今日已經放出來了。葛家派去縣裡打聽事情的人，今兒個上午回來說，官府好像不打算再追究妳家的事。葛地主聽聞後才放心了，不再怕被官府強行索要銀兩，便把妳大姊給放出來了。」

銀月淚光閃閃。「你見到我大姊了嗎？她……怎麼樣了？」

叔昌不想讓她過於憂慮，只道：「還好，和以前一樣，可能因懷孕的緣故，還圓潤了不少。」

櫻娘坐在炕上納悶，按理說，官府不會這麼輕易就放過錢家的。幾十兩銀子與一千兩相差太多，如此就能打發想得到賠償的人？這有些說不過去呀，莫非有什麼蹊蹺？

想不通就不想了，櫻娘懶得為這些事傷神。這時念兒醒了，她要給他餵奶，叔昌就和銀月一起回家去了。

再過了二十多日，櫻娘已經出了月子。她帶著念兒在炕上玩，仲平和招娣一起進屋來了。

「大嫂，後日就是小年了，仲平說想找屠夫將家裡的豬給殺了，除了留一些肉自家吃，剩下的賣了錢，正好可以備年貨呢！」眼見著快過年了，招娣話語裡透著喜氣。

「好，這些事仲平作主就行了。到時候多留一些肉自家吃吧，家裡現在也不缺錢買年貨。」

第二日家裡殺了豬，一家人吃了一頓酸白菜豬肉餃子。第三日是小年，祭灶王爺，家裡也做了一頓豐盛的晚餐。接下來幾日，他們忙著用留下的黃豆打豆腐，還做了幾罐豆腐乳。除了這些，還打了糖塊、炸了麵片。

過年的氣氛越來越濃厚，就連銀月也不再愁眉苦臉了，她經常帶著小語過來玩。

這一年糟心的事太多，總算熬到了過年，大家都希望來年能順當一些。因此，除夕這一日，家裡準備了十分豐盛的祭祖盆，有豬頭、鯉魚、燒雞。當然，這祭祖盆等會兒還是要端回家吃的。

因為伯明不在家，仲平就得充當家裡的老大，他端著祭祖盆、叔昌抱著念兒、季旺拿著炮竹，四人一起去祠堂祭祖。念兒雖然才滿月沒多久，但是也得去的，凡是男丁，無論大小，一個都不能落。

叔昌已經分家出去了，本來應該單立門戶去祭祖，並在自家吃年夜飯才是。櫻娘見他和銀月這幾日一直往這邊跑，也就知道了他們倆想和大家一起過年。

她思量著，既然仲平一家三口要和她一塊兒過年，也沒必要讓叔昌一家單獨過了，她便主動提出三家湊在一起過大年，還讓銀月把秦氏也扶了過來。此時家裡顯得十分熱鬧，雖然因伯明不在，櫻娘心裡仍然有些空虛……

老么下午被他爹薛家枝叫回家去了，既然要過年了，父子兩人總得團聚一下才是。可薛家枝臉皮越來越厚了，他不會做年夜飯，竟然把寡婦春花找來。老么瞧著再不順眼，在這大過年的日子，他也只好忍氣吞聲了。

幸好春花做完飯就走了，緊接著薛家枝也帶著老么來到了祠堂。

仲平他們祭祖回來後，一家人將兩張小桌子併成一張大桌，再把熱騰騰的菜一一端上，然後圍坐下來。

所有人都在等著院子裡的季旺趕緊放響炮竹，因為大家等不及想吃年夜飯了。

櫻娘搗住念兒的耳朵，怕他被炮竹聲給驚著了。見大家都喜氣洋洋的，她卻突然傷感起來。仲平是一家三口，叔昌也是一家三口，他們都在說笑著，就連雲兒都眉開眼笑的。

櫻娘苦澀一笑，自我安慰著，沒事的，明年除夕夜，伯明肯定就能陪她和念兒了。

奇怪的是，季旺點響炮竹後並沒有立刻回屋來，而是跑向院門。

櫻娘納悶，朝外喊了一句。「季旺，你怎麼不進來吃飯？」

季旺回道：「好像有人敲門！」

他話音一落，雙手已將院門打開，瞧著眼前人，他如被什麼澆注了一般，僵立不動。

「四弟！」來人很激動，話語中帶著興奮。

「大……大哥，你回來了？你怎麼這就回來了，是李長安大哥救你出來的嗎？他……他真的有這麼大的門路？」季旺又驚又喜，已經語無倫次了。

伯明與梁子這一路上都十分興奮，想到就要回家了，頓覺世上再也沒有比這更為高興的事了。哪怕當時娶櫻娘，他都沒有如此興奮，因為他那時只是忐忑不安，還有小小的期待。而這次，想到馬上就能見到櫻娘了，他怎能不歡喜，要知道他近來想著櫻娘都快要發瘋了。

他沒有回答季旺的問題，而是反問：「你大嫂呢？」

「在屋裡，正準備吃年夜飯呢！」季旺忽然朝屋裡大喊。「大哥回來了！大哥回來了！」

櫻娘還以為聽錯了，轉頭問招娣。「季旺說誰回來了？」

「季旺說大哥回來了！」招娣和仲平他們齊齊起身，跑到院子裡去迎接了。

櫻娘還坐在那兒發怔，伯明怎麼可能回來，他不是在蘊州服徭役嗎？沒聽說服徭役的人還可以回來過年呀？

可是，她沒有聽錯，他們確實都在說「大哥回來了」！

她騰地一下站了起來，也跟著往院子裡跑。

只見他們團團圍住了一個人，仲平、叔昌和季旺三人高興得又蹦又跳，招娣和銀月懷裡都抱著孩子，直叫孩子喊大伯。

櫻娘現在確信是伯明回來了，她激動地擠了過來，站在他的面前，直愣愣地看著他。

伯明見到了櫻娘，可一肚子的話突然不知道該怎麼說了，只是傻乎乎地笑著，眼眶裡沁了些許淚水。「櫻娘，我……回來了……」

櫻娘瞧著他那張瘦了許多的臉龐，一看就是飽受了飢苦，她將滿腹疑惑全抛到腦後，忽然一下撲在他的懷裡，感受著他的真實，感受著他的溫暖。

仲平朝大家使眼色，叫他們趕緊回屋，可別盯著大哥大嫂看。

雖然他們知道大嫂與大哥相思心切，但見大嫂當著這麼多人的面一下撲到大哥的懷裡，還是被驚到了。大嫂就是大嫂，一點也不怕羞，這事要擱在他們身上，頂多互相笑笑就進屋了。

見櫻娘和伯明這麼緊緊相擁，他們看得都有些不好意思了呢！所有人滿臉帶著紅，趕緊進屋去了。

招娣忙著替伯明備碗筷，銀月來到念兒的搖床前，笑咪咪地說：「念兒，你爹回來了，你爹先抱過你娘，等會兒就來抱你，別急啊。」

銀月此言一出，大家都忍俊不禁笑了起來。

伯明撫著櫻娘的頭髮。「好了，我們先進屋吧，外面冷，可別把妳給凍壞了。」

櫻娘這才離開伯明的懷抱，抬頭瞧著他，淚珠子不小心滾了下來。伯明伸手幫她拭去，暖暖地笑著問道：「妳這是高興得哭了，對嗎？」

櫻娘咧嘴一笑。「討厭，我哪有哭。倒是你頭髮長長了，繫上了綸巾，都不像我的相公薛伯明了。」

伯明摸了摸頭頂。「妳不喜歡嗎？因為在外面沒人給我剃髮，所以……我這樣子是不是很醜？」

櫻娘嗤笑一聲，輕聲說道：「不醜，你怎樣都不會醜。」

伯明聽到這樣的褒獎，忍不住握緊了她的手，牽著她進屋來了。

大家見他們倆竟然手拉著手進來，都在心裡偷笑著，大哥與大嫂可真夠甜蜜的。

這時，櫻娘突然鬆開了手，來到念兒搖床前。「伯明，你快來瞧瞧我們的孩子！」

伯明可是在夢裡見過自己的孩子好多遍，只不過每次夢見的模樣都不一樣。他快步走了過來，瞧著搖床裡的念兒，激動得有些哽咽。

他伸出一雙大手，將念兒輕輕抱了起來，緊摟在懷裡，十分輕柔地親了親他的小臉蛋，又柔聲細語地說：「我的小閨女，爹沒親眼見妳出生，又這麼久沒來抱妳，妳是不是生氣了？」

櫻娘聽了眉眼一彎，笑道：「不是閨女，是兒子。」

伯明一愣，再瞧了瞧念兒。「喲，兒子怎麼生得這麼白嫩、這麼秀氣？爹真是傻了，連兒女都分不清了。」

孩子是男是女他這個當爹的都不知道，伯明心裡愧疚得很，再湊唇過來，親了親念兒的額頭。

念兒才一個多月，也不知能不能看清伯明。他只是好奇地瞧著伯明，不哭也不笑，然後伸手抓住了伯明的嘴唇，用吃奶的勁摳著。

伯明忍不住親了親念兒抓過來的小肉手，念兒忽然笑了。

招娣過來招呼著。「大哥，我們先吃年夜飯吧，涼了就不好吃了。」

伯明抱著念兒來桌前坐著，打算抱著他吃飯。

櫻娘挨著伯明坐下說道：「念兒又不能吃這些，你別抱在手裡了，放進搖床裡吧，他不會哭的。」

伯明緊摟著還捨不得放下，笑問：「我們的兒子有這麼乖嗎？躺在搖床裡瞧著大家吃這麼一大桌好吃的，他會不哭？」

櫻娘笑著瞥了他一眼。「這就叫乖了？念兒乖的地方可多了，你快放進去吧，來好好吃飯。」

伯明自然會聽櫻娘的話，他小心翼翼地把念兒放進搖床裡，再為他蓋好被褥，然後才過來坐下吃飯。

這時，仲平舉起酒盅，興奮得滿臉通紅。「大哥，我們一家終於團聚了，來碰個盅吧！」

伯明見一家人都開心得很，其樂融融的，這就是他平時想念的溫暖的家啊！

他以為自己肯定要過個三、五年才能回來，沒想到這麼快就回到家了。以前他以為自己與梁子是不幸的，連大牢都蹲過了，可現在想來覺得他們倆又是最幸運的了，一起服徭役的幾萬人，也就他和梁子能提前回家。

的。

伯明高興地舉起酒盅，與仲平碰了一下，再與叔昌、季旺都碰過了，然後他又來碰櫻娘的。

「我要給兒子餵奶，不能喝酒的。」櫻娘羞道。

伯明還真是忘了餵奶這回事了，他柔聲道：「妳就舔一舔。」

櫻娘舉盅與他碰了碰，果真就只用舌頭舔了一下。伯明是一杯就醉的人，他可不敢全喝下去，也只是抿了幾小口。

他不想喝醉，因為待會兒他還有好些話要跟櫻娘說呢。除夕之夜，他們夫妻得以團聚，櫻娘肯定也有好些話要跟他說，他若是就這麼睡過去了，櫻娘不掐死他才怪。

仲平能喝酒，一大盅全入肚了，他放下酒盅問道：「大哥，是李長安大哥託人放你出來的嗎？梁子哥剛才也回家了吧？」

伯明點頭。「蘊州一位徭役跟我說，有一位姓李的與知府關係密切，平時私下交情匪淺，之後不知怎的知府就放我和梁子出來了。當時我就明白過來了，肯定是李長安大哥從中幫忙的。」

櫻娘和招娣、銀月她們全都聽得一頭霧水。

櫻娘連忙問道：「這到底怎麼回事？什麼徭役、什麼放不放的，與李長安又有何關係？」她又緊張起來。「伯明，你不會是過完年還要去蘊州服徭役吧？」

伯明搖頭，握了握她的手。「不需要再去了。我和梁子是因為……」

當伯明把整個事情的經過都說完後，仲平才將他和季旺求李長安幫忙的事說了。

伯明早就猜到了，知道肯定是家裡人託李長安幫忙的，只不過他不知道櫻娘對此事完全不知情。

櫻娘聽了直抹淚，嗔怪道：「仲平，你和季旺也真是的，這種事怎麼可以瞞我？」

她的淚水啪嗒啪嗒地掉著，又瞧著伯明。

「你幹了四個月的苦徭役，還……還蹲了近兩個月的大牢，你這罪遭得……」櫻娘有些泣不成聲了。「若不是仲平去了一趟烏州，正巧李長安又提起這事，你和梁子豈不是要一直關著？或是關個幾年之後又要送去服徭役？」

招娣趕緊遞給櫻娘一條手帕子，她可是頭一回見大嫂哭成這樣。

平時櫻娘確實幾乎不哭的，無論遇到什麼事，在眾人面前她都咬牙堅挺著，哪怕想哭，她也是一個人摟著伯明的那封信默默流淚。

伯明又伸手過來，握緊了櫻娘的手，安撫道：「我這不是好好的回來了嗎？而且這哪算遭什麼罪，相比那些還在蘊州服徭役的人來說，我和梁子算是最幸運的了，他們可是盼都盼不來的。」

櫻娘仔細尋思，也是，若不是這樣，她又如何能這麼快就盼到了伯明回家？

她趕緊擦淨了淚，又笑了起來，還朝仲平和季旺嗔道：「以後有什麼事你們再敢瞞我，我知曉了可不饒你們。」

這時她瞧見了銀月還有她娘秦氏，只見她們母女倆都在默默抹淚，叔昌在旁瞧著也不敢吭聲。秦氏雖然近來一直不怎麼說話，腦子也時而清醒，時而糊塗，可剛才聽伯明和仲平說了這麼多話，她也知道這事與她的兒子錢銀寶有關。

櫻娘這才意識到自己不該笑得這麼開心的，雖然伯明與梁子因錢銀寶而蹲大牢，但也因為這件事提早回了家，可是錢銀寶卻再也回不來了。

銀月與她娘不聽此事還好，這會兒聽到此事的經過，她們是如何也笑不出來的。

櫻娘忙斂住笑容，招呼著大家。「趕緊吃菜、吃餃子吧。」

叔昌站起來為他們兄弟幾個斟酒，慶祝大哥提前回來。他們不再提牢獄之事了，免得一提這事，就會說到錢銀寶這個始作俑者。

銀月也不想因為她那不爭氣的哥哥惹得一大家子笑都不敢笑，她舉起酒盅，微微笑道：「今兒個我也來喝一盅。」

叔昌立刻提醒道：「妳也要餵奶的，可不能喝。」

銀月嬌嗔道：「我也只是舔一舔嘛。」

櫻娘見銀月放寬了心，她心裡也好受了一些。

這時，她側過臉來瞧著伯明，見到伯明也正瞧著她，兩人相視一笑，暖意融融，甜蜜無限……

第十七章

吃過年夜飯，櫻娘拎著十幾串銅板出來，要給大家發壓歲錢了。

按照這裡的習俗，都是大人給小孩發壓歲錢的，而過了十五歲的一般都收不到。只不過，在這之前櫻娘就說要給每人發一串，圖個喜慶，也是為了圖個好兆頭，望來年各個小家都能發財，日子過得紅紅火火。

櫻娘逐個發完後，大家又從自己身上掏出早已準備好的壓歲錢再給念兒。

這麼多錢放在念兒的小枕頭邊，念兒忍不住用手去抓，發出一陣叮叮噹噹的響聲，頗有小財主的氣勢。

當然，不只是念兒收到了好些壓歲錢，小暖和小語也同他收得一樣多，大家都做得絲毫不偏頗。

這時，伯明厚著臉皮來到櫻娘身邊，嘻嘻笑道：「怎麼沒有我的壓歲錢？」

櫻娘努嘴道：「你快去洗頭洗澡再換身乾淨衣裳吧，否則我給你這副模樣的人發一串錢，看起來倒像打發叫花子。」

招娣和銀月聽了格格直笑，伯明羞得忙洗澡去了。

仲平在堂屋裡架起了一小堆篝火，大家圍著吃些瓜子，再聊聊天。

家裡這麼多男人湊在一起，雲兒很懂得避嫌，早早回自己的雜物間了。

之後大家都玩盡興了，也各自回屋去了，叔昌和銀月便帶著小語及秦氏回自家了。

「招娣，妳抱小暖回屋裡去睡吧，今晚我來守夜。去年除夕是大哥守的，今年他才剛回來，肯定有好多話要跟大嫂說，就由我來守吧。」仲平往小堆篝火裡加著粗木，他已打算守通宵了。

招娣向來細心，平時也挺會心疼仲平的。她為仲平燒了一壺茶，再為他準備了一桿旱煙，以此好打發這漫長的一夜。仲平平時並不抽旱煙的，只不過逢年過節偶爾為之。

伯明洗淨且將自己整理得乾乾淨淨之後，他抱著念兒坐在仲平的旁邊。「二弟，我瞧著你抽旱煙的模樣，倒越來越像爹了，神形皆像。」

仲平憨笑著，此時他們兄弟倆同時回憶起孩提時，每到過年他們的爹就是這樣守夜的。

他們兄弟四個圍著火堆打打鬧鬧，他們的娘忙著端出放零嘴的格盒，讓他們解解饞。

「你們四個兔崽子可別都吃光了，明日有客人來拜年，還得留一些待客呢。」這是他們的娘每逢過年都要說的一句話，那時候家裡窮，吃什麼都得數著來。

歲月無痕，轉眼他們的爹娘已不在，他們兄弟幾個都開始當家了。

伯明感慨道：「這日子過得真快，除了季旺，我們兄弟三個都當爹了。」

「可不是嗎？再過幾日小暖可就滿周歲了。」仲平瞧著伯明的面龐。「大哥，你比去年更顯老成了，這近半年來，真是苦了你。我在家倒是輕鬆得很，長了一身閒肉。」

伯明瞧了瞧仲平的身材。「哪裡是一身閒肉，我瞧著你結實得很。你種了整整一年的地，清閒不到哪兒去。」接著伯明又打趣道：「我雖然今年更顯老成了一些，但看上去肯定也比你年輕，這村裡人以前可都說你像哥哥，而我像弟弟呢。」

仲平嘿嘿笑了起來。「那是因為我長得粗獷一些，我們雖然眉眼都有些像爹，但你的臉龐像娘，顯嫩。」

櫻娘剛才一直在收拾廚房，這時又來擦堂屋的桌子。她聽見仲平說伯明顯嫩，嗤笑道：「還顯嫩呢，聽上去好像在說哪位大姑娘似的。」

念兒一聽到他娘的聲音，立即在伯明的懷裡扭動了起來，嘴裡哼哼唧唧的，因為他餓了，要吃奶。櫻娘見桌子都擦乾淨了，趕緊去洗手，準備來餵奶。

仲平已是有經驗之談的娃兒爹了，一瞧念兒這模樣就知道他想幹麼，他催道：「大哥，你快抱念兒回自己屋裡去吧，這裡燻得慌，他也餓得慌。」

伯明抱著念兒回屋，把他放在炕上，自己也脫掉鞋，和念兒一起躺著。

伯明就這麼側身細瞧著念兒，瞧著瞧著就傻笑起來。想到他已經當爹了，有了這麼一個可愛的兒子，他仍覺得這像個美好的夢境，很不真實。

他用手輕輕撫著念兒的臉蛋，又摸摸他淡疏的眉毛，再點了點他小巧的鼻梁，怎麼看都是喜歡得不得了。

櫻娘瞅了一眼他那歡喜的模樣，便低頭準備撩起自己的衣襟給念兒餵奶。

只是伯明就在身旁瞧著，櫻娘有些害羞起來，畢竟快半年沒相見了，兩人這才剛見面沒多久，就要在他面前袒胸露乳的，她還真做不到。

她紅著臉道：「你背過去，不許瞧。」

「不嘛，我要看我兒子是怎麼吃奶的。」伯明耍賴皮。

「不行，兒子吃奶有什麼好瞧的，你這個當爹的好不害羞。」櫻娘急了。

這時念兒是真餓了，等不及了，一雙小手在櫻娘身上亂抓，還哭了起來。

伯明哪捨得兒子餓哭呀，趕緊背過身去。「好了，我都背過來了，妳趕緊餵念兒吃奶吧。」

櫻娘瞧了瞧伯明的背，嘴角噙著笑意，撩起了衣襟。念兒急得一下就含了過來，一吸一吮的，兩眼緊閉，像是吃得十分享受。

伯明實在忍不住，還是回頭了。他心想自己的兒子在吃娘的奶，他這個當爹的好像不需要迴避。

櫻娘見他回過頭來，羞得想躲，可是念兒緊含著根本不放，她只好就這麼坦坦蕩蕩地繼續餵，讓伯明瞧個夠。只是，她的頭埋得很低很低，臉上火辣辣的，紅暈一直延伸到胸口處了。

伯明見念兒嘴裡含著櫻娘的乳頭，一隻小手還扒在櫻娘那圓鼓鼓且白嫩的豐盈之上，那模樣簡直是太可人了。

他樂得差點笑出聲來，再仔細一瞧，發現櫻娘的這個可比以前大得多，想來是因為裡面有許多奶水的緣故。一直盯著櫻娘的這個瞧，伯明其實也覺得自己好壞。

他再細瞧著櫻娘的臉龐，柔聲道：「櫻娘，妳生孩子後，可是變得圓潤豐腴一些了，臉也更白嫩細膩了。」

櫻娘略抬頭。「你不會是嫌我變胖了吧？生孩子的女人大多數都會變胖的，我這才剛出月子沒多久，再過幾個月，肯定就會瘦下來。」

伯明忙道：「幹麼要瘦下來？我的意思是，妳現在可比以前還要好看了。妳這模樣哪裡是胖，而是正好適宜。」

櫻娘滿意地揚起嘴角笑了笑，女人都愛聽好話，被伯明這麼誇著她高興得很。她抿嘴一笑。「那好，我以後就保持這樣的身形，不讓瘦下來。只是……」她瞧著伯明的臉龐，有些心酸。「你得長胖一些才行，這樣我們倆才比較登對嘛。」

伯明現在確實瘦到不行，以前在蘊州時常吃不飽，還得出力幹活。後來吃的可是牢飯，牢飯哪有好吃的，分量不足且不說，不給餿飯就不錯了。菜一共也沒吃過幾次，大都是吃糙餅或乾巴巴的隔夜窩窩頭，連口湯都沒得喝。

但伯明是不會告訴櫻娘這些的，他反而還大言不慚地道：「其實我覺得蹲大牢也沒有那麼難受的，我和梁子是關在同一間，每日聊聊天、睡睡覺，清閒得很。」

「哦？」櫻娘瞪了他一眼。「照你這麼說，抓人進牢房是為了讓人享福的？」

伯明嘻嘻笑著不再說話了，至於每日見不到陽光，待在黑暗潮濕且發霉的角落裡，那種無助與恐懼感，他不說出來櫻娘也能想像得到。

念兒吃著吃著睡著了，那就是吃飽了。櫻娘豎著抱他在屋裡走了幾圈，然後把他放在炕頭最裡邊。

伯明掀開蓋著的被褥，再擺正枕頭，發現枕頭下有封信。他仔細一瞧，這不就是他給櫻娘寫的那封家書嗎？看著摺疊的地方都裂了，想來櫻娘應該是打開又摺起來無數次，才致使這封信破爛成這樣。

櫻娘脫掉棉襖與線衣，躺上炕來，見伯明雙手捧著信出神。她趕忙將信接了過來，再小心翼翼地放好。「這是我的東西，不許你碰。」

伯明一下將櫻娘摟在懷裡。「妳是不是每日睡覺前都要拿出來瞧一遍？」

「才沒有呢。」櫻娘是絕不會說她每日睡覺前不僅要細瞧一遍，還經常摟著信睡覺。

此時她偎靠著他的胸膛，感受著從來沒有過的踏實與安穩。半年來的期盼，半年來的空虛與寂寞，在伯明進院子的那一刻，到現在兩人相依相偎，已完全被填滿。她覺得，再也沒有比這更幸福的事了。

「櫻娘。」伯明輕輕喚著她。

「嗯？」她輕輕答應著。

「都是我不好，我不是一個好夫婿，不該讓妳在家擔心受怕，飽受思念之苦，還要辛苦操持著家。以後我再也不離開妳了，一定會好好守著妳和念兒。」

伯明的黑眸深望著她，愧疚與動情混合在一起，望得櫻娘渾身一蕩漾，她湊唇而來，此時伯明也正想要去親她。

兩人的四片唇瓣一碰上，就再也分不開了，死死黏在一起，時而熾熱如火，時而纏纏綿綿。此時，耳鬢廝磨與口角相噙都不足以安撫他們濃厚的思念之情，唯有津液相交，唇舌相抵，緊緊的纏繞才能慰藉他們長久的別離。

在吻得快窒息而分開喘息片刻之時，伯明嘴裡喃喃地說：「妳知道我有多想妳嗎？就是想念到感覺自己快要死了，一想到次日睜眼仍然看不到妳，就覺得這人世間暗無天日，活著完全是受罪。」

「沒出息。」櫻娘嬌笑著嘟囔一句，繼而她又凝眸瞧著他，幽幽地補了一句。「其實……我也是這樣。」

次日醒來，伯明一睜眼就能瞧見櫻娘。望著眼前讓他日思夜想的人，伯明微微一笑，這人世間不再是暗無天日了，而是亮堂堂的，亮得有些刺眼。

櫻娘這時也醒了過來，眼皮子一睜開，便瞧見他的笑容。「大清早的你笑什麼？」

伯明湊過來親了親她的額頭，之後才開口道：「今日是新年之始，是今年的第一個清晨，我當然要笑了，這一笑能……」

他話未說完，櫻娘騰地一下起身了。「天都大亮了，馬上就會有人來拜年了，我們倆還躺在炕上，太不像樣了。」

伯明經櫻娘這一提醒，趕緊起身穿衣裳。櫻娘穿好衣裳來給念兒餵奶，伯明先出屋了。他才一出屋，便有人來拜年。仲平和招娣他們起得早，已經做好早飯，且擺好食盒，備好茶水，招待來拜年的村民。

伯明匆忙洗漱後，便道：「仲平，你帶著叔昌和季旺他們一起去拜年吧。我先留在家待客，等你們每家每戶都拜完後，我再去幾位長輩家裡拜一拜。」

伯明一家輩分在村裡算高的，來拜年的不是喊他爺爺就是喊伯伯。按照這裡的習俗，一家之長且輩分高的，不須挨家挨戶去拜年，只須拜幾戶輩分比他還要高的就行。

而仲平他們不是一家之長，則得家家去拜

叔昌這時已經趕過來了，仲平便和他及季旺一起出門。

櫻娘餵完奶，和伯明一起坐在桌前吃著早飯。招娣剛剛吃過，這時她生好了火盆搬到堂屋，再擺好凳子，這樣客人來就可以圍著火盆坐了。

櫻娘吃完早飯後，和招娣一起擺著格盒，每一格都滿滿當當，糖塊、花生、瓜子、棗糕、炸麵片等。

「招娣，雲兒呢，怎麼一直沒見著她？」櫻娘四處張望著問。

「今日不是會有好多人來拜年嗎？她肯定是不想見太多的人，清早打掃了各個屋裡之後，她就待在自己的屋裡沒出來。」

「她一直這樣也不行呀，總不能一輩子都避著陌生男子吧。」櫻娘近來一直為雲兒的事擔憂，她再拖下去年紀也大了，可就更不好嫁了。

她正說著呢，梁子就帶著老么過來拜年了。「梁子，你怎麼來得這麼早，我家才剛來過一戶拜年，你這都排上第二了。」

梁子滿面春風的，能回家過年，他也是興奮得很。昨夜吃年夜飯時，他與他爹說了幾句話，還喝了幾盅，也沒有去木棚裡住，這對他來說已經很難得了。

梁子一進來就四處瞧著。「大哥，你的孩子呢？你在牢裡沒日沒夜的念著他，快抱出來我瞧瞧。」

櫻娘進屋裡抱念兒去了，伯明瞪著他。「大過年的可不許說什麼牢裡不牢裡的。」

梁子呵呵笑著，小聲說道：「我知道，你是怕大嫂心疼你。」他說著，突然一蹙眉。「咦，老么呢？剛才不是還跟在我身後嗎？」

招娣在旁應道：「他去雲兒屋裡了，他整日雲姊姊不離口地叫，這大年初一來拜年，他哪能忘得了雲兒？」

梁子聽了納悶，老么何時與雲兒這麼親近了？這時伯明很含蓄地瞧了梁子一眼，梁子的臉頓時紅了一大片。

他們這對堂兄弟在外相處了近半年，每日湊在一起，伯明自然少不了要說一說梁子的親事。因為櫻娘曾說過她對梁子這個人很放心，覺得若是他能接受雲兒就好了，只是一直找不著時機說出口而已。

伯明便把雲兒的事都告訴梁子了，至於梁子願不願意就看他自己了。這些日子以來，梁子也在心裡琢磨過這事，只是以前他沒怎麼注意雲兒，不瞭解她的性子，也就沒有表態。其實他並不介意雲兒身子被人玷污過，反而還覺得她十分可憐，只是，他以前娶綠翠就錯過一次了，這第二次娶親可不能再錯，他得謹慎點。

這時聽說老么和雲兒走得這麼近，他忽然不好意思了起來。

剛說到老么，老么就從雲兒的屋子裡跑了出來，他樂呵呵地說：「哥，雲姊姊給我做了一個十分好看的荷包，你瞧，上面還繡了小人兒踢毽子，繡得可像真的呢！」

梁子接過來一瞧，不得不感嘆，果然是手巧之人才能繡得出來的呀。

櫻娘已經把念兒抱了出來，打鐵趁熱說道：「雲兒可不僅手巧，還很會燒菜，我平日裡最愛吃她做的飯菜了。你瞧我家，收拾得這麼乾淨，也全都是雲兒幫忙幹的。」

梁子這下臉更紅了，他自然聽得出櫻娘話中之意。他從櫻娘手裡抱過念兒瞧著，不好意思接話。

櫻娘知道這事還要看梁子自己，她也不會多說，點到為止。

這時季旺他們兄弟三人進來了。

伯明朝他們問道：「你們才出去這麼一會兒，怎麼就回來了？」

季旺一進院子就脫掉鞋。「剛才不小心踩進泥溝裡去了，先回家換鞋。」

櫻娘聽了甚覺好笑。「路那麼寬，你怎就踩泥溝裡去了呢？」

仲平與叔昌在旁也跟著一起嘻笑，他們剛才是一起出去的，自然知道季旺為何會踩進泥溝裡。

季旺氣呼呼地說：「你們還笑，我長這麼大都沒見過那種女子，走路像男人似的。明明知道路中間有一個大水坑，而旁邊又是一條泥溝，大家都只走那條小窄道。她見我和二哥、三哥迎面走來，也不知道讓一讓，仍然昂首闊步地走。我都被她擠得沒地方站了，因為怕碰到她，我只好往泥溝裡踩了。」

他不僅鞋上全是泥，連襪套上也都是泥。他乾脆全脫掉，赤著腳走進廚房去舀熱水來洗腳。

招娣趕忙去為他找乾淨的鞋襪來。「大冷天的，你赤腳走路也不怕凍著。」

季旺兌好了水，坐在那兒一邊洗腳還一邊發牢騷。「她真當她是代父從軍的花木蘭啊，男不男、女不女的。見我踩泥溝裡了，她竟然還哈哈大笑，不知是缺了哪根筋！我瞧著她也不小了，竟然還是梳著姑娘頭。依我猜測，她肯定是沒男人要，嫁不出去。哼，男人婆！」

仲平與叔昌仍然笑得十分開心，還一起附和道：「確實像個男人婆。」

櫻娘和招娣聽到這事，也忍不住笑起來。

「大嫂、二嫂，妳們倆怎麼也跟著笑？我不跟妳們說了。」季旺洗好了腳，穿上乾淨的鞋襪，與仲平、叔昌再次出門。

梁子把懷裡的念兒交給櫻娘，叫住季旺他們。「等等，我和老么跟你們一塊兒去。」

他們幾人一走，就陸陸續續有不少人來家裡拜年，伯明和櫻娘、招娣都忙著招待。

忙了大半個上午，本村的人都互相拜完了，仲平他們也回家了，伯明再去拜幾位長輩。

因為伯明與梁子的突然出現，村民們很是吃驚，對他們這般境遇可是羨慕得不行。要知道村裡有好多人家的兒子都去了蘊州，還不知哪年哪月哪日才是歸期。

他們猜測伯明肯定是在外地有了大靠山，自然也少不了給伯明戴高帽子。伯明也不多做解釋，只是本本分分地以禮待人。

他回到家後，已近午時了。

雲兒在廚房做飯，季旺坐在灶下燒火。自從雲兒來到這裡，櫻娘做飯的次數少多了，可不是因為她不想做，而是雲兒總跟她搶著做。

招娣做飯要早一些，這時已經和仲平吃著了。他們只是昨晚的年夜飯和今日的早飯混在一起吃，從中午開始又是各家吃各家的。

櫻娘坐在炕邊哼著小曲哄念兒睡覺，手裡還在翻看著一個本子。

伯明湊過來瞧，見上面寫了好些字。「櫻娘，妳這字是寫得越來越好了。」

櫻娘眉眼一彎。「還不是你這位當先生的會教，我自然也學得好了。」

伯明再細看櫻娘寫的內容，頓時笑了起來。「什麼張家村的巧兒姑娘、陳家村的梅花姑娘，還有沈家村的金鈴姑娘，這都是想說給季旺的吧？」

「可不是嗎？不記下來可不行，哪位姑娘多大年紀、她們各是什麼性子，甚至家裡情況都得瞭解清楚。我把這些記下來，到時候問季旺，他覺得哪個好就定哪個吧。」

伯明挨著她坐了下來。「妳可真是個好大嫂，為小叔子的親事這麼肯費心思。」

伯明再翻著本子，見後面有一頁寫著什麼甘草、麻黃草之類的，緊張地問道：「怎麼，家裡有誰生病了嗎？」

「這是給季旺治咳的藥，喝上一個月後，他現在好了許多呢。」這藥方子還是櫻娘自己為季旺配的，季旺之前咳嗽一直沒好，他自己還嚇得要死，以為是得了癆病，後來去鎮上看郎中，郎中說不像是那種肺癆病。

櫻娘瞧著他像是得了支氣管炎，當然她沒跟季旺說這個，說了他也聽不懂。她雖然在前世也不懂醫，但是家裡有常備藥，治支氣管炎的藥裡配了哪些中藥成分，她還是留意過的。她便叫季旺去抓這樣的草藥回來熬著喝，沒想到慢慢的竟然好了起來。

伯明有些仰慕地瞧著她。「妳連這個也懂？」

「我哪懂這些，只不過以前聽一些老人家說治咳病有這麼個偏方，我就讓季旺試一試而已。」

伯明將她的一隻手拉了過來，放在他手心裡捏了又捏，似開玩笑又似認真地說：「櫻娘，我怎麼就能娶到妳了呢？我以前只不過是一個什麼本事也沒有的還俗和尚，而妳是這麼……」

「打住打住！」櫻娘用另一隻手捣住他的嘴。「我可不愛聽這些，我知道你又要說什麼你配不上我的話，我以前都聽膩了，以後不許你再說了。」

伯明將她這隻手扳下來，也緊緊握住，嘴裡乖乖地答道：「好，我以後不再說了，我放在心裡就行了。」。

櫻娘朝他忽眨了幾下大眼睛。「在我心裡，你哪兒都好。」

伯明聽了心裡一蕩漾，往房門外瞧了瞧，見沒人在，湊過來親了櫻娘一口。都說小別勝新婚，他們倆現在就是這狀態，昨夜可還沒親熱夠呢。

櫻娘一下勾住他的脖子，兩人交頸親吻起來，而且越來越熱烈。這時，外面忽然響起一陣腳步聲，他們倆倏地分開了。

招娣進來了，她是來找凳子的。

「咳咳……」櫻娘掩飾著尷尬與臉紅，乾咳了好幾聲。「咳咳……伯明，我口乾，想喝點水。」

伯明瞧櫻娘那模樣，心裡直偷笑。他起身為她倒杯水，招娣已經搬著凳子出去了。

櫻娘喝了口水後，伯明壞壞地說道：「要不……我們倆接著再親？」

「才不要呢！」櫻娘朝他胸膛上輕捶了一下。「親你個大頭鬼！」

「我頭不大。」伯明笑著應道，硬是再摟著她親了幾口才算完。

吃飯的時候，他們倆加上季旺和雲兒一共四人圍桌吃飯，一人坐一方。伯明見雲兒終於肯上桌吃飯了，覺得這對她來說可是件好事，說不定哪日她就同意嫁人了。

雲兒肯上桌吃飯還是過年前幾日的事，她耐不住櫻娘苦口婆心的勸說，只好硬著頭皮坐下來了。

季旺吃了一碗又一碗，他正處長身子的時候，飯量很大，伯明吃飽放下了碗，季旺還在吃。

伯明坐在那兒瞧著他。「季旺，你大嫂說有三位姑娘聽上去與你比較相配，不知你自己心意如何？一個是張家村的巧兒，今年十四，在家排行老二，聽說手巧得很，嘴也甜；還有陳家村的梅花，今年十五，在家排行老大，你大嫂聽媒人說，她長得模樣一般，但是性情特別溫順；最後一個是……是梁子他舅舅那個村的沈金鈴。櫻娘，這個沈金鈴多大了？」

櫻娘也放下了碗。「她年紀大一些，聽說過了年就十七了，只比我小三個多月。算起來，她就比招娣晚出生幾日，比銀月要大上整整一歲。」

季旺本來一直沒說話，聽到這兒，他忍不住開口了。「一個大姑娘家的都快十七了還沒訂親，比我還要大兩個月，她不會是沒人要吧？」

櫻娘搖頭。「你可不好這麼說人家的，她爹娘就她這麼一個寶貝閨女，她娘因身子不太好，自從生了她之後就一直沒能再生養。聽媒人說，她爹娘本來是想招女婿入贅的，可是她家的家境也不好，沒有哪個男人願做她家的女婿。後來她爹娘只好放棄了這個念頭，就想找一家兄弟多的，說人丁興旺的門戶有福旺。據說她爹娘從小把她當男兒養，十分能幹，沈家村的人都說她若是生得男兒身，肯定能幹大事，是個有出息的。」

季旺頓時挑眉道：「又是一個男人婆？」他頭搖得跟波浪鼓似的。「我可不要，況且還比我大。」

其實櫻娘倒覺得這個金鈴很不錯，但是季旺這麼急著說不要，她也不好再說什麼。

伯明尋思了一下說道：「其實就是年紀大了些，至於說是什麼男人婆，季旺你可不許張口閉口這麼說人家，她家就她這麼一個閨女，自然從小到大有擔當，否則她以後怎麼護著她爹娘？」

季旺還是對另外兩位姑娘比較感興趣，想到今早他碰到的那位男人婆姑娘，他就汗顏。他悻悻地說：「若是找這種姑娘當娘子，我豈不是只有被欺負的分兒？」

雲兒忽然開口道：「女子若能厲害點才好呢，才不至於被男人們欺負。」她很佩服那些能自強的女子，覺得自己會失身就是因為太懦弱了。

雲兒能在飯桌上開口說話，讓他們都很吃驚，伯明和季旺皆瞧著她。

櫻娘這下又想乘機勸勸她。「柔弱的女子也有人喜歡，季旺這不是在說不喜歡男人婆嗎？梁子也想找溫柔賢慧的呢。」

雲兒聽櫻娘說起梁子，趕緊垂首低眉不再說話了。因為老么沒少在她面前提他的哥哥，她對梁子以前的事也知曉得差不多了。

老么因從小到大得他哥哥的照顧，肯定是一個勁兒地誇梁子，雲兒聽多了，對梁子也心生一種好感。可就因為覺得他好，她才認為自己配不上他，所以壓根兒不敢往那方面想。

收了碗筷之後，因為下午不能拜年，所以一家人都沒什麼事幹。

這個下午閒著，大家就圍著火盆吃零嘴、聊聊天，連叔昌和銀月也覺得在自家太閒，抱著小語過來玩了。

櫻娘見一家人都在，就把自己心裡醞釀許久的打算說了出來——

她想開間作坊，不是在自家院子裡幹的那種，而是要蓋新屋子，開一間像模像樣的作坊。

伯明第一個發問。「妳是不是早就有此打算了？蓋一間大屋子出來得花不少錢呢。」

櫻娘點頭。「我已經考慮好些日子了，之前因為你不在，我作不了決定。現在你回家了，正好可以聽聽你的意思。我們三家現在不是總共存了兩萬多文錢嗎？而蓋一間大一些的屋子只須三千文，或是蓋成兩間稍小一些的也行，五千文就能蓋得起來。我覺得還是讓女短工們坐在一起幹活好，這樣出活快，她們拿回家做都懶散不少，好久才能織成一件。織得慢，我們掙的錢不就少了嗎？」

聽櫻娘這麼說，大家都覺得有道理，只是銀月有幾個疑問。

「大嫂，妳不是說這線衣只有富貴之人買得起，若是織得太多，豈不是賣不掉？還有，我們三家混在一起，到時候掙的錢怎麼分？是平分嗎？」

櫻娘早就考慮到這一點了，她起身去屋裡把她那個本子拿出來給大家瞧。「因為之前我們定的價高，只有大戶人家才能穿得起，所以賣得較慢。現在我想進一些普通的線料，這樣本錢就低了些。等蓋好了作坊，女短工們在一起比著織，手能快許多，以前一個星期織一件，說不定做順手後三、四日就能織出來。這樣價錢定低一些，普通人家也能買得起。我覺得不僅要織女人的線衣，還可以織小孩子的、男人的，這樣買的人就更多一些了。」

至於怎麼分錢，櫻娘是想到按股份來，可是這麼說他們估計是聽不懂的，她就簡單點說：「哪家最開始出的錢占幾成，最後就分得幾成的錢，比如作坊開起來，我一共出了四成的錢，那最後掙來的錢我就得四成。另外，我們自己幹活織的線衣，就按女短工們一樣拿工錢。不過我們都要帶孩子，可沒多少空閒做活。」

銀月覺得這樣挺公平，心裡滿意得很。「大嫂要當大領頭，應該多領些工錢才是。」

櫻娘笑道：「這是我們自家的作坊，為自家幹活，哪還能領什麼大領頭的工錢。」

招娣對這些自然是不會反對，雖然她還沒聽明白是怎麼回事。

櫻娘見她們都挺感興趣，心裡有了些譜。「好，等過了十五，我們都得忙起來了。仲平、叔昌、季旺，你們覺得怎麼樣？別不吭聲啊。」

季旺笑道：「我和三哥不懂這些，若是真要請泥匠師傅來蓋屋子，我們可以幫著蓋，不用請幫工來幹了。」

仲平也點頭。「我覺得也行，不過我們還是聽大哥和大嫂的。」

最後櫻娘再瞧著伯明，伯明心細一些，做事比較求穩。

「過了十五，不是還要去烏州一趟嗎？到時候我向那些來烏州配貨的人好好打聽一下，帶上妳畫的這些圖，還有幾件織好的線衣。我們這是要往大裡做，不再是小打小鬧，可得考慮周全才是。」

櫻娘喜歡伯明做事穩當的性子，她笑著應道：「嗯，那是自然的，就等你去了烏州再說吧。」

這時季旺忽然憂愁起來。「大嫂，若是作坊開起來，妳和二嫂、三嫂都有得忙了。倒是我們兄弟幾個，還是像以前一樣種田，挺沒意思的。」

伯明接話道：「她們妯娌們有得忙，我們兄弟幾個也有得忙。我想教全村的人種黃豆，別村的人想來學也行。在蘊州服徭役時，我閒下來就細想過此事。」

這下大家都愣住了。

「若是這樣大家都有黃豆賣了，我們家的黃豆就賣不上高價了，豈不是很虧？」仲平很是不解。

伯明搖頭道：「不虧。若是家裡一直這樣為了賣高價而不外傳，也不賣黃豆種子，只會惹得村裡人對我們越來越嫉妒。若家家都種上了黃豆，我們家就可以開個榨油坊了。光我們自家種那麼幾畝，榨不了多少油。」

仲平似乎不大贊同。「榨出來的油也得有人買才行呀，大家都吃麻油的，因為麻油便宜。」

伯明卻不那麼認為。「那是因為大家沒嚐過黃豆榨出來的油香。我和你大嫂在姚姑姑家吃過飯，她家的菜都是用黃豆油炒的，可香了。只要賣得不是太貴，一般人家能買得起，還是不愁賣的。哪怕窮人家不樂意買，我們還可以拉到縣裡去賣，說不定到時候會有販子特意上門來買呢。」

其實櫻娘以前就這麼想過，只是一直沒跟伯明說，沒想到伯明自己竟然能想到這些，看來他出去半年，腦子裡沒少想東西。

櫻娘十分支持地瞧著伯明。「這樣挺好，我們女人有事做，你們幾個男人也有大事要做了。」

仲平雖然被伯明說服了，但仍是不放心。「也不知榨油這門手藝好不好學，聽說烏州有一家榨油坊，就怕人家不肯教。」

季旺聽了有些興奮。「只要我們誠心求教，再給他們錢，應該不難辦的。到時候我也要去學，上回去烏州我都沒怎麼玩。」

伯明笑著拍了一下他的頭。「都快娶親的人了，還只惦記著玩。」

櫻娘心裡尋思著，這兩件關乎發家致富的事就商議到此了，到時候再看可不可行吧。

次日是初二，一般都是女兒、女婿回娘家拜年的。可是招娣娘家太遠，小暖還小，自然是去不了。而銀月娘家已經沒人了，院子都賣了，也沒地方去。

只有櫻娘和伯明可以回娘家，可是念兒太小，外面又冷，他們倆就沒有抱念兒一起去，而是留念兒在家裡由雲兒帶著。而櫻娘去一趟就趕緊回來，並不耽誤給孩子餵奶。

仲平、叔昌、季旺三人相伴著一起去舅舅家拜年，梁子與老么也要去他們的舅舅家，雖然兩家的舅舅不在同一個村，但是順路的。

他們五人浩浩蕩蕩地出發了，到了沈家村時，梁子和老么沿著小路準備去舅舅家。梁子才走幾步，突然折回來了，他拉著季旺，指著東邊。「你瞧，那東邊的頭一戶就是沈金鈴的家。大嫂今早上還跟我問起她來，是不是想將她說給你？」

季旺對此不感興趣，只是瞄了一眼，沒吭聲。

恰巧這時沈金鈴出她家院門了，只見她拎著一大桶豬食來到豬圈前，瞧她那拎桶的架勢，一看就是有力氣的人。

「啊？」季旺忽然驚訝地叫了一聲。「她不就是昨日把我擠到泥溝裡去的那個男人婆嗎？我說怎麼會有那麼多男人婆呢，原來大嫂說的那個和我見過的這個是同一個人呀！」

季旺遠遠瞧著金鈴，哼笑了幾聲，然後將雙臂交疊於胸前，饒有興趣地瞧著她。

梁子見季旺像是碰到冤家對頭一樣，不禁笑道：「她不就是把你往泥溝裡擠一回，你至於這麼耿耿於懷的？」

季旺一副不以為然的模樣。「我才不是耿耿於懷呢，我只是好奇，想知道男人婆是怎麼餵豬的。」

梁子笑著搖了搖頭，往他舅舅家的那條小路走去。

仲平才懶得陪季旺一起看大姑娘餵豬呢，一個人大步朝前走了。

叔昌扯著季旺的衣袖。「走吧走吧，有什麼好瞧的，既然你這麼討厭她，幹麼還要站在這兒瞧她？你不是要想娶什麼巧兒或梅花姑娘，得了機會去瞧一瞧她們才是。」

季旺沒看夠，還真捨不得走，被叔昌這麼催著，他只好邊走邊回頭瞧。

他這一回頭，見金鈴拿起食瓢敲豬的腦袋，嘴裡還嚷嚷道：「你這頭霸道的醜公豬，幹麼要搶母豬的食，看我不打死你！怎麼，不服氣？還敢瞪我？我打你打你打你！」她舉起食瓢朝公豬狠敲了三下才罷手。

那頭公豬被她敲得嗷嗷直叫。

季旺笑得直捧腹。「哈哈哈……真是笑死人了。三哥，你說怎會有這樣的姑娘？竟然和豬也能吵起架來。哈哈哈……哎喲，不行了，我肚子都笑得疼了。」

可能是他笑的聲音太大了，金鈴猛地一回頭，朝季旺這邊瞧來。

季旺見她回過頭來，像是兔子見了鷹，撒腿就跑。

叔昌跟在後面追。「你這又是怎麼了，瞎跑什麼，莫非你還怕被她瞧見？」

金鈴瞧著季旺的身影，感覺有些眼熟，心想：這不是昨日上午踩泥溝裡去的那個傻小子嗎？竟然敢偷瞧我，還敢笑話我？哼，下次再被我碰上的話，我直接把你推到大泥坑裡去！

金鈴將食瓢往桶裡一扔，拎著空桶進院子了。

他們兄弟三人去舅舅家拜了年，吃了午飯，坐了一會兒，然後便往家裡走。再從沈家村路過時，季旺停了下來說道：「也不知梁子哥和老么走了沒有，我們要不要等等他們？」

仲平蹲在路邊歇著。「若是他們倆已經回去了，我們豈不是在這兒白等？我和叔昌在這兒等著，你去他舅舅家門口瞅一眼吧。」

「嗯。」季旺小跑著往小路上去了，似乎十分願意跑這個腿。

當他從金鈴家的院門口路過時，忍不住往裡頭瞧了一眼。

不是冤家不聚頭，偏偏這個時候金鈴又出來了，她拎著一桶髒水正要往院子前的一條溝裡倒，卻見季旺往這裡瞧。嘿，這個傻小子還真是陰魂不散啊！

兩人互相瞪了一眼，大有你看不慣我、我也看不慣你的意思。

金鈴突然生了一個壞心思，直朝季旺呵呵笑。季旺傻愣著，不知道她在笑什麼，還在尋思著，男人婆笑起來也這麼沒有女人味。

就在這時，金鈴突然將一桶髒水對著季旺腳下猛地一倒，季旺頓時跳了起來，可是沒來得及，兩隻鞋都濕了大半。

季旺氣得跳腳。「妳這個男人婆怎麼回事，就愛看人家鞋子濕嗎？昨日鬧得不夠，今日還來澆一桶？」

「你……你敢罵我男人婆？你還女人婆咧！誰叫你上午從這路過時笑話我？而且昨日我又不是故意的，難不成女人就必須給男人讓路？」金鈴放下桶，扠著腰，斜眼瞧著季旺。

季旺見她個頭都快有他高了，頓時氣勢起不來，只是瞅著她那扠腰的模樣嘟囔道：「還未出嫁就這麼蠻橫不講理，難怪沒男人要。」

金鈴聽得眼珠子都要瞪出來了。「你……你說誰沒男人要？我以前不願嫁人只不過是不稀罕男人罷了。再說了，我今年大概也要嫁人了，我瞧是你娶不上親才對，一副得理不饒人的樣子，哪裡有男人的氣概！」

「哦？今年就要嫁人了？是哪家的兄弟這麼倒楣？」季旺好奇得很，大嫂還說這個金鈴的爹娘瞧上他薛家了，怎地轉眼就說要嫁別人，這些當媒人的怎麼也不弄清楚？

金鈴瞥了他一眼。「說了你也不認識，是薛家村的，人家兄弟四個呢，個個都比你強！」

她說著轉身就要進院子，季旺抓了抓後腦勺，覺得很莫名其妙，他忽然驚叫道：「妳說的不會是我吧？」

「啊?!」金鈴嚇得一回頭，盯著他瞧了瞧，直往後退。向來天不怕地不怕的她，這會兒被嚇得不輕。「你……你……怎麼可能是你？」

季旺見她這模樣，突然很想逗她幾句。他跺了跺腳上的水，揶揄道：「我就是薛家村的，也只有我家是兄弟四個，可是我沒答應要娶妳呀？」

金鈴先是面紅耳赤，片刻間臉色又一陣青一陣白的，她彎腰拾起一顆小石子狠狠地朝季旺頭上一扔，轉身氣呼呼地跑進院子。

院門一關，就聽見她嚷道：「爹，到底是怎麼回事？什麼薛家村的人，我不要嫁了！」

季旺還站在這兒搗著腦門，疼得齜牙咧嘴，稍稍摸了摸，天，好大一個包！

院子裡那對父女還在說話。

「怎麼又不肯嫁人了？上回媒人說李家早前就瞧上妳了，好幾回都說要來下聘禮，妳卻嫌李家兒子有六個姊姊，說他肯定被養嬌了，不像個男人。這回媒人好不容易為妳找到一家全是兄弟的，這應該夠男人了吧，妳又不肯，這是發哪門子的瘋？」金鈴她爹聲音不大，應該不是在院子裡，好像是從屋裡傳出來的。

「你也不問問人家樂不樂意？」

「怎麼不樂意了？媒人說薛家大嫂可是很中意妳呢，雖然沒明說，但應該差不遠了。」

「不嫁！不嫁！我就是不嫁！這輩子都不要嫁了！」

「剛才妳在外面和誰說話？」

「我在和家裡的蠢公豬說話！」

季旺揉著頭上的大包，氣得不行，他何時成了她家的蠢公豬了？

想到金鈴剛才氣成那樣，他似乎感覺到自己那話太傷金鈴的自尊心了。他不想娶她對媒人說就行了，怎麼能當她的面說，若是柔弱一些的女子，跑去投河自盡可就完了。

這時他突然慶幸起來，幸好她是個男人婆，應該不會玩要死要活這一套。

「季旺，你怎麼站在這裡？」梁子走了過來。

跟在後面的老么哈哈大笑道：「四哥，你這是怎麼了？頭上頂著大包且不說，怎地兩隻鞋又濕透了，你今年這是要走霉運嗎？」

梁子敲了一下老么的腦袋。「小孩子別瞎說，什麼霉運不霉運的。」

他瞅了瞅金鈴家緊閉的院門，再瞧季旺這副窘模樣，笑道：「肯定又被某位姑娘欺負了吧，要我說，你們這麼有緣，你就娶了人家得了。」

季旺橫了他一眼，正要說「不」，這時忽然聽見眼前的院門又響了。季旺再次撒腿就跑，踩著一雙濕透的鞋，梁子和老么也跟了上去。

金鈴聽見外面有人說話的聲音，就知道季旺還沒走，正準備出來轟他，沒想到她才一開門，人家跑得比兔子還快。

回到家後，季旺心裡一直快快不樂。想到就因為自己逞一時之快，當金鈴的面說不娶她，傷了她的臉面，以至於她說這輩子都不要嫁人了。他那一句話，竟然毀了人家姑娘一生？

仔細想來，他覺得其實……她也沒那麼討厭的……

櫻娘瞧他那狼狽模樣，問他是怎麼回事，他也不肯說，還是仲平替他說了。

「大嫂，妳別問了，再問他又要跳腳了。我叫他去梁子舅舅家瞅一眼，看梁子走了沒，沒想到他從那個沈金鈴家門口路過時，又鬧上了。喔，對了，那個沈金鈴就是昨日上午擠得季旺踩泥溝裡去的那個姑娘，妳說巧不巧？」

櫻娘聽了先是一驚，之後忍不住笑了起來。「季旺，你平時可不是愛計較的人，怎和一位大姑娘吵起架來？」

季旺急著辯白。「大嫂，我哪有和她吵？是她太蠻橫了，妳瞧我這頭上的包，還有腳上的……」他不說了，趕緊去換鞋。

第十八章

大年初五這一日，他們兄弟幾個要去姑姑家吃飯。

櫻娘囑咐著伯明。「去三姑姑家不是要路過張家村和陳家村嗎？你讓季旺路過時仔細留意一下，說不定能瞧見巧兒姑娘或梅花姑娘，他不是想——」

櫻娘話還未說完，在一旁的季旺連忙應道：「大嫂，我可不想偷偷去瞧她們。」

櫻娘以為季旺是害羞，便道：「這也沒什麼不好意思的，你不是不知該選哪一個好嗎？那就靠眼緣吧。你偷偷瞅一眼，別人不知道的，反正人家姑娘又不識得你，你到人家屋前走一趟，她們也只會把你當成哪家的親戚看待。」

季旺滿腹心事似的，低著個腦袋說：「不是不好意思，是我壓根兒不想去瞧她們。」

伯明很是納悶。「咦？你不是說準備在她們倆裡面選一個嗎？」

季旺矢口否認。「我……我有這麼說過嗎？」

櫻娘細瞧著季旺的神色，尋思著他到底藏了什麼心事。

季旺躲避著櫻娘與伯明的眼光。「大哥、大嫂，這事以後再說吧，我暫且不想訂親事。」

櫻娘覺得自己琢磨出個大概來了。「你上回還滿口答應，怎麼現在又反悔了，不會是瞧上金鈴了吧？瞧上了正好，我也挺中意她的。爹娘忌年就快過了，想來這方面是沒問題的，過了十五讓你大哥帶著你去說說看，反正你們倆都見過兩回了，現在也不怕再見面了。」

季旺雙頰頓時通紅，反駁道：「我怎麼可能會瞧上她，要知道她可是動不動就打人罵人的！她個頭都快有我高了，也不知她是吃什麼長大的，比豬長得還快。豬是往橫裡長，她是往豎裡長。我若是瞧了她，除非我的眼……」這時他覺得自己好像又說出過分的話了，怎麼自己就是忍不住呢？難不成能瞧上金鈴的男人就是眼睛長歪了，或是眼瞎了？

櫻娘瞧他的臉紅成這樣，感覺他這話說得有些言不由衷。

伯明似乎也聽出來了，故意說道：「你沒瞧上就沒瞧上唄，幹麼這麼激動，好像有誰逼你似的，反正到時候就跟媒人說，你壓根兒瞧不上沈金鈴就是了。」

季旺又為難了。「這個……還要跟媒人說清楚？」

櫻娘掩嘴一陣笑。「這是自然要說清楚的了，明日我就去說吧。」

「不急不急。」季旺窘著臉，扭扭捏捏地問：「大嫂，妳說若是哪位姑娘說她再也不嫁人了，會不會是真的呀？還是只是說說而已？」他覺得自己若是害得金鈴再也不肯嫁人，他罪過可就大了。

櫻娘猜出這應該是金鈴說的，便故作緊張道：「喲，這位姑娘若是真心說出這種話來，肯定是哪位男子傷了她的心，除非這位男子肯娶她，否則她可能真的打算這一輩子不嫁人了。」

季旺聽得恍恍惚惚，胡亂地應了一聲。「哦……」

「大哥、四弟，我們走吧，時辰不早了，三姑姑肯定在家等著呢。」叔昌在院子裡喊著。

季旺垂著腦袋迷迷瞪瞪地走出去了。

伯明忽然湊到櫻娘的身邊，附在她的耳邊說：「妳這個當大嫂的還挺會危言聳聽的。」說完他就嘻嘻笑著跑開了。

轉眼到了正月十六，此時櫻娘和伯明在屋裡收拾包袱，因為伯明等會兒就要啟程去烏州了。

恰好，沈家村的一位媒婆過來了。

她本來是為沈家村的一位小夥子來鄰村說親的，從薛家村路過便順便來到櫻娘家。

櫻娘忙斟茶。「嬸子怎麼想到來我家坐一坐，是不是想給我家季旺說哪家的姑娘？」

媒婆滿臉堆笑。「我可不是指望妳家能為我備上一份厚禮才來的，只不過是來幫忙傳個話。你們村的張媒婆先前不是一直在為季旺的事忙著嗎？還說要將我們村的金鈴姑娘說給季旺。可是金鈴姑娘說她不願嫁人了，想讓張媒婆來向妳家說一聲，但張媒婆好些日子沒再來沈家村，她尋不到人就託我來說，意思是讓妳這位薛家大嫂不要再考慮她了，好人家的姑娘多得是，妳為小叔選別人吧。不過她爹都還沒說什麼呢，她自己倒是急著上門來找我了。」

「她是說不願嫁給季旺，還是說永遠不嫁人了？」櫻娘問道。

「她口口聲聲說這輩子都不要嫁人了。這個金鈴姑娘確實沒個姑娘的樣，自己的親事怎麼也得讓她爹作主才是，有什麼事也該是她爹來跟我說，哪能自己出頭？她從小大大咧咧慣了，我倒不足為奇，就怕來妳家嚇著妳了，這門親事她不同意也好。只不過，她快十七了，都要成老姑娘了，難不成真要守著她爹娘過一輩子？」

櫻娘聽了有些躊躇，這如何是好？季旺到底是怎麼得罪這位金鈴姑娘了，讓人開口就是這輩子都不嫁人？

這時季旺在院子裡陪著小暖玩，他是要和伯明一起去烏州的，可因為他心急，昨晚就把自己的包袱收拾好了。雖然他正在院子裡陪小暖說說笑笑，其實他的耳朵一直在聽著屋裡人說話呢。

當他聽說金鈴竟然找媒婆來說這件事，他著急了，看來自己是真的傷了人家的心了，他心裡很不好受。

他跑進屋裡來。「大嫂，這都怪我，上回是我罵她沒人要來著，她才說出此話。待我從烏州回來後，我就上門去向她賠禮道歉好了，一輩子不嫁人哪行？」

櫻娘還未答話，媒婆卻直截了當地問：「那你到底是想娶她，還是不想娶？我這回去正好跟她爹說一說呀。」

季旺一下被噎住，說不出話來了。想娶？還是不想娶？哪怕想，他也不好意思直接說出來呀！事實上，他還是有些怕娶的，想到自己頭上的包，他還心有餘悸呢。可是這些日子他腦海裡全是她的身影，還真是怪了……

櫻娘怕他下不了臺，笑盈盈地對媒婆說：「他心裡怎麼想的，我大概知道了，妳也無須向沈家回話，到時候讓伯明帶著季旺親自登沈家的門就行了，最後怎麼樣還是要看沈家的意思。」

媒婆可不傻，一聽就知道是什麼意思了，她笑咪咪地喝了口茶，放下杯子就走了。

櫻娘見季旺沒說一句反對的話，而是回到院子裡繼續陪小暖玩，她就知道季旺這是默認了。看來她剛才這麼回覆給媒婆，不算是自作主張。

伯明一邊收拾包袱一邊笑道：「季旺對金鈴看上去是又討厭又喜歡，還真是夠矛盾的。金鈴那麼厲害，就怕四弟到時候要受她欺負了。」

「才不呢，四弟對金鈴也厲害著呢，否則他怎麼會張口閉口說人家是男人婆，還當面罵人家沒人要？你別操心了，他們這叫歡喜冤家，其中滋味只有他們自己知道。」

伯明收拾好了包袱，拉著櫻娘坐了下來。「我等會兒就要去烏州了，若按以前，只須四日就能回來。可是這回要學榨油，不知道人家願不願意教，若是有人願教的話，我和季旺怕是十日半個月的都回不來了。」

其實櫻娘很想跟著伯明一起去，這才團聚半個月就要分開，她心裡很不捨，可是念兒得吃奶呀。「唉，自從有了念兒，我哪兒都去不了了。你這次去，可別忘了去李府謝謝李長安和姚姑姑，若不是李長安，你現在還在牢裡呢。」

「我知道，這份人情太大，不謝可不行。當然，光靠口頭上謝還不夠，李家肯定為這事花了不少銀子，待我們作坊開了起來，掙了錢，必須得還上。雖然李家未必在乎這些錢，但我們可不能因為人家不在乎，就當作沒這回事。」

櫻娘微微一笑。「你考慮事情是越來越周全了，我聽你的。」

時辰不早了，伯明親了親她的臉頰。「我得走了。」

季旺在外面套好了牛車，喊道：「大哥，你準備好了沒？」

「好了好了，就來。」

四日後，伯明與季旺還沒有回來。櫻娘心裡有數，知道他們應該是拜人為師了，這會兒估計正潛心學呢。

想到下半年可以吃上非基因改造的黃豆油，櫻娘真的很高興，因為終於不用再吃麻油了，麻油口感可比黃豆油差上許多。

不過，光空想這些可不行，她得行動起來。這兩日她經常在村子裡走來走去，觀察地形，看哪兒適合蓋房子。在這個古代，房子也是不能隨便蓋的，一般都只能在祖上傳下來的地基上蓋，或是將自己家的地給填上。

瞧來瞧去，最後她覺得還是在自家後院蓋兩間比較好，這樣離家近，也不用把好好的地給填了。分來的地可都金貴著呢，還得用來種黃豆呀！

櫻娘將自己的想法告訴仲平和招娣時，他們倆也都覺得在自家後院蓋的好，只待伯明回來就可以定下來了。

仲平還先去找了泥匠師傅，因為再過一個月，田裡的活兒更忙了，要是能早些開工則更好。

眼見著過了十五日，伯明和季旺還沒有回家，櫻娘開始擔心起來。她也知道學這個沒那麼容易，可是都半個月過去了，也應該學得差不多了吧。

第十六日上午，櫻娘抱著念兒在院門口瞧了又瞧。她心裡似乎有強烈的感應，總覺得伯明這一日要回來了。沒想到當她在門口不停張望之時，伯明還真的就出現在她眼前了。

她抱著念兒小跑著上前去迎接，卻發現來的可不只是伯明和季旺，後面還有幾個人趕著三輛由馬拉著的大板車，每輛板車上放著一架木製的大傢伙。

「櫻娘！」伯明欣喜地叫著她。「妳瞧，我拉什麼回來了？」

櫻娘摸了摸這些木製的東西。「莫非……是榨油機？」

季旺跳下車。「大嫂果然有見識，這些可是新拜的師傅低價賣給我們家的，雖然舊了些，但完全不耽誤出活，我們就雇了這幾位大哥幫著拉了回來。」

伯明叫那些雇來的人等一等再走，他得進屋拿錢付給他們。這回買的東西太多，他帶去的錢已經花得身無分文了。

伯明把錢付給了他們，再一起把車上的東西搬到院子裡來，那些人就離開了。

櫻娘見伯明手裡還拿著一個厚厚的本子，她不經意接過來翻開一瞧，發現上面全是記著榨油的工序，記的內容可不是一般的詳細，因為伯明密密麻麻足足寫了一本子，而且每一個字都寫得極為工整俊秀。

櫻娘心裡感嘆，伯明若是上學堂讀書，絕對是一位勤奮上進的好學生。以他這股認真勁兒，她相信到時候他絕對能把榨油坊做好。

櫻娘又瞧見有十幾個大包袱的線料。「伯明，你進這麼多線料是不是因為問過人了，線衣作坊可以開起來了？」

伯明眉開眼笑地點了點頭，從櫻娘懷裡將念兒抱過來，親了好幾口才說道：「我都還沒來得及找那些商賈之人問此事，倒是鋪面掌櫃先問我的。他說年前有幾位大商賈在烏州的街上見到有女人穿我們家織的線衣，十分感興趣，還從掌櫃那兒買了幾件去京城，沒想到這幾位商賈這次一來，都說想進好些貨呢，最好男人的、女人的、小孩子的都有。妳說這豈不是正合了我們的心意嗎？所以我們完全不用愁賣不掉，現在就看妳怎麼把這間線衣作坊開起來了。」

櫻娘聽了滿面泛紅，興奮地說：「伯明，我連蓋屋子的地方都瞧好了，就在我們家後院。蓋兩間就行，一間是榨油坊，一間是線衣坊，就等著你點個頭了。」

伯明卻怔了怔。「不行，榨油坊和線衣坊不能挨在一塊兒，榨油得燒、煮、捶、砸，吵得很，不能離你們太近，也不能離鄰居們太近，否則妨礙大家歇息。」

這個櫻娘不懂，還真沒想到。聽伯明這麼說，看來的確是不能蓋在一起了。

伯明又道：「我在路上就已經想好了，榨油坊還是蓋在叔昌家的後邊吧。那兒就兩戶人家，那塊地也屬於我們家，正好合適，妳覺得怎樣？」

櫻娘覺得伯明越來越有當家作主的大男人派頭了，她直點頭。「我自然是要聽你的，你是一家之主嘛。」

伯明聽了這句話可謂是渾身舒爽啊，真想這就上去啃她一口。

在一旁扛包袱進屋的季旺，默默瞧著他們倆那眉目傳情的模樣笑而不語，他心裡尋思著，大哥大嫂在一起經常是有說有笑的，從來沒爭吵過，更沒打架過。而若是金鈴真的同意嫁給自己，他和金鈴會不會每日鬧得不可開交，打得雞飛狗跳？

他甚至已能想像一家人愣然地看著他們倆吵架的情景，唉，不想了，或許她壓根兒就不同意呢。如此也好，清靜了。

伯明和季旺將包袱全都扛進屋後，坐下來打開其中的兩個，裡面都是用紙包起來的好吃的，無非都是櫻娘愛吃的那些東西，滷牛肉和精緻糕點，還有一些乾果以及一大袋新鮮果子。

櫻娘挑了好些出來。「季旺，你把這些留好，明日你和你大哥去一趟沈家吧。」

季旺不知是害羞還是為難，只是低著頭應了一聲，都沒敢抬頭瞧櫻娘和伯明。

櫻娘想起一事，又挑出好些吃的包起來。「聽說老么好像生病了，你送一些吃的去吧，正好瞧瞧老么。」

季旺應著聲，拿著東西出門了，可是才過一會兒，他就跑回來了。

「大嫂，上回家裡抓的藥還有剩嗎？梁子見老么只是流鼻涕和咳嗽，覺得沒什麼大礙就沒買藥，他這幾日忙著田裡的活兒也抽不出空來。」

這話被院子裡的雲兒聽見了，她跑去廚房的櫃子裡翻了翻，拿著藥過來。「大嫂，我去給老么熬藥喝吧。」

櫻娘當然會答應。「好，這幾日妳多去照顧照顧他。」

雲兒替老么熬了藥，並端給他喝了後，他非要雲兒在家裡玩一會兒，纏著她給他講一講烏州的故事。

快到午時了，雲兒還幫他和梁子做好了飯菜。因為怕見到梁子，她忙完這些就趕緊走了，沒想到剛出棚門，就撞見梁子回來了。

「雲兒，妳怎麼過來了？」

雲兒聽梁子這麼叫她，羞得耳朵和脖子都紅了，一句話也沒說，一溜煙便跑開了。梁子只是聽慣了櫻娘喚雲兒，一時忘了他本該叫她雲姑娘才對。

梁子進來後，見現成的熱飯菜都擺上了小桌，頓覺家裡還是應該有個女人好。

「哥，最近有媒人想給你說親，你都說不用。要不你娶了雲姊姊吧，她長得好看又能幹，從來不和人吵架，多好。」老么坐下來津津有味地吃著雲兒做的飯菜。

梁子瞥了他一眼。「我看是你懶得不想做飯了，只想吃現成的。」

老么嘟著嘴說：「才不是呢，若是雲姊姊當了我的嫂子，我為她做飯都行。」

梁子低下頭。「你雲姊姊不肯嫁人，光我一頭熱也沒用的。」

「雲姊姊為何不肯嫁人？」

梁子不吭聲，雲兒的事只有櫻娘、伯明與他三人知道，就連仲平與招娣他們都不知情。櫻娘不讓他和伯明跟別人說這事，是希望雲兒能在這兒安安靜靜地過日子，不被人嘲笑。

老么吃著吃著，忽然說道：「明日我幫你問雲姊姊，問她願不願意嫁給你，她若說不願意，我就纏著她不放。」

梁子仍然沒吭聲，可心裡想著，或許這樣還真能行。

次日，伯明和季旺帶著一些從烏州買來的東西到了沈家村。

只要沈家同意這門親，伯明打算先要來金鈴的生辰八字，早早定下成親的日子，至於該給的、該辦的待爹娘忌年過後再補上。

沈老爹上回聽媒婆說薛家兄弟過些日子會親自登門，就一直盼著，他是真的希望金鈴能嫁到薛家去。只是他閨女一說起薛家就柳眉倒豎，想跟人幹架似的，讓他頗為頭疼。

這時，沈老爹見他們從烏州帶來這麼些沒吃過的東西，就把金鈴喚出來。因為金鈴說她見過季旺，他覺得既然兩人見過面，現在也沒必要避著了。

「金鈴，妳瞧，這些吃的可都是妳沒吃過的。」他的意思是，要是嫁到薛家去，可是不愁吃、不愁喝呢！

金鈴哪有心思看這些吃的啊，而是斜眼瞪著季旺，暗道：你不是說不想娶我，現在幹麼又過來？

季旺也瞪了她一眼，然後別過臉去不瞧她，心想：若不是怕妳一輩子不嫁人耽誤了一生，我才不來呢！妳可別以為我是看上妳了。

他再偷瞄了一眼她那身高及裹不住的大腳，忍不住無奈地吹了吹氣。

金鈴見他那副模樣，更是氣得咬牙切齒。

沈老爹可看不懂他們倆打的啞謎，只是哄道：「金鈴啊，人家大哥都來了，妳怎地一點禮貌都不懂。」

金鈴這才想起來，滿臉帶笑地叫了一聲大哥，然後沏茶去。

沈老爹對伯明解釋道：「我家金鈴平時挺懂事的，她這是……有些緊張了。」

沈老爹見金鈴只倒了一杯茶，便朝她使了使眼色，意思是這不還有薛季旺坐在那兒嗎？

金鈴當沒看見她爹的眼色，只是給伯明遞上茶，然後進裡屋找出過年時留下來的一些瓜子給伯明吃。

伯明開門見山地說道：「沈家伯，我家雙親一事想必您已聽媒婆提過，但我家小弟對金鈴有意，有心想娶她為妻，可媒婆卻說金鈴不想嫁人。我擔心我家小弟錯過了這樁好姻緣，所以就親自上門來，想聽一聽您和金鈴的意思。」

一旁的季旺急了，他何時說過對金鈴有意，想娶她為妻了？大哥把這話說得也太直白了，叫他這張臉往哪兒擱呀？

他一瞧向金鈴，覺得金鈴正十分得意地瞧著他。可金鈴還在尋思著，這臭小子是真的對她有意嗎？她怎沒瞧出來？看他一副想急辯的樣子，莫非是他大哥強逼的？

沈老爹想直接回答說他願意應下這門親事，金鈴卻先開口了。

「爹，我不是說過了，我不想嫁人，哪怕再好的人我都不想嫁，何況是這麼一個……」她說話時瞅了一眼季旺，心想：你不情不願的，我做姑娘的當然不能滿口答應了。

季旺這下心裡更氣了，來提親就算是給她天大的面子了，她竟然還擺上譜了？他到底是一個什麼呀？她好歹把話說清楚呀！

季旺瞧向伯明。「大哥，既然人家不願意，話裡話外瞧不上我們家，我們還是走吧。」

伯明橫了他一眼，小聲道：「你別急呀。」

季旺立即應道：「我哪是急了？我不急。」

沈老爹見自家閨女實在不喜歡薛家，而季旺看似也不是很喜歡金鈴，或許這只是伯明這位當大哥的自作主張吧。

沈老爹也不捨得閨女嫁過去後不得疼愛，嘆氣道：「我瞧他們倆脾性不合，我們兩家怕是沒緣分做成親家了。」

此話一出，季旺與金鈴同時一怔，意思是這門親結不了？就這麼算了？

伯明聽沈老爹都這麼說了，也不好強求，再敘了一些別的話，就站了起來，準備離去。

季旺這下又有些不捨了，但還是跟著起了身，向沈老爹行了個禮，和伯明一同出堂屋大門了。

這時伯明小聲嘀咕地問季旺。「你到底想不想娶金鈴？不想的話，早上怎麼還要跟著來？」

季旺不吭聲。

伯明生氣了。「既然你想的話，幹麼不好好說幾句話，還擺出一副不樂意的樣子？」

沈老爹跟在後面送他們，把這話聽進去了，趕緊回屋問他閨女。「人家那意思似乎是想娶妳呢，只不過是不好意思當面承認，妳當真不想嫁？」

「那就嫁好了。」金鈴簡單地應了一句，便紅著臉進屋了。

沈老爹追出屋來，叫住了伯明，但沒叫季旺。季旺只跟著進了院子，沒好意思再進屋。

接下來這事就好辦了，伯明與沈老爹說好了明日會先託媒人來要金鈴的生辰八字，待守孝期滿便會補上采禮錢，正式訂親。伯明與沈老爹見這門親事也算是定下了，金鈴和季旺都沒來攔著，看樣子他們也都是樂意的，兩人坐在堂屋裡聊得甚是開心。

站在院子裡的季旺和坐在閨房裡的金鈴，此時彼此的心事意外相合。

季旺在想：好吧，等妳嫁過來了，好好管教妳，讓妳再也厲害不起來。想歸想，可他臉上卻忍不住漾起一絲笑意。

金鈴暗忖：哼哼，等我嫁過去了，好好收拾你，讓你再也得瑟（注）不起來。說歸說，她卻禁不住抿嘴而笑，有些羞答答的。

伯明再次出來時，季旺立刻繃住臉不笑了。

伯明瞧他那樣，只覺好笑。「臭小子，你就裝吧。」

第二日，伯明託了媒人來要金鈴的生辰八字，伯明再將兩人的生辰八字送到算卦的那兒去。算卦的說，他們的生辰八字並不是很合，但也不相斥，適合成親的日子不多，要麼是今年的五月，要麼就要等明年。

伯明便問櫻娘的意思，櫻娘雖然不太信這個，但覺得還是得按這邊的風俗辦事。「要我說，五月就五月吧，剛好能等過爹娘忌年，而且離現在不是還有三個月？也來得及準備。若是等到來年，金鈴就滿十八了，年紀也太大了點。」

「家裡正在蓋屋子，妳最近又忙著教那麼多人織新樣式的線衣，這下又得為季旺布置新房，請木匠來打家具，我還得每日去田裡幹活，家裡真是要忙死了。」

「我瞧你每日仍然忙得很開心嘛，要是把這事拖到來年，我擔憂季旺和金鈴都等不及了呢。」

注：得瑟，東北話，獲得不值一提的成就或做成一件芝麻大的事就得意忘形，一般帶有貶義或調侃之意。

伯明與櫻娘商量好了日子，就來告訴季旺。季旺聽說只過三個月，他就要迎金鈴進家門，他有些心慌了，這也太急了吧，他還沒做好當她相公的準備呢，特別是洞房……

「季旺，你明日去沈家要金鈴的身段尺碼，我們家得為她做幾身衣裳。」伯明話才說出來，又馬上改口了。「還是託媒人去吧，我還真擔心你弄不好又和金鈴鬧上了，壞了事可不行。」

「哦，我還不樂意去呢。」季旺小聲應道。

接連三日，雲兒都來替老么熬藥喝，老么便纏著她，非要她答應嫁給他的哥哥。雲兒都沒有直接回答，而是轉移話題，給他講了一堆故事來應付。

可能是她進出梁子家的木棚被不少人瞧見了，隨之而來的謠言就傳開了。都說媒婆想為梁子說親，梁子都不樂意，看來，他肯定是與雲兒相好了。

雲兒知道了這件事之後不敢再去熬藥了，反正老么也差不多好了，只不過老么還是經常過來找她。在老么的眼裡，雲兒似乎已是他的親人了。

梁子覺得雲兒因此事被連累，得了一個不好的名聲，若是他不娶她，豈不是更會被人說他們倆之間不乾不淨？

其實他是想以此為藉口來提親，即使兩家離得這麼近，他還特意請媒人來傳話。另外，他又讓伯明轉告櫻娘，讓櫻娘好好勸勸雲兒，說老么離不開她。這個時候，他也不好意思說什麼表白的話，只好以老么當引子了。

這一日，吃過了晚飯，櫻娘來到雲兒的屋子。雲兒似乎知道櫻娘來找她做什麼，一直低著頭。

「雲兒，梁子託媒人來提親了，要不……妳就應下吧。梁子是真的對妳有心，老么也那麼喜歡妳，你們肯定能把日子過好的。」

雲兒知道了梁子對她有意，她也很高興，她這是第一次感覺到被人喜歡的那種甜甜滋味。只是她心裡有一個大顧慮，沈默了好一會兒，她才說了出來。

「櫻姊姊，即便梁子哥不在乎我的過去，可是待來年他娘回來了，她必定容不下我。我不想因為我而鬧得他們母子離心，聽說村裡的綠翠……」

「二嬸當初容不下綠翠，是因為綠翠她……」櫻娘也不好直說，她相信雲兒也知道這是怎麼回事，畢竟老缺和綠翠成親這件事是村民們閒暇時的熱話題。「梁子說了，他不會將妳的事告訴任何人的，也包括他娘，他肯定會好好護全妳的，我和伯明自然也不會說出去。二嬸就喜歡溫柔賢慧又能幹的，到時候她回來了，肯定喜歡妳還來不及呢。」

雲兒聽了這些後，已經很動搖了，便羞答答地說：「我自己作不了主，還是聽妳的吧，妳說怎樣就怎樣。」

這一日剛掌燈時分，櫻娘與伯明兩人在屋裡給念兒洗澡，忽然聽到隔壁一陣砸東西的響聲。

櫻娘聽了有些擔心。「好像是梁子和二叔，他們這對父子這次不知又是為什麼在吵，不會是二叔不同意梁子娶雲兒吧？」

「應該不是，何況雲兒的事二叔又不知道，他沒理由反對的。」伯明仔細聽著。「好像是為蓋屋子的事，梁子想問二叔借錢蓋三間小屋子，而二叔說下個月他要將寡婦春花和她兩個剛會走路的兒子接過來，家裡也正需要錢。」

櫻娘沈默了一會兒，手裡在為念兒洗著澡，忽而說道：「姚姑姑不是給雲兒留了十兩銀子嗎？說待有人娶了雲兒，就幫襯著他們倆過日子。這次正好可以拿出這筆錢給他們湊一湊，應該可以蓋出一個小院子來的。」

伯明其實也想到了這事。「我擔心梁子不肯收，妳還不知道他的脾氣嗎？他怎麼可能樂意接受女方的錢來蓋院子，短了志氣的事他絕對不會做。」

「時辰還早，雲兒應該還在做嫁鞋，沒有睡下。我去跟她說一說這件事，然後一起瞞著梁子說這筆錢是我們家借給他的，待他娶了雲兒，再由雲兒跟他說破這件事吧，你覺得可行嗎？」

伯明覺得這個主意不錯。「沒想到妳的鬼心思還挺多。」

櫻娘瞥了他一眼，努嘴道：「我這不也是急人之所急。」

櫻娘幫念兒擦淨了身上的水，伯明就抱著寶貝兒子到炕上去穿衣裳了。

來到雲兒的小屋子，櫻娘見她果然在做嫁鞋，繡的那對鴛鴦栩栩如生。雲兒見櫻娘來了，趕緊拿出一塊手帕子把那對鴛鴦蒙起來。

櫻娘微微笑道：「別蒙著了，我都瞧見了。成雙成對的多好，妳都快要嫁人了，有什麼好遮遮掩掩的？」

雲兒羞得不行。「櫻姊姊，妳別笑話我了。」

「妳現在應該叫我大嫂才行，妳得跟著梁子叫。」

雲兒靦覥地點頭。「待成了親，我會改口的。」

櫻娘這時把姚姑姑留了十兩銀子的事說了，之後又解釋道：「姚姑姑怕給多了錢，反而讓娶妳的人生懶惰之心，所以就意思一下，能幫襯一點就行。」

雲兒沒想到姚姑姑竟然還為她嫁人的事考慮，再想到以前姚姑姑對她種種的好，她一串淚珠子就掉了下來。

「妳哭什麼，姚姑姑若是知道妳要嫁給梁子，不知會有多高興呢。待下次伯明再去烏州，一定會把這件喜事告訴姚姑姑的，讓她安心。」

雲兒將淚抹淨，咧嘴笑了一笑。「聽老么說……梁子想蓋個小院子，可他好像也沒有什麼錢，剛才我好像聽到梁子和他爹在吵架……不會是為錢的事吧？」

「錢的事倒是次要的，是二叔想讓春花帶著兩個兒子住進他家，讓梁子生氣了。唉，這事我們也操不上心。不過，二叔倒是給了梁子三千文，只是這也不夠蓋院子的。」

雲兒立即應道：「要不把這十兩銀子給梁子蓋院子，如何？」

「我們倆可是想一塊兒去了呢。」櫻娘見雲兒這麼快就想到要把錢給梁子，便知道她對梁子應該是很喜歡的了。雲兒能嫁給自己中意的人，櫻娘也算是放心了，若是讓她和梁子一個盲嫁一個盲娶，她會很不安心的。

雲兒埋著頭不知在尋思著什麼，忽而抬頭又道：「這錢先說是妳借給他的好不好？否則他是不肯收的。」

櫻娘點頭笑道：「我們倆又想到一塊兒去了。」

梁子見伯明要借給他這麼多錢，當場給嚇著了。「你家最近有那麼多地方需要花錢，你怎麼還有這些錢借給我？還真沒瞧出來，你家竟然攢下了這麼多錢啊！」

伯明把錢袋子抛給他，笑道：「借給你錢，你還這麼多話。我家攢了多少錢你自然是不知道的，我又沒一筆一筆告訴你，也沒有逢人就說。你趕緊選好地方蓋院子吧，還差四個月就要成親了，也不知是否來得及。」

「來得及，我多找幾位泥匠師傅來。」梁子拿著錢就興沖沖地請泥匠師傅去了。

接下來梁子家蓋院子、伯明家蓋作坊，還有木匠來為季旺打新家具，都忙得熱火朝天。

三個月之後，線衣作坊開起來了。櫻娘和招娣、銀月時常帶著孩子去輪流守著，櫻娘算是最忙的了，因為她還得教大家織新款式。

櫻娘根據各家出的錢分配，這個作坊自家占四成，仲平、叔昌各占兩成。季旺雖然還沒有分家出去，櫻娘和伯明商量著也給他兩成，還分給了他一些地，待他一成親就分家。

季旺的新房布置好了，炕頭也起了，連小廚房也打好了，就是在他的屋外搭了一個小間。

眼見著第二日就要去迎親了，季旺一直坐立不安。吃晚飯時，他吃著吃著就走神了，筷子上挾著菜，半晌都忘了往嘴裡送。

櫻娘與雲兒瞧他那模樣，只是笑而不語。

伯明實在看不下去了，伸出筷子把他筷子上的菜挾下來，然後往他嘴裡一塞。「我娶你大嫂之前，甚至都沒見過她，也沒像你這般魂不守舍的。」

季旺嘴裡突然被塞進了菜，他終於回過神來，一邊吃菜一邊說：「誰能跟你比呀，你那時不是才還俗嗎？哪裡知道塵凡之人的痛苦。」

伯明滯了一下。「臭小子，你竟然敢取笑你大哥，真是越來越不像話了。你說說看啊，你到底有什麼好痛苦的？」

「明日我屋裡就要多出一個大活人來，以後還要跟我一起吃、一起……睡，能不痛苦嗎？誰知道她做的飯菜好不好吃，可別做得跟豬食一樣。還有，她看樣子根本就不肯聽我的話，都說女子出嫁了要從夫，我可沒瞧出她有一丁點願意從夫的跡象來。唉，不跟你們說了，反正你們也體會不了。」

「哦，說來說去，你是怕金鈴了。」伯明淡然地說了一句。

季旺激動了。「我怕她？虧你說得出來，我若是怕她，這日頭就要從西邊出來了！」

櫻娘與雲兒在旁忍不住笑了起來。

「大嫂，妳們別笑了，不是說食不言、寢不語嗎？對了，待金鈴來了，我就這麼管教她，吃飯時得給我老老實實的！」

櫻娘和雲兒更是忍不住大笑了。

次日天還未亮，一家人就全都起來了。因為這一日是季旺迎親的大喜之日，家裡要辦酒席的，個個捲起袖子齊齊來上陣。

櫻娘、招娣、銀月都在忙著擇菜、洗菜，村裡最擅長做喜宴的老廚子也被請來了，他正在揮刀切肉呢。

雲兒和老么帶著三個孩子，伯明、仲平、叔昌在自家擺好了兩副桌椅，又去鄰居家擺幾桌，一共得辦八桌。

之後他們便坐下來商量著誰和季旺一起去迎親。迎親隊已經安排好了，吹嗩吶和打鼓的人等會兒就要過來了，只是要和季旺一起去迎親的長輩還沒定好。以前伯明迎親時是二叔一起去的，沒想到當時還惹出事來，所以這回本來是想請三叔去的，可是三叔昨日犁田把腿給傷了，看來現在只能從他們兄弟中選一人去了。

可伯明現在是一家之長，得留在家裡招待客人，是抽不出身來的。而仲平和叔昌兩人都想去，這會兒他們倆還你一句我一句爭起來了。

這時梁子來了，他剛為自家蓋新院子搬了一早上的磚。

「梁子，你家院子六月能蓋好嗎？」伯明問道。

梁子偷偷瞅了一眼旁邊的雲兒才坐了下來，滿面春風地說：「能，都蓋了一大半，快了。你們在商量誰陪季旺一起去迎親？仲平能喝酒，還是留下來陪客人吧，大哥只能待待客，酒量實在是不行，可別喝倒了。還是我和叔昌一起陪著季旺去吧，我好歹是季旺的堂兄嘛。」

叔昌高興地說道：「就是嘛，我和梁子哥都去。」

梁子朝季旺的屋裡瞅了瞅。「季旺呢？我們在這兒說得熱鬧得很，他自個兒怎麼不上心？」

在旁邊洗菜的櫻娘接了一句。「他哪有不上心，他這會兒正在屋裡打扮自己呢！」

梁子和伯明幾人頓時一擁而上，都跑到季旺的屋裡瞧。只見季旺已換上了大紅喜服，頭髮梳得一絲不亂，這時正蹙著眉頭戴新郎頭冠呢。

梁子見他那認真樣，揶揄地笑道：「你又不是當新娘子的，至於這麼仔細嗎？來，我幫你把帽兒戴上。」

「這叫喜冠，不能叫帽兒。」季旺十分認真地往頭上戴，怕戴歪了，又怕弄亂了頭髮。

伯明走過來幫他把喜冠正了正。「也就你講究這些，學城裡人戴這玩意兒，我看村裡可沒有人娶親戴這個的，我當初娶你大嫂也沒戴。」

梁子倒是對這頭冠挺感興趣。「季旺，這是你自己選的嗎？你這一戴上去頓時就比我們幾個高出好些呢。」他在尋思著，下個月他娶雲兒是不是也可以戴上這個？

季旺得意地說道：「還挺好看的吧，我若不戴上這玩意兒，將自己襯高一些，到時候去了沈家，豈不是要被新娘那高個頭搶了風光？」

在院子外的招娣聽了這些，忍不住發問。「大嫂，那個金鈴到底有多高呀，怎麼四弟這麼在意這個？」

櫻娘搖頭。「我也沒見過，妳別急，下午我們就能見著了。」

招娣與銀月對看了一眼，她們對金鈴的模樣實在是無法想像。

臨近午時，趁客人還沒來，季旺和梁子、叔昌去廚房胡亂吃了些東西填一填肚子，再端一些出來讓迎親隊的那十幾個人吃。

之後他們便挑著迎親禮，浩浩蕩蕩地出發了。一行人走了約半個時辰便來到沈家，此時沈家院子裡十分熱鬧，客人們都在喝酒搶菜吃。

季旺謹記著大哥的囑咐，一切規規矩矩地來。待出閣時辰到了，金鈴頭頂紅蓋頭被兩人攙了出來。

因為她蓋著紅蓋頭，季旺沒能見到她的表情，她到底是高興地出嫁還是苦著臉出嫁，季旺非常想知道，可惜看不到啊。

別人家的閨女出嫁時一般都要哭一場，金鈴一聲都沒有哭，倒是她爹娘哭得很傷心。

在來薛家的路上，金鈴十分安靜，但新娘子本來就不能說話的。

可季旺渾身不自在起來，金鈴不對他瞪眼、不與他鬥嘴，是多麼讓人不適應的事。

一陣炮竹響過，金鈴被攙著進了薛家大門。櫻娘、招娣、銀月早就在院子裡候著了，當見到那個頂著紅蓋頭的人進來了，她們齊齊仰望起來。

不仰望不行啊，新娘比旁邊迎親隊裡不少男子還要高。看來季旺戴了頭冠果然是明智之舉，否則新娘真要與新郎齊頭並進了。

櫻娘和銀月抬頭仰望的角度還好一些，只是苦了個頭最小的招娣了，她實在沒法直視。

當金鈴跨火盆抬腳的那一刻，在院子裡吃喜酒的人都忍不住驚呼了一聲，不為別的，只為新娘的腳太大。

季旺暗忖道：你們瞎叫喚什麼，這有什麼好奇怪的，沒見識！

第十九章

在眾人的驚呼聲中，金鈴與季旺拜了堂，並被送入洞房。

季旺與金鈴並肩坐在炕邊上，他渾身彆扭得慌，像是有螞蟻在身上爬。他乾脆起了身，準備出去。

才走兩步，便被金鈴給叫住了。「你去哪兒？」

季旺止住了腳步，回頭瞧著她的紅蓋頭和一身大紅喜服。「我……我得去幫忙，晚上還得辦幾桌呢。」

「你先把我的紅蓋頭給挑了吧，悶死了。」

「妳還真是沒耐心，當新娘子的不都是這樣，也沒聽誰說悶死了。」季旺走到桌前拿起一根漆紅的細棍，快步來到金鈴面前一挑。

金鈴沒想到他動作這麼快，半張著嘴愣了一下，瞧著眼前的季旺，季旺也在瞧著她。

兩人對視了片刻，臉頰都有些泛紅。

季旺忽然皺起眉頭來。「妳這臉上抹的都是什麼呀？跟鬼畫符一樣，醜死了。」

金鈴聽他說她醜，頓時不樂意了，她走過來拿起桌上的一面小銅鏡照了照。「哪裡醜，抹得臉白了，唇紅了，這不是俏麗得很嗎？」

季旺覷著她的臉。「臉過於白，唇過於紅，那就是妖精。妳還真是大言不慚，哪有人自己誇自己俏麗的？」

金鈴朝他翻了個白眼。「反正不醜，你才妖精呢，還戴個花裡胡哨的高帽兒。」

季旺和她同處一室實在侷促得很，他將頭冠取了下來放在桌上。「妳在這兒歇息著吧，我出去了。」他說完就頭也不回地走了。

金鈴只好再坐下來，可是這麼坐著實在無趣得很。她瞧了瞧這間新房，到處都貼著大紅喜字，再瞧著新炕頭、新桌椅、新衣櫥，新的東西總是能讓人心情舒暢，金鈴也不例外。

可她是個閒不住的人，見桌上擺著許多東西，還有剛抬進來的嫁妝，她便將這些一一收拾妥當，所有的東西都歸整得有條有理。

當她把新衣和新鞋放進衣櫥裡時，瞧見裡面還放了不少季旺的衣裳，她臉上漾起了甜甜的笑容。兩人的衣裳放在同一個衣櫥裡就表示以後她與季旺是一家人了，這種感覺還滿新鮮的。

到了傍晚，櫻娘在屋裡對著菜單子瞧。「伯明，菜都上齊了，客人也都坐好了，你去陪客人吧。」

「我中午只喝一盅酒，好像沒事，晚上我就多喝一、兩盅行不行？今日可是季旺的大喜日子，也不好不給客人面子的。」伯明今日也有些興奮，見自家兄弟個個都成了家，他很有成就感。

櫻娘難得見他主動說想多喝酒，自然會答應。「好，隨你的意，只要別喝吐了就行。」

伯明高興地去招待客人了，櫻娘坐在桌前記下客人們送的禮錢，這樣下次別人家請客就知道該回多少禮了。

記好了這些，櫻娘來到院子裡，見伯明兄弟四個都在招待客人，陪著喝酒。季旺這時正在陪著金鈴的叔叔，她叔叔是來送親的，自然是頭等客人。

櫻娘見季旺陪著這麼重要的客人，她也不好去打擾他。想到金鈴現在肯定餓了，她來到廚房裝飯菜，準備給金鈴送去。

招娣和銀月也想跟著一起去，她們都想見一見弟妹到底長什麼樣子。

櫻娘笑道：「妳們也真心急，好吧，都跟我一起進去瞧瞧吧。」

她們三人一齊進季旺的屋子時，金鈴正好奇地瞧著一件線衣，這是招娣為季旺織的。

金鈴見一下進來了三個女人，她有些迷糊，雖然心中猜出她們可能是幾位嫂子，可是她分不清誰大誰小呀。

她大大咧咧地咧嘴一笑。「嫂……嫂嫂們好。」

櫻娘將托盤放在桌上，笑咪咪地指著招娣和銀月說：「金鈴，這是妳二嫂和三嫂。」

金鈴算是認清了，一個個地叫：「二嫂、三嫂！」

她再對著櫻娘叫大嫂，雖然櫻娘沒介紹自己，金鈴也能猜得出來的。

金鈴忙著搬春凳，滿臉喜樂。「嫂嫂們快坐下吧。」

櫻娘這才見金鈴頭一面就挺喜歡她的，因為她愛笑，且看樣子是個心直口快、不藏心思的人，再見她把屋子收拾得這麼整齊，想必也挺能幹的。

招娣盯著金鈴的手腳和身段瞧，感覺自己與她比起來就像是衣裳的大號與小號，想到這裡，她心裡忍不住偷笑了起來。

銀月坐在那兒尋思著，季旺應該找一個小巧的女人比較般配，他和這個大塊頭金鈴站在一起看起來有些彆扭，就不知道能將日子過得怎樣。唉，這個金鈴歲數也太大了點，比她這個三嫂還大上一歲。不過，金鈴瞧上去好像沒什麼心眼，應該是個好相處的，也不知她手巧不巧，能不能織好線衣？

金鈴被三位嫂嫂這麼瞧著，有些緊張起來，結結巴巴地說：「季旺說我這張臉抹得像……像個妖精，真的嗎？」

櫻娘、招娣與銀月忍不住掩嘴笑了起來，這個金鈴怎麼一開口就那麼喜感呢。

櫻娘笑道：「這個季旺也真是嘴毒，怎麼能說自己的新娘子像妖精呢，他肯定是不好意思說妳好看就瞎嚷嚷。反正妳等會兒是要洗臉的，他愛看不看隨他。」

金鈴聽了呵呵笑著，感覺這個大嫂說話挺舒心的，至少比季旺說話要舒心得多。

櫻娘又道：「金鈴，家裡最近有些忙，有些東西怕是疏忽了沒準備齊全，還望妳多擔待一些，不要放在心上。本來還應該給妳打些首飾的，只是當初我們幾個嫁進門時都沒有首飾，所以也不好只為妳一人打製。」

金鈴先是怔了一下，隨後趕緊回道：「家裡準備得這麼好，我感激都來不及了，哪裡還會計較？我的娘家不富裕，吃的用的是樣樣都比不上這裡，我剛才還在為家裡因我和季旺花了許多錢，心裡很過意不去呢。至於首飾什麼的，我從來都不愛戴，感覺戴那些玩意兒悶得很，不方便幹活，我還慶幸家裡沒為我打呢，否則只能把它們放在一邊睡覺，太可惜了。」

櫻娘頓覺季旺娶了金鈴真是莫大的福氣，什麼都不計較，還如此為家裡著想，如今想要娶到這麼心寬的女子還真是很不易的。

招娣聽了金鈴這番話，馬上對她又增了幾分好感。而銀月不禁有些慚愧起來，她真做不到金鈴這般為家裡著想，竟然怕家裡為她多花了錢，季旺說她是男人婆還真是沒錯，胸襟像男人一般，不愛把小事放在心上。

櫻娘從衣袖兜裡掏出一個錢袋子。「我們幾家都分家了，這些錢是攢給妳和季旺過日子的。其中有八百文是留給妳打銀鐲子的，我們三人都有這個，妳也不能少的。剩下的是一兩碎銀子和三百文，和當初我們分家時分得的一樣多，妳趕緊收下吧。」

金鈴雙手往後縮，根本不敢收，才嫁進來就要收這麼多錢，而且竟然還有銀子，這似乎不太好吧？「大嫂，我和季旺要不了這麼多錢的。家裡把什麼都備齊全了，我們拿這錢也沒處花。」

櫻娘硬是把錢塞到了她的手裡。「過日子哪能不花錢？哪怕不花攢著也好啊。其實這些錢還是少了點，不過家裡已經開了作坊，到時候妳也可以來幹活，慢慢的日子就好過了。」

金鈴手裡拿著這些錢，很是不安，待會兒季旺進來了不會罵她瞎收錢吧。她正要把錢再塞回櫻娘手裡，櫻娘卻已經站了起來。

「金鈴，妳肯定餓了，趕緊吃飯吧，涼了就不好吃了。」櫻娘說完就帶著招娣和銀月要離開了。

金鈴有些慌，追了上去。「大嫂，這錢我不能要的，我……」

她話還未說完季旺便進來了，櫻娘她們也就出去了。

季旺瞧著她手上的東西，故意繃著臉道：「妳真是膽大啊，才進我家門就收錢，妳財迷呀？」

金鈴連忙把錢往桌上一放。「這……這可不關我的事，是大嫂硬要塞給我的。」

季旺走過來笑咪咪地把錢揣在懷裡。「以後我當家，這錢就由我來管。」

金鈴這才恍然大悟，伸手來奪錢。「不行，得由我來管錢。我家就是我娘管錢的，我娘說了，男人管錢就會越管越沒錢。」

季旺緊揣著錢不放。「妳娘說得沒道理，妳現在到我家來了，就得聽我的，在家從夫懂不懂？」

「屁，我就不聽你的。」金鈴扠腰道。

季旺捂住耳朵。「妳一個女人家說什麼屁不屁的，簡直難以入耳。妳還是快吃飯吧，真是受不了妳。」

金鈴噘著嘴，坐到桌前來吃飯，見托盤上放著三個碗，一個碗裡放著兩個小白麵餑餑，另兩個碗裡都是菜，菜色看上去就已讓她胃口大開了。

她的肚子不小心咕嚕了一下，被季旺聽見了。

季旺忍不住揶揄道：「唉，不斯文的女人連肚子都粗魯，這咕嚕聲也太大了。」

金鈴回頭瞥了他一眼，懶得理他，自顧自吃起飯菜來。嗯，味道真好，她越吃越帶勁。

季旺在旁瞧著一陣陣搖頭。「我家母豬都沒妳吃得這麼大動靜。」

「你！」金鈴回頭瞪著他。「我就吃得這麼大動靜，你怎麼著？有本事你別聽，你出去啊！」

「這是我的屋子，我幹麼出去？」季旺往炕上一躺，舒服地伸了個大懶腰，今日還真是忙累了。

再瞧著這一對大紅枕，他不禁有些忐忑起來，等會兒她會和他並頭睡覺？想到這裡，他感覺自己的臉發燙起來。

他起身往屋外走，金鈴忍不住問道：「你還真出去啊？」

「妳吃妳的，我去舀洗臉水，妳這人話怎會這麼多？」季旺見金鈴氣得直咬牙，心裡很是痛快。

客人們都散了，櫻娘、招娣和銀月將碗盤都洗好擱在了一邊，伯明、仲平和叔昌也將桌椅收拾乾淨了，只待明日還給鄰居們。

一切收拾妥當，大家都各自回屋了。

伯明躺在炕上哄著念兒，櫻娘在鏡前拆下她的髮簪。她披著長髮走了過來，見伯明滿臉通紅，覺得他有些喝多了。「你滿身酒氣，別離念兒太近，熏死人了。」

「我才喝三盅，哪有滿身酒氣？只不過頭有些暈罷了。」伯明拉她在炕邊坐著。「妳歇息會兒，忙一整日了，肯定累了吧。」

「忙得高興，就不覺得累。」櫻娘抱著念兒來餵奶。

伯明確實有些暈，他躺在炕上瞧著櫻娘披著長髮那好看的模樣，再瞧著她給孩子餵奶時那微微帶笑的神情，伯明感覺自己像吃奶的念兒那般滿足。再想到弟弟們都成了家，生活過得融洽，季旺過個一、兩年也要當爹了，他忍不住傻笑了一聲，嘴裡含糊地說道：「真好，真好。」

「瞧你，除了說好，就不會說點別的。」櫻娘應道。「剛才我瞧見金鈴了，可是個實誠的姑娘。」

櫻娘見伯明沒應聲，側過臉來瞧他，嘿，他竟然睡著了！

季旺與金鈴都洗過了，現在不知道該幹什麼了。季旺為了掩飾他內心的緊張，故意找一些閒話說。

「這桌子擺這兒好像太擋道了，往這邊挪一挪是不是好點兒？」季旺隨口說道。

金鈴一聲不吭，走過來伸開胳膊就要把約百斤的桌子往邊上搬，季旺走過來幫忙，金鈴說了一句。「不用，我一人就行。」

季旺見她搬得那麼輕省，好像絲毫不費勁，有些目瞪口呆。

金鈴擺好桌子，又坐在了炕邊上瞧著他。見他傻傻的，她也只好沒事找事做，將炕上鋪蓋裡面的「早生貴子」擺床品收拾了起來，再正了正一對大紅喜枕。

這下季旺忽然乾咳了一聲，問道：「妳知道洞房之夜要幹麼嗎？」

金鈴點頭。「知道呀！」

季旺一愣。「那……那妳說說唄。」

「喝合巹酒啊。」

「哦。」季旺眸光忽閃，見桌上擺著兩個小酒盅，便端了過來，遞給金鈴一個。

兩人湊近身，交著胳膊，正要喝酒，季旺忽然頓了一下，瞧著金鈴先喝。只見她略微仰脖，一飲而盡，簡直像梁山好漢喝大酒似的。

金鈴見他發怔。「怎麼了，你還不喝？」

季旺無語了，吹了吹氣，像她那般仰脖一口喝淨。兩人放下了酒盅，繼續坐著。

「喝了合巹酒接下來要幹麼？」季旺又問，他饒有興趣地瞧著她，看她怎麼回答。

金鈴一邊脫鞋一邊說：「脫衣睡覺。」

季旺就這麼認真地瞧著她將一身喜服脫了，她穿著裡衣和褻褲上了炕，爬到裡邊鑽進被窩裡躺下了，而且還是背著他。

季旺心臟怦怦直跳地也將衣裳脫了，躺在了外邊。當他輾轉反側，渾身血液湧動難以入眠時，竟然聽見金鈴的打呼聲！

她打呼的確讓季旺夠驚訝的了，可如今讓他受不了的是，洞房之夜什麼事都還沒做，她竟然睡著了——這怎麼可以？這不是完全不把他放在眼裡嗎？實在不像話！太不像話了！

季旺肺都要氣炸了，他無法理解她到底是怎麼睡著的，哪怕是頭母豬，這會兒若是面對著公豬也睡不著啊！

季旺氣呼呼的，用手戳了戳她的背。「喂，快醒醒，妳不能再睡了！」

金鈴一下驚醒過來，迷糊地問：「為什麼不能再睡了？都什麼時辰了你還不睡？」

「妳打呼跟打天雷似的，我哪能睡得著？」其實這並不是季旺想說的重點。

金鈴當真了，有些不好意思地說：「打呼這玩意兒，我自己也管不著啊，那我儘量注意著，快睡吧。」她打了個哈欠，又閉上眼睛接著睡。

季旺急了，一下翻身過來，壓在金鈴的身上，正要湊唇來強吻她，卻瞬間被金鈴掀到一邊去。

「你……你幹麼，大淫賊啊你！」金鈴驚道。

季旺被她掀得簡直要氣厥過去，他怎麼就成了大淫賊？他又覆了過來。「我們現在是夫妻了，我不這樣才不正常呢！」

他拽住她的胳膊不讓她動，又要親過來。只是金鈴力氣大得很，一下就抽出了胳膊又來推他。

金鈴對他推推搡搡，他對金鈴拉拉扯扯，緊接著季旺突然一聲大叫。「啊！我……我的胳膊被妳給推斷了！斷了斷了！」

金鈴嚇得坐起來。「真的假的？」

在隔壁屋的招娣和仲平也能聽到一點動靜，招娣問道：「他們這是洞房，還是打架？」

仲平也納悶。「莫非是金鈴不讓季旺碰她？」

這時他們依稀聽到季旺說胳膊斷了，兩人嚇得趕緊起來，準備過來瞧瞧，洞房之夜可別出大禍了。

這邊屋裡的季旺見金鈴終於關心他了，還好像很擔心他似的，他故作很疼痛地說：「嗯，真斷了，妳再推它就得掉下來了，現在妳可千萬別再碰它了。」

他一說完就撲在了金鈴身上，對她又親又啃的，雙手還在忙著解她的衣扣。

當他雙手摟著她未著寸縷的身軀時，金鈴既害羞又氣憤地道：「你這個大騙子，你胳膊好得很。」

招娣和仲平才剛出門又折回來了，招娣小聲地說：「我們倆真夠傻的，竟然連胳膊斷了這種話都信。若是真斷了，還不早就嚷上天了，怎麼會突然又沒動靜。」

仲平笑道：「既然妳都知道自己傻了，還不趕緊乖乖地睡覺，由著他們去。他們現在哪怕說要死了，我們也別相信。」

這邊季旺又說話了。「妳使勁要輕一點，別緊箍著我的脖子，脖子斷了就不能活了，得死了。」

兩人纏著親了一陣，季旺身子向金鈴一挺，金鈴咬著牙輕哼了一聲。

「很疼嗎？」季旺憐愛地問了她一句。

「我不怕疼，我從小到大都不怕疼的。」金鈴如此回了他一句。

季旺感覺自己又無語了，但還是這麼應了她一句。「不怕疼就好。」

找了這麼一個不怕疼的娘子果然是好事，季旺將他男子本性發揮得很徹底，不須擔心這個擔心那個。金鈴也不再說他是大淫賊了，而是很好地配合著他。

季旺後來倒是瞧出來了，她哪是不怕疼，她只不過開始時疼一陣，後面根本就不疼了好不好。

第二日早上醒來，季旺是胳膊痠疼，脖子也痠疼，感覺昨夜和誰打了一場大架似的。他見金鈴也醒了，便問道：「妳有沒有哪裡不舒服？」

金鈴一睜開眼睛就瞧見了他，而且還是沒穿衣裳的他，她面紅耳赤地搖頭。「我很好，沒哪兒不舒服。」

季旺不停甩胳膊，再晃著腦袋，故作委屈地說：「洞房之夜不都該女子受傷或這兒疼、那兒疼疼的嗎？我們怎麼反過來了？」

金鈴哼了一聲。「你一個大男人怎麼像塊豆腐似的，這麼折騰一下就渾身疼疼。」

季旺見她很瞧不起他似的，忽然一下又撲在了她的身上。

金鈴雙手猛力推他。「我得趕緊起來給大哥大嫂做早飯吃，可不能落下懶惰的名聲。」

「我們分家了，大嫂昨日就說讓我們做自己的飯吃就行，晚點起沒人管妳。妳不是說我是豆腐做的嗎？我要讓妳瞧瞧真正的漢子。」

接著又聽季旺嚷道：「妳輕點輕點！這回真的是要斷了！」

「斷了才好！」

金鈴起來後，來到新搭的小廚房做飯，她見大嫂也才剛起來，這會兒正在井邊洗臉漱口。

「季旺，等會兒我要不要給大嫂敬茶，新媳婦都得敬長輩的，雖然公婆……」金鈴瞧著坐在灶下燒火的季旺。

「不用，大嫂前幾日就跟我說不用。雖然說長嫂如母，可是大嫂不愛我們把她當成長輩一般看待，她說她只比我們大一點，像親兄弟姊妹一樣相處就行。」

「大嫂真好。」金鈴爽朗地笑著。

「女人要笑不露齒！」季旺見她笑得露出一排牙，忍不住道。

金鈴癟著嘴，嘟囔道：「這個你也要管？」

「當然了，不僅要笑不露齒，還要食不言、寢不語，還有……睡覺的時候不許打相公。」

金鈴見季旺說得振振有詞，她直翻白眼，心裡忖道，該出手時她絕不會手軟！

季旺與金鈴成親的第三日，就帶著禮回門去了。

別看季旺對金鈴說話時嘴毒得很，但是他在岳父岳母面前嘴可甜著呢，幾句話就哄得兩老心花怒放。

沈老爹見女婿得人疼，立即就對他掏心掏肺地說：「季旺啊，金鈴從小被我們養得沒什麼規矩，大大咧咧慣了。要是她敢不聽你的話，或是敢和你頂嘴，你就打她，否則她會騎到你頭上去的。」

季旺笑著應道：「我哪敢打她呀，她打我還差不多。」他說話時還得意地瞟向金鈴，那眼神彷彿在說：妳瞧，妳爹喜歡我都勝過妳了！

金鈴撇撇嘴，斜睨了他一眼，然後無奈地瞧著她爹，心裡嘆道：我的爹啊，你怎跟個小孩似的，被女婿這麼一哄，就連誰親誰疏都分不清了，竟然讓女婿打閨女！

金鈴她娘吳氏聽季旺說自家閨女打他，便趕緊將金鈴拉進了臥房裡，小聲地說：「傻閨女啊，妳才進薛家的門，可不能像在娘家這般使性子。妳怎能打季旺呢？他是妳的夫婿，妳在他頭上過於厲害了，豈不是讓他大哥大嫂難堪？他們不喜歡妳，妳以後怎麼在薛家立足，妳出嫁前娘講了那麼多規矩，妳怎都不放在心上，妳這不是要急死娘嗎？」

金鈴拉著她娘坐了下來，爽朗地笑道：「娘，妳真是多慮了，我大嫂對我好著呢，她不插手管我和季旺的事。她是有一說一、有二說二的人，不愛拐彎抹角的，我覺得她還挺喜歡我的。」

吳氏聽了有些不太相信。「妳大嫂以前可是在甄家織布坊做過大領頭的，都說她能幹得很，還厲害著呢，管起那些女短工們來可不怎麼講情面的。就妳這沒大沒小又沒規矩的人，她能喜歡？」

「娘，瞧妳說的，我都被妳說得一無是處了，反正我覺得大嫂喜歡我。妳放心好了，我會敬著她的，就像季旺那般敬著她。季旺說了，哪怕我真有哪些地方沒做好，大嫂也不會計較的，只會直接告訴我，叫我以後注意著點就是了。我瞧著全家人都對她服服貼貼的，敬重得很，她若真愛計較，愛挑毛病，那是如何服眾的？」

吳氏這才放下心來，頻頻點頭道：「看來妳大嫂果然是個能做大事的人，為人處事大大方方，不愛背地裡藏陰，所以才能將這一大家子管下來。要知道有好些兄弟多的人家，整日鬧得不可開交，為一丁點東西都能吵起來，甚至動傢伙幹架，那還是公婆都在的情形下。若是像薛家這般，估計沒幾位當大嫂的能將一家子管得這麼安寧和睦的。」

金鈴咧嘴一笑。「我倒是瞧出來了，妳和爹對季旺和薛家滿意著呢，以後我和季旺吵架，你們肯定會向著他。」

「那是因為我和妳爹知道妳是個沒規矩的，我們自然是要幫理不幫親了。還有，妳平時可得勤快著點，早早起來為妳大哥大嫂做飯。」

「我倒是想為大哥大嫂做飯來著，可是我一嫁過去就分家了，說讓我和季旺在自己的小廚房裡做飯吃。」

一聽說分家，吳氏就來勁了。「你們分得了什麼，有錢嗎？」

金鈴瞅著她娘。「喲喲，娘，瞧妳那財迷樣，哪怕分得了錢，我也不能拿來巴著娘家。我們家雖窮但也不缺吃喝，妳放心，等妳和爹老得動彈不了了，我和季旺肯定會照顧你們的。」

吳氏哭笑不得。「我真是養了個實誠閨女，才剛嫁人，就一心撲在婆家上。我和妳爹才不會要你們分家的錢呢，還不是盼著妳和季旺過得好。到底分了哪些東西，快說一說，讓娘也跟著高興高興。」

金鈴便一一道來。「分得了好些糧食，夠吃一個多月的，還分了麥田、高粱田及兩袋玉米，待下個月收了麥子，正好可以接上趟了。另外還有一兩銀子和三百文錢呢！除了這些，大嫂還給了我打銀鐲子的錢，一下子分得這麼些錢和糧，我都感覺像是作夢似的。對了，季旺還說，線衣作坊我們還有兩成的分呢。」

「有一兩銀子？另外還給錢打銀鐲子？」吳氏聽得兩眼發亮。

金鈴點頭。「娘，妳這模樣真的好財迷啊！」

「好好，往後我再也不用擔心我閨女沒錢花了。妳大嫂出手可真是大方，這事要是放在別人的身上，或許會少分點給你們，留著她自家偷著花呢。」吳氏笑盈盈地說著，忽然，她大聲道：「剛才妳說什麼——作坊也分了你們兩成，以後還可以分錢？」

金鈴見她娘一驚一乍的，忍不住笑話道：「娘，妳怎麼比我還沈不住氣？」

吳氏終於收斂了一下笑容，說道：「妳不知道，我們家後面的秋花嬸子家昨日鬧分家，她那三個兒子為了搶一個衣櫥和一套桌椅，小兒子門牙都被大兒子打掉了。之後在吃午飯時，二兒媳又跑到大兒媳的屋裡，直接把一桌子的飯菜給掀了，掀得大兒媳一身的湯湯水水。哎喲，鬧得雞飛狗跳的，村裡人個個都知曉了。」

金鈴聽了愕然地張大嘴巴。「她小兒子門牙都被打掉了，說話還行嗎？」

「不行又能怎樣，掉了又長不回去。以後說話肯定是會漏風的，還有就是一張開嘴確實難看不少。」

金鈴忍不住哈哈大笑起來。

吳氏嘆道：「還幸災樂禍，妳不知道秋花嬸子有多難過，她哭了一整夜，直說老頭子死得早，靠她一人管不了兒子和兒媳婦。」

金鈴掩嘴沒再笑出聲了，她純粹只為人家掉了大門牙一事覺得很好笑，對於分家打架如此野蠻行徑，她只有感嘆的分兒。

可是一想起一個大男人沒了門牙，她仍然想笑，只不過是在心裡偷偷地笑而已。

吳氏囑咐道：「雖然妳和季旺分得了這麼多錢，但也得仔細著花，別大手大腳給揮霍掉了。說不定來年妳就要生娃兒了，得留著給娃兒花，若是將來生三個、五個的，可有花錢的地方呢。」

金鈴臉上頓時飛起紅暈。「娘，這還早著呢，我才嫁人幾日，妳就說什麼娃不娃的。」

吳氏見平時不知羞不知臊的閨女竟然會臉紅成這樣，也就沒再提。

沈老爹和吳氏一起為女兒女婿準備了一頓對他們來說算得上十分豐盛的午飯，金鈴和季旺吃過飯後，再與他們兩老敘敘話，就拎著回禮返家了。

招娣見金鈴回來了，上前笑咪咪地說道：「金鈴，妳想去作坊學織線衣嗎？我帶著小暖織不了多少，但我可以教妳的。」

沒想到金鈴卻搖頭，這讓招娣感到很意外，要知道好多人都巴結著想幹這個活兒呢！

金鈴不好意思地擺弄她那一雙大手。「二嫂，我這雙手做粗活做慣了，幹不來細活。我陪嫁的被面和鞋，還有一些繡花帕子，都是我娘做的，我只會下田幹活，再做飯餵豬什麼的，我怕織不好線衣，會糟蹋了料子。聽季旺說，秋收後大哥要開榨油坊，到時候我去幹那個活兒就行。」

招娣驚道：「榨油可是男人幹的力氣活，妳能幹得來嗎？」

「能，我比我爹還能幹重活的。我能挑得動一百二十斤的擔子，雙手能提滿滿的兩桶水，割麥子一上午就能割完一畝多。」金鈴很有信心。

招娣無言以對，心裡暗道，季旺真是娶了個幹農活的能手，比男人都不差。

金鈴又道：「這些日子我就和季旺一起下田，總共就那麼些地，肯定很快就能幹完。到時候得出空來，我再幫妳家和大嫂家也多幹幹，反正我在家裡也閒不住的。」

招娣這下終於理解大嫂為什麼那麼喜歡金鈴了，她當真是一個爽快又實誠的女子。相對起來，招娣覺得自己是四妯娌裡最差的一個人，她沒有金鈴那麼大力氣能幹重活，沒銀月長得好看，也沒她聰明，與大嫂櫻娘相比，她覺得自己乾脆遁成無形得了，那是樣樣都相差甚遠的。仲平娶了自己，可真是虧了。

聽說勤能補拙，她現在只能朝這個方向努力了。

這時，季旺挑出一擔花生米。「金鈴，趁現在日頭還沒落山，我們去種一擔花生吧。」

金鈴走過來就接下他的擔子，往自己肩上一挑。「你去挑一擔土糞吧，種花生拌著這種用草燒過的土，花生能長得壯一些。」

季旺笑著朝她伸出個大拇指，然後跑去忙了。

招娣牽著一歲多的小暖來到後面的作坊時，見櫻娘和銀月都在，只不過她們也都在帶孩子，幹不了活兒。

招娣走了過來，開口便道：「大嫂，金鈴說她能挑得動一百二十多斤的擔子呢，當真是趕得上季旺了。」

銀月聽了直咋舌。「季旺挑這麼重的擔子也是走一陣歇一陣的，金鈴可不只是趕得上他，或許還能超過他呢。金鈴肯定是我們永鎮女人中力氣最大的一個了，瞧她拎著一籃子濕衣裳時，跟拎隻小雞似的。」

櫻娘聽了忍俊不禁。「季旺這也算是撿到寶了，她到時候肯定要去榨油坊幹活，而不願來這兒幹。」

招娣一驚。「大嫂，妳怎麼知道？我剛才來時問過她，她就是這麼說的。」

櫻娘笑了笑說：「我也只是瞎猜的，沒想到還真猜準了。」

她們三人正說著話，銀月突然將小語往招娣懷裡一塞，跑到一邊吐了起來。

櫻娘與招娣瞧了兩兩相望，銀月這是又有了嗎？

櫻娘抱著念兒走過來問道：「銀月，妳這是身子不舒服，還是又懷上了？這個月來月信了嗎？」

銀月紅著臉直搖頭，掏出手帕子擦淨了嘴，煩悶地說：「家裡最近忙死了，叔昌要忙著田裡的活兒，我要帶孩子還得照顧我娘，現在我又懷上了，唉……」

櫻娘便道：「妳回家歇息去吧，就別在這兒待著了。」

銀月確實頭暈得厲害，還犯睏，就抱著小語回家了。她娘這幾日看似好了不少，也能幫著帶帶孩子，她打算回家躺一會兒，或許會舒服點。

沒想到銀月這一回家，當場被嚇暈了過去，小語也從她懷裡摔到了地上，還是她鄰居家有一位老太太聽到小語大哭，才去瞧了一眼，當時她也被嚇得不輕，隨後便抱起小語，跑過來告知櫻娘了。

櫻娘與招娣聽後嚇得半晌說不出話來，原來是銀月她娘秦氏在家不知怎麼摔著了，再也活不過來了。

櫻娘與招娣把孩子們放在小轎椅裡，囑咐作坊裡的女短工們照看一下，兩人慌忙跑到銀月家，先把銀月抬到床上，由招娣來照顧著她。因為銀月有了身子，櫻娘怕她出事，還去請郎中來為她把脈。

忙完這些，櫻娘再跑去田裡把伯明和叔昌全叫回來，叫他們幾個男人來為秦氏操辦著喪事。銀月的哥哥沒了，她爹自從去了縣裡再也沒回來過，這事只能由叔昌這個當女婿的辦了。

當櫻娘來到作坊這兒叫大家收工時，她已累得不行了。

她一手抱著念兒、一手抱著小語，還讓小暖抓著她的衣角，跟著一起回家。回到家後，她歇息了好半會兒才緩過勁來，心裡尋思著，還是趕緊找個保母吧，否則自己會累死。

幹活掙錢不就是為了過好日子，好好享受生活嗎？她相信伯明也會同意的，雖然他不太喜歡有外人來家裡。

銀月醒來後，見叔昌已經回家，伯明、仲平與季旺也都在。有他們兄弟幾個在，她似乎不再那麼惶恐了。

只是她娘突然過世，她怎能不傷心？她忽然敞開喉嚨，嚎啕大哭起來。反正現在有這麼多人在，家裡什麼事都不須她操心，她只須顧著哭，將自己的痛苦發洩出來就行了。

叔昌也由著她哭，這個時候安慰也無濟於事，她娘就這麼沒了，她這個當女兒的哭一哭再正常不過了。他也知道銀月有了身孕，郎中剛才過來時已經說了，哭幾場對肚子裡的孩子不會有大礙，只要不過於用力動了胎氣就行。

直到天黑，伯明才回到家。他見櫻娘和雲兒在忙著照顧三個孩子，還要做飯，實在是太累了。

「櫻娘，這些日子家裡事多，我瞧著妳也挺乏的。以前妳說過想找個人幫忙帶孩子，心裡有合適的人選了嗎？」伯明先前聽櫻娘提起，還有些不太樂意，他確實不愛有陌生人來家裡。

當時雲兒來他家時，他好久都適應不過來，總覺得他在家行動不方便，得時刻記著與雲兒保持距離，說話也不能太隨意。

若是櫻娘又請個婦人或姑娘來，他覺得這日子會過得很不自在。有時候他想和櫻娘說什麼知心話，還得避開人，著實累得慌。

櫻娘搖頭道：「我剛才也還在尋思著這件事，可就是沒能想到合適的人。我瞧著只有雲兒是最合適的，她心細，拿真心對待孩子，可是她就要嫁人了，若還要整日過來帶孩子，或是我們把孩子放到她家，這也說不過去呀。」

伯明尋思道：「要不讓三嬸來吧，她好歹是我們的親人，說什麼或做什麼也無須太避諱。」

「不行，三嬸忙著呢，三叔經常去鄰村的磨坊幹活，家裡的活兒大多數是三嬸在幹，福子也快要成親了，她哪能抽出空來？」

她這麼一說，伯明也覺得確實很不妥，又絞著腦汁尋思起來。

「你先別想這個了，銀月現在好些了嗎？你們幾個有沒有把棺木從乾叔那兒抬回來？」

「銀月哭一陣停一陣，應該沒多大事。她娘自銀寶出事後，身子一直不太好，她心裡也有數，妳無須擔心她。我們已將棺木抬回來了，只不過乾叔多要了一百文錢。不說這個了，我們先去吃飯吧，雲兒已經把飯菜端上桌了。」

他們倆來到桌前吃飯時，櫻娘有些不捨地瞧著雲兒。「雲兒，我可是個私心重的人，想到妳過陣子就要到梁子家去了，我還真是很捨不得呢，因為以後我就吃不到妳做的好飯菜了。」

雲兒輕輕一笑。「櫻姊姊說笑了，我做的哪算什麼好飯菜呀。妳以後若是想吃，我就來給妳做，反正都在同一個村，近便得很。到時候我得了空，肯定還會常來幫妳帶著念兒，否則妳一人根本忙不過來。」

「妳有心要幫我，我真的很高興。但是妳和梁子得有自己的生活，不須再為我的事操心了，好好過你們的日子才是正道。」

櫻娘說著這些，腦子裡忽然閃過一個極為大膽的想法，接著又道：「妳以前從未幹過農活，連鋤頭都沒扛過，更別說挑擔子了。梁子肯定心疼妳也不會讓妳幹這些，那妳在家就比較清閒了，妳有沒有想過……要幹點什麼活兒？」

雲兒愣了愣，繼而頓悟般道：「櫻姊姊不會是說讓我去作坊裡織線衣吧？妳不是說人數已經差不多了，並不缺人嗎？我還是不要去給妳添麻煩比較好。」

櫻娘回道：「不是讓妳去織線衣，而是妳可以做點自己的事，比如開個……幼兒院？」

「什麼是幼兒院？」雲兒聽得很迷糊。

伯明也很好奇，停了手上的筷子仔細聽櫻娘怎麼說，他對什麼幼兒院也是聞所未聞。

櫻娘細細道來。「雲兒，梁子家不是蓋了個院子嗎？待妳嫁給他後，妳可以讓村裡的人把孩子放在妳家裡，由妳幫著帶，妳每個月收他們一些錢。妳一個人肯定是忙不過來的，妳可以把村裡那些未出嫁的姑娘請到妳家，幫著一起帶孩子，妳就像當掌櫃的給夥計發月錢一般，每月給她們發一定數額的工錢就行。這樣妳就有活兒幹了，還能掙錢。」

雲兒似乎還沒聽懂，好半晌才理出頭緒來，問道：「給人家帶孩子還要收錢，會有人願意把孩子放在我家嗎？這樣真的能掙錢？」

「當然能掙錢了，比如妳收了二十個孩子，一個孩子一個月交五十文錢，那總共妳就能收一千文錢。妳請兩個姑娘來一起幫妳帶，一個月給她們一百多或兩百，肯定就有人願意幹。再除去給孩子們買一些玩意兒和點心的錢，怎麼算都是能掙的。妳不須擔心收不上這麼多孩子，周邊幾個村的孩子也可以送過來，路遠的妳就給他們管午飯。當然，管了午飯的就得多收一些錢。」

這下雲兒聽懂了，有些心動了。只是她向來是個不愛出頭的人，若是要她辦個幼兒院，成了村裡關注的人，她還是有些害怕。

櫻娘忽然想到村裡有幾個很會帶孩子的婦人，想請她們來自家又覺得不便，便道：「妳還可以請年紀大一些的婦人來帶不會走路的小孩，到時候念兒和小語都可以去妳家的幼兒院了。當然，這樣的孩子收費得貴許多，至少一百五十文一個月。」

雲兒支支吾吾地說：「就不知道梁子他會不會同意，我……得聽他的。」

櫻娘笑道：「喲，妳這還沒嫁過去，就想著要聽他的，這梁子是哪世修來的福啊？」

雲兒羞得不行，小嘴兒一翹。「櫻姊姊又拿我說笑了。」

伯明一直在旁認真聽著，他倒是有些疑慮。「櫻娘，一個月一百五十文錢，像我們家這樣的肯定是拿得出，但是其他人家即便送會走路的孩子去，每月只花五十文怕是也捨不得的。有些人家是哥哥姊姊們帶著弟弟妹妹，只是頭一胎沒人帶。」

櫻娘其實也想到了這一點，不過她覺得仍然可行。「有哥哥姊姊帶的人家確實不少，但好多哥哥姊姊也才三、四歲，連自己都照顧不了，哪裡還能照顧弟弟妹妹？你不記得去年鄰村有一家是四歲的哥哥帶兩歲的妹妹，兩人跑到池塘邊玩，結果兩個孩子都沒了嗎？他家爹娘腸子都悔青了，至今仍沒法原諒自己。但凡家裡不是很窮的，知道只須花一點錢就能把孩子放到一個有人帶的地方，他們肯定樂意。」

伯明聽了直點頭，好像真是那麼回事，只不過對這種新鮮事物，他一時還轉不過彎來而已。

雲兒知道櫻娘是個很有想法的人，覺得她提出來的肯定是沒錯的，這時她還幫腔道：「大哥，你想啊，一個月才五十文錢，折算起來的話，一日兩文錢都不到。那些婦人把孩子放在了幼兒院，她們隨便去幹點什麼，一日也不止掙兩文錢啊。光在線衣作坊幹活的就有好幾家孩子沒人帶，送到親戚家去了。不過，這也只是家境稍好一些的人出得起這份錢，就以村裡的應大伯來說，他家有七個兒子，十五個孫子孫女都是六歲以下的，即便他家只送五、六個來，也不少了，二十個孩子肯定能收得上的，不是還有別村可以送孩子來嗎？」

伯明被她們倆一唱一和地說著，早就服氣，沒有什麼可辯的了，他微笑著說：「光我們家就頂好幾個孩子，這事應該能成，到時候讓梁子跑腿到各家各戶相告去。」

七日後，伯明兄弟幾個已經幫著將銀月她娘秦氏下葬了。

二十日後，雲兒出嫁了。老么歡天喜地的，他高興的程度簡直可以比擬他哥哥這個當新郎的了。

薛家枝也過來了，畢竟入洞房前還得拜天地，他這位做高堂的自然是要來的，他還有模有樣的給了雲兒好些喜錢，無論父子之間是不是和睦，有些場面還是要過一過的。

成親十日後，雲兒就把幼兒院給辦起來了，院門那塊門匾上的「幼兒院」三個字還是伯明幫他們刻的。

他們另外請木匠做了幾張長桌長椅，還有幾個木製的翹翹板和木馬，這可都是櫻娘出的主意，完成後她去梁子家瞧了瞧，覺得還挺像一回事的。

不知是大家覺得新鮮，還是確實都想把孩子送過來，第一日雲兒就收了十幾個孩子，三日後已滿了四十個，其中二十個是周邊三個村子裡來的。

櫻娘過來教她把孩子們分成兩個班，每個班由兩個「老師」看著，雲兒乍聽「老師」這個稱呼，還覺得很不好意思。

「大嫂，老師可都是當先生的，我們只是看孩子的，這樣叫好嗎？要不就叫姨吧？」

「妳們可不只是帶孩子，還可以教孩子許多東西呀，比如唱歌跳舞什麼的。妳最近不是還在學寫字嗎？妳也可以把這些教給另外幾位姑娘，然後再教給孩子，這樣也算得上是老師了，妳不要只把自己當成保母看待。」

雲兒羞澀地點了點頭。「小曲我會唱不少，都是聽別人哼哼就學會了。至於跳舞我可不太會，以前在烏州倒是偶爾和夫人一起去梨園看人唱戲跳舞來著，但只是這麼看著我哪裡會呀？」

「不須教孩子們跳那種舞，就是簡單地伸胳膊伸腿，蹦蹦跳跳的那種。妳自己先多琢磨琢磨，待有空了我來教妳。」

「大嫂妳會？」雲兒很好奇。

「我得了空就幫妳瞎琢磨，或許真能幫得上忙，不過妳也別抱太大希望。」櫻娘雖然以前不是幼教老師，但是幾套簡單的廣播體操還是會的，什麼童謠及畫畫她更是不在話下，到時候只須改一改，就可以教給雲兒了，但必須慢慢地來，一下顯露出太多可不好。

雲兒請了村裡一位很會帶小孩的棠嬸，由她專門來帶念兒和小語，收到的三百文錢，雲兒打算全給棠嬸。棠嬸見一個月能掙這麼多錢，晚上還不用管孩子，由家長接回去，她幹得十分帶勁，因為她活了大半輩子，也沒掙過這麼高的工錢，所以對孩子上心得很。

這日中午，櫻娘去幼兒院那邊給念兒餵了奶就回來了，念兒在那兒憨睡著，有棠嬸坐在旁邊守著，她很放心。

她回來做著午飯，過沒多久伯明也回來了。他最近教村民們種黃豆，也是忙得很。

「伯明，念兒在幼兒院可乖了，他坐在轎椅裡瞧著小暖和那些孩子們在院子裡玩，一個勁兒地樂呵呵直笑，以後大概是個『人來瘋』呢。」

伯明用巾子擦著身上的汗，來到灶下燒火，欣慰地說：「只要他在那兒不哭鬧就好，妳之前讓我後日去烏州一趟，說線衣都夠貨了，本來我還有些放心不下，怕念兒在那裡待不慣。現在好了，這樣妳輕省了一些，我也能放心去了。」

櫻娘將鍋裡的醬爆肉鏟了出來，聞了聞。「嗯，真香。我都好久沒做飯了，還以為生疏不會做了，沒想到這道菜我還能做得和以前一樣好吃。」

伯明跑過來挾一塊嚐了嚐。「果真是。妳今日去鎮上了嗎？」因為只有鎮上才有賣肉。

櫻娘點頭。「我都好久沒去鎮上了，正好今日上午得了空就去買一些薄料子。天熱了，我得為我們一家三口每人做一身涼快一些的衣裳。還有，我們這半年一共賣了三批貨，這次你再去烏州一趟，就有四次了，待你回來後，我們四家就把錢分一分吧。」

伯明笑嘻嘻地點頭道：「嗯，我估算了一下，每家都能分到不少，家裡是越來越有錢了。」

第二十章

伯明帶著季旺去了烏州，因為黃豆已種下了，金鈴一個人在家也閒不下來，就把自家的地全鋤了一遍，整個村就數她家的地修整得最好，幾乎一株草都沒有。

而且她不僅把自家的地鋤完了，得了空還把櫻娘家的地也鋤了不少。

櫻娘平時也就是去菜園裡摘個菜，極少去田裡瞧，當時並不知道金鈴為她家幹了許多活兒，還是幾日後才從鄰居嘴裡聽到，他們說金鈴特能幹活，一人頂幾人用，風風火火的，從上午一直幹到下午，中間也沒見她停下來歇息過。

這日，臨近午時，金鈴扛著鋤頭回來了，還用一隻手兜著衣襟，裡面鼓鼓囊囊的。

「大嫂、二嫂，快出來吃猴楂吧，我從山上摘了好多回來。」金鈴把猴楂倒進籃子裡，來井邊洗著。

櫻娘和招娣也才剛從後面作坊回來，這時在屋裡洗著鍋，聽她這麼一喊，兩人都走了出來。

櫻娘見有一小半籃子的猴楂，便道：「妳這是用衣裳兜回來的吧？妳真夠厲害的，竟摘了這麼多，往年每次我們要去摘時，早被孩子們摘完了。」

金鈴邊吃邊說：「因為我個頭高，摘的都是樹頂上的嘛。」

櫻娘與招娣忍俊不禁，金鈴這個大高個兒，果然有優勢啊。

櫻娘想到金鈴去了山上，肯定是去鋤那片花生田了。「金鈴，我們兩家花生田是挨在一塊兒的，那是以前伯明和季旺一起開的荒，妳不會鋤了自家的，又把我家的也鋤了吧？」

金鈴不愛拐彎抹角，直話說道：「大嫂，妳別嘮叨了，左右不過是多鋤了點地而已，被妳說得好像我做了多大的事似的。我爹娘說了，妳當大嫂不容易，要我多為妳幹幹活，妳不讓我幫妳做飯洗衣，我就只好鋤鋤地了，反正鋤地又不累。二嫂，待我得了空，也幫妳家鋤點兒。」

招娣直搖頭。「別，我家有仲平一人就能幹完，他又沒去烏州，哪裡還需要煩勞妳。」

一說到烏州，金鈴心裡打了個激靈，這幾日她想季旺想得厲害，還總是想些亂七八糟的，擔心他在路上出什麼意外，吃不香也睡不好的。這是他們成親以來，季旺第一次出遠門，兩人分開這麼多日，她實在是惦念得很。

金鈴在心裡暗嘆，這應該就是所謂的相思之苦吧？她以前總覺得這種小女人才該有的心思，怎麼也不會發生在自己身上，沒想到她也會有這一日。

她微紅著臉問：「大嫂，以前他們去一趟烏州，大概幾日能回來？」

櫻娘一瞧，就知道她肯定是想念季旺了，就如同當年她對伯明那般。哪怕現在伯明每次出門，她也仍然想念他，會擔憂他，只不過她習慣了這種感覺，沒有金鈴那麼緊張。

她安慰著金鈴。「我猜他們今日應該就能回來了，說不定等妳將飯菜一做好，他就出現在妳面前了，正好趕上吃午飯呢。」

櫻娘話音才剛落，她們便聽到院子外有牛車行駛的聲音。

金鈴突然起身，幾個疾步奔出了院外，便看見季旺正從牛車上往下跳，頓時驚喜萬分地嚷道：「季旺，你回來了！」

季旺一回頭，見金鈴咧著嘴笑的開心模樣，忍不住打趣道：「怎麼，妳不會是想我想得這幾日一直站在門口張望吧？」

金鈴確實每日張望很多次，可是季旺竟然當著大哥的面取笑她，她嘴上哪肯饒人。「才不會呢，你一年不回來我都不打緊，只不過你說會給我帶好吃的，我才惦記著。」

季旺從牛車上搬下一個大筐。「瞧，這麼些好吃的，能堵住妳的嘴了吧？」

這時櫻娘與招娣也雙雙出來了，櫻娘與伯明相視一笑，眼神交會，很有默契。

伯明將牛車上的東西一一往下搬，櫻娘也過來幫忙。「咦？伯明，你這次為何進了比上次更多的線料？雖然現在已是初秋，先織一些出來，等到九月就可以拉去賣，但也不需要進這麼多啊。」

伯明正要開口回答，季旺搶話道：「大嫂，聽掌櫃的說，有些商賈想來我們家找妳，希望可以第一個拿到貨，只是得知我們住在永鎮，覺得路途實在太遙遠才作罷。現在妳的名氣可是大得很，連烏州都有不少人知道妳的名號了，完全不用擔心貨多賣不掉。」

櫻娘才不相信自己會在烏州有什麼名氣，笑道：「整個烏州做買賣和開作坊的多不勝數，我們家這個小作坊算得了什麼？那些商賈頂多跟掌櫃的寒暄幾句而已，掌櫃的再隨口跟你這麼一說，你還當真啊？」

伯明朝櫻娘擠眉弄眼地笑著。

季旺認真地接著說：「怎能不當真，掌櫃說得有鼻子有眼睛的。對了，我們家還沒開始榨油，大哥就開始張羅著找買家了，沒想到在那兒碰到一位欒縣的陳大財主，可是做大買賣的，他說到時候或許會派人上門來拉油呢。」

季旺說得滿面紅光，伯明只是在旁笑咪咪地瞧著櫻娘，還抓耳撓腮的，看起來挺不好意思的樣子，似乎在說：我這樣也還算有出息吧？

櫻娘朝他眨眨眼，再給他一個美美的笑容，算是對他的表揚了。

這時候仲平也從田裡回來了，一家子一齊上陣，將這些麻袋、包袱、籮筐都搬進了院子裡，然後各回各屋做午飯吃。

吃過午飯後，櫻娘叫伯明趕緊睡個午覺，因為每次在路上往返不停連趕好幾日的路，身子都會累得有些發虛。

伯明這時睏得眼睛都快睜不開了，他的身子一沾上炕就睡著了。

櫻娘自從生了念兒後幾乎沒睡過午覺，這會兒她也爬上炕，和伯明一起躺著睡。

大中午的能躺在炕上歇息，實在是舒坦啊，她好久沒這麼清閒了。此時她腦子裡想像著以後要將日子過成什麼樣子，再看著身邊熟睡的伯明，瞧著他那張靜謐溫潤的臉龐，不知不覺也跟著睡著了。

一個時辰後，櫻娘醒來，伯明仍睡得沈，她輕手輕腳地起了炕，先是去幼兒院給念兒餵奶，然後拎著一個大包袱來到後面的作坊。

櫻娘當著大家的面把包袱打開了，一串串晃眼的銅錢呈現在眾人面前，婦人們高興地歡呼起來。「要發工錢了！要發工錢了！」

個個精神抖擻、容光煥發，每次發工錢的那一刻，就是大家最興奮的時刻。

伯明醒來後就去雲兒家接回念兒，此時已是傍晚，櫻娘在廚房裡忙著做晚飯。

若按平時，這個時辰大多數人家都還沒吃飯，但因為櫻娘叫銀月吃了晚飯就過來分錢，她有些等不及，便連忙趕了過來。

叔昌和銀月是一起出門的，剛才他去接小語，這時也過來了。伯明抱著念兒回來時，因為仲平還沒回家，而招娣去菜園子裡，於是他順便把小暖一起牽回家，金鈴和季旺這時則正在廚房裡忙著。

叔昌和銀月來得有些早，他們就在院子裡帶著孩子們玩，讓其他人趕緊做飯。

當所有人都吃過了晚飯，熱熱鬧鬧地歡笑一陣，就齊齊來到堂屋裡坐下。

櫻娘從臥房的炕後邊端出一個箱子，再拿出帳本，放在堂屋的桌子上。「仲平、叔昌、季旺，你們看看帳本吧，平時帳都是我一人記下的，你們也要過過目才行。」

他們三人皆搖頭，說不須看。

「怎能不看？所謂親兄弟也要明算帳，你們不看帳本的話，我以後記帳都沒熱情了。」櫻娘把帳本先遞給了仲平。

仲平隨意翻了幾頁，咧嘴笑道：「大嫂，我這樣就跟瞎子看帳本似的，完全看不懂啊。」

他把帳本交給叔昌，叔昌裝模作樣地全翻了一遍。「好了，我都看完了。」他連忙把帳本交給季旺。

銀月忍不住噗哧一笑。「叔昌，你可真能裝，你連記數的字都認不全，還覥著臉說自己看完了。」

季旺把帳本往銀月面前一遞。「三嫂，要不妳看看吧，妳爹可是個秀才，妳好像能認得幾個字的，反正我看也是白看，跟二哥和三哥一樣，都是睜眼瞎子。」

銀月直擺手。「不行不行，我也看不懂，你以為光認幾個字就能看得懂？大嫂記帳我放心得很，根本不用看的。」其實她也是心虛，她認識的字也不超過五十個。

金鈴在一旁呵呵笑著。「我們家除了大哥大嫂，沒一個能看懂帳的，何況還是半年的帳，就算能認全字，也被這些數字繞得頭都發暈了。」

銀月接話道：「就是，直接發錢就行了。」

大家哄堂大笑起來，何止是被數字繞得頭發暈，光看這些字他們都頭暈。大家都是地地道道的莊稼人，只知道出力氣幹活，凡是與文字、帳目相關的，他們都不感興趣。如同銀月所說的，他們就一個想法，直接發錢就行。

櫻娘只好把帳本裡主要的幾筆帳唸給大家聽，太多了她也沒能一條條細唸。然後她把箱蓋打開，滿滿當當的銅錢啊！

「一串是一百文，十串就是一貫錢。老話說富貴人家都是腰纏萬貫，看來我們還根本算不上有錢人，來，你們每家領五貫錢，我和伯明占了四成，就分得十貫錢。本來每家不止得這些錢的，因為還進了許多新料，所以就先分這些。」

仲平他們兄弟三個都上前把錢領了過來。

季旺掂了掂，嘻嘻笑道：「真沈，我可從來沒拎過這麼沈的錢！」

金鈴趕緊接過來拎了拎。「還好還好，這得多久才能花完啊？」

銀月打趣道：「對我們來說，這些銅錢多到晃眼，但是有錢人家的一件衣裳就值這個錢呢。你們要是擔心花不完，就交給我好了，我保證一眨眼的工夫就能幫你們花光光。」她接過叔昌手裡的錢拎了拎。「確實沈得很。」

招娣則在一旁教小暖數銅板，才數到一百多，她自己就暈了。「咦？仲平，我數到哪兒了？」

仲平感慨道：「唉，就妳這樣還想教小暖，還是我來吧。」

他們各家都興奮地數著銅錢，又熱鬧地敘了好些話，直到時辰不早了，他們才各自拿著銅錢起身回家。

一晃眼就到了中秋節，一般人家都要去一趟娘家的。季旺和金鈴大清早就出門了，沈家村離得遠，他們得先去鎮上買過節禮才行。

銀月的娘家已經沒了，她沒地方去，倒是她姊最近又受了葛家大兒子正室的氣，抱著幾個月大的女兒來銀月家，打算住個幾日再回去。

招娣和仲平帶著小暖去齊山，這是招娣嫁給仲平後第一次回娘家，幾日前她就開始興奮了，勢必要住上好幾日才會回來。

櫻娘收拾了幾件她和伯明不穿的衣裳，準備帶給她娘家。雖然她和李杏花不親，但名義上總歸是親母女，何況這些衣裳她現在也不怎麼穿，放著也是占地方。

櫻娘揹著兩個包袱，伯明抱著念兒，一家三口出發了。

路過鎮上時，他們還買了六包糕點、六斤糖和六斤肉，算是中秋節禮。就這些東西，與別人家女兒回娘家送的禮比起來，已經算是很豐厚的了，因為沒有哪家捨得送六斤肉的。

來到了林家，李杏花和根子都在門口迎接，自從櫻娘有出息了後，一家人對她態度很客氣，說話再也不敢戳她心窩子了。

林老爹雖然沒上前迎接，但也是坐在屋裡高興地抽著旱煙。

櫻娘囑咐道：「記得要把肉放進罈子裡沈入井底，別拿去醃了，新鮮的肉比鹽醃的要好吃。」

根子接話道：「姊，我愛吃妳做的煙燻臘肉。」

李杏花連忙打斷他。「你別老想著吃你姊家的，到了臘月，我做給你吃，你姊已經教我怎麼做了。」

李杏花說話時，還拿刀切下一斤左右的肉下來，打算中午用來招待女婿，剩下的才讓根子裝進罈子裡沈到井底去。

櫻娘忽然想起當年她出嫁回門時，她和伯明送來了兩斤肉，她娘硬是沒捨得割下一塊來招待女婿，想來應是日子稍稍好過些，她娘也就變得大方了。

李杏花一想到櫻娘現在可是遠近聞名的能幹人兒，就覺得自己很有功勞，沒有她哪裡能有這麼個閨女？再想到櫻娘出嫁前在娘家吃了十多年的苦，還受了她那麼多罵，她自個兒還挺後悔的。

櫻娘當然知道娘家對她的態度轉變並不是因為她這個人，而是因為她現在的名聲和給娘家的好處，但她也懶得計較，因為這裡的人們對待女兒很多都是這樣的，她娘家也不算是最過分的一個，何況現在已親近許多，她也沒必要再為以前的事而懷恨在心。

這會兒，李杏花、林老爹和根子都在試穿著櫻娘和伯明帶來的衣裳，覺得這些衣裳都還新得很，料子也好，比他們身上的不知要強多少。

此時李杏花身上試穿的是一件深絳色褂子。「櫻娘，這顏色我倒是能穿，只是這袖口和領口都緄著錦布，我穿著是不是像個地主婆？」

櫻娘輕輕一笑。「地主婆不好嗎？反正妳穿上去顯得精神多了，瞧上去好像年輕了幾歲似的。」

李杏花笑得合不攏嘴。「好，我就這麼穿吧，也不管人家會不會說我『老來俏』了，就充當有錢人得了。」接著李杏花又從包袱裡拿出一件，驚道：「喲，這件我可穿不了！顏色太水嫩，這布料和繡的花可都精細得很，肯定不便宜，妳自個兒留著穿吧。」

「這是我帶給釧兒的，她人呢，我怎麼沒瞧見她？」櫻娘左右瞅著。

李杏花一聽她問起這兒媳，頓時就不太高興。「大清早的，她就和柱子去鎮上買東西，然後去她娘家了。」

「我不也回娘家了嗎？柱子帶她回娘家也沒什麼，妳有什麼好生氣的？」

李杏花嘆氣道：「妳哪裡知道，家裡都快被他們倆掏空了！釧兒娘家窮得都快揭不開鍋了，可她卻是嬌生慣養，被她那六個姊姊慣得什麼也不會做。她說她從小到大，家裡的活兒都被姊姊們幹完，她只要等著吃就行了。妳瞧她說這種話也不害臊，她家有什麼吃的可等？當初我就不看好這門親事，可是柱子聽媒人說她長得俊，非要娶。現在好了，她從來不下田幹活且不說，就連洗衣做飯都不肯，整日對著鏡子照她那一張臉！」

「說來說去還不是妳和爹平時都由著柱子？明明不看好，還同意他娶這門親，當時我就說……」櫻娘話還沒說完，就見柱子和釧兒前後腳進來了，趕緊住了嘴。

兩人一前一後地叫著姊和姊夫，然後就回自己屋裡不知倒騰著什麼。

李杏花撇著嘴，小聲道：「送禮到娘家去，竟然連頓午飯都沒混到就回來了。」她見櫻娘在這兒，打算趁著今日把分家的事談妥。「釧兒，出來跟我一起包餃子吧，妳姊和姊夫都來了，妳躲在屋裡做什麼？」

釧兒噘著張嘴出來了，若不是櫻娘在，李杏花根本就叫不動她。

「妳和柱子怎麼沒吃飯就回來了？妳娘家的糧不夠吃嗎？」李杏花挖苦地問道。

釧兒垮著臉道：「我六個姊姊送的那些禮都夠我娘家吃一年了，怎麼會不夠吃？就我和柱子送給娘家的禮最少，覺得沒臉留在那兒吃飯就回來了。」

李杏花氣得牙癢癢。柱子早上從家裡拿五十文錢給她娘家買禮，竟然還嫌少？

她見釧兒包的餃子亂七八糟，餡兒都露出來了，不禁埋怨道：「哎喲，難得吃一回餃子，妳怎都包成這樣？下鍋一煮就全成菜湯了。還是趕緊把家分了得了，以後妳想吃餃子就自己包，看還能不能包成這樣？」

釧兒瞄了瞄在旁邊哄著念兒玩的櫻娘和伯明，她知道婆婆是想趁櫻娘在這兒來壓她，她也知道這家遲早是要分的，便道：「分就分吧。柱子，你快出來，跟娘學包餃子！」

李杏花兩眼圓睜。「聽妳這意思是，分家後要讓柱子做飯，妳就在旁邊瞧著？」

釧兒得意地說：「娘，要是分了家，就是我們自己過日子了，到底誰來做飯，又是誰來收拾家，妳就不用管了。」

柱子果然跑出來了，他也知道遲早得分家，他娘已經提過好多次了，左右是躲不過的。他倒是挺會包餃子的，至少不露餡，一邊包一邊哄著他娘說：「娘，既然妳說要分家，除了要分我一半的地，還分點錢吧。我身上都沒錢了，分家後油鹽醬醋都得花錢買呢。」

李杏花繃著臉道：「錢可以分你們三百文，地可不能分你們一半，根子以後還得成親，如果你們哥兒倆一人分一半，是要把我和你爹掛起來賣了？」

釧兒和柱子都不說話了，要不是櫻娘和伯明在，他們肯定是要回幾句話的，說根子成親還早著呢，先不分給他才對。

根子一直在屋外劈著柴，因為他還沒成親，所以關於分家的事，他也不敢來摻和。

李杏花招呼著櫻娘和伯明。「你們倆過來說一說，地分給柱子和根子每人四成，我們兩老得兩成，等我和妳爹老了幹不動活兒了，再把這兩成對半分給他們哥兒倆，你們覺得行不行？」

櫻娘忙走過來，接話道：「嗯，我瞧著挺好，這樣誰都不吃虧。」

伯明也過來幫腔。「剛才我和爹說了一會兒話，爹的意思也是這樣。柱子、釧兒，根子還沒成親，家裡又沒攢下錢，你們當哥嫂的可要為弟弟著想，不能只顧著自己。」

柱子和釧兒被伯明這麼一說，臉都有些紅了。柱子心裡嘟囔著：這是我家的事用得著你管？

但他怕得罪了伯明，以後就沒這個靠山了，終究是不敢說出口的。

他前幾日和釧兒私底下商量著，若是實在沒錢過日子，他就去姊夫的榨油坊幹活掙錢，累是累點兒，至少不會短了她的吃穿用度。

釧兒見柱子願意出力幹活掙錢來養她，心裡也是高興的，現在雖然被伯明那句話堵得慌，但也不敢嗆回去，畢竟以後還得依靠著他這位姊夫。

櫻娘也瞧出釧兒心裡極不痛快，想到今日是中秋節，也別鬧得一家子不愉快，便開口道：「釧兒，我把上回妳看中的那件繡花緄邊的衣裳帶來了，妳去試試吧。」

釧兒頓時雙眼一亮，閃著興奮的光。「真的？」還沒待櫻娘點頭，她便趕緊洗掉手上的麵粉，跑過去拿衣裳回屋裡試穿。

她一穿上就不肯脫下來了，直到吃飯的時候還穿著。

李杏花擔心櫻娘和伯明下午一走，這一對又鬧彆扭，會分不成家，所以見大家一放下碗筷，她就張羅著趕緊分家，當著櫻娘和伯明的面，把家裡的東西分得清清楚楚。

中秋節本是團圓的日子，他們家卻成了分家的日子。除了柱子和釧兒有些不滿意，其他人倒是個個滿臉喜色，總算把這一對給支出去了。

在回家的路上，伯明感慨道：「以前我瞧爹娘厲害著呢，可是一到柱子面前就厲害不起來，分個家還得找我們幫忙。」

櫻娘撇嘴道：「可不是嗎？在他們眼裡兒子就是命根子，再不好也要看他們臉色，以後念兒若敢這樣，瞧我不打斷他的腿。」

伯明笑道：「妳放心好了，有妳這麼狠心的娘，他哪敢啊！」

接下來這些日子，大家都忙著收黃豆，伯明也把榨油坊開起來了。所有種黃豆的人家都把黃豆賣到了榨油坊，好些人都願意先賒帳，待伯明把油賣了再拿錢。畢竟這都是得了伯明家的好處，村民們也變得好說話多了，所謂吃人嘴軟、拿人手短，就是這個道理。

榨油坊除了伯明兄弟四個和金鈴，還有柱子和根子，再叫來了老么、三叔及三叔的兒子福子。這麼十個人湊在一起幹活，你拚我趕的，誰都不想落後。

伯明與季旺是親自去學過的，伯明還記著那麼一大本子的詳細流程，教起大家來也順手得很。

兩個月後就榨出了好幾十大桶油，那位早前與伯明說好的欒縣油商派人來拉走了，這一次就足足賣了五十貫錢，除去付給村民的黃豆錢和大家的工錢，總共掙了二十貫錢。

這才只榨了兩成的黃豆呢，伯明在心裡算了一下，等到這些黃豆全都榨完，他們就能掙上一百貫錢，那可是值一百兩銀子啊！

一年能掙一百兩，再加上線衣作坊也越來越賺錢，幾年後他們家不成大財主才怪。

其實不用等到幾年後，只不過才過了幾個月，到了大年初一時，村裡人上門來拜年，就有不少人喊伯明為大當家了。

櫻娘經常拿他說笑，說「大當家」可比「大財主」聽上去要大氣得多。

「大當家，快去給我煎兩個雞蛋餅！」櫻娘打趣道。

伯明很配合，抱拳道：「是，老闆娘。」

遠近幾個村的人都知道，老闆娘可比大當家說話還要管用。

歲月如梭，轉眼就到了六年後。

這些年裡，他們作坊的生意越來越好，每年的進項都是翻幾倍地漲，他們已經攢了好幾千兩的銀子了，當年李長安為了救伯明出獄而託人花的銀子，他們也早就還上了。

臨著鎮上大約一里路的地方，大路旁蓋了一座大院子，這是櫻娘和伯明的新家，緊挨著這座大院子還有三個稍小一些的院子，分別是仲平、叔昌和季旺的家。

四兄弟家的院牆都是相連起來的，現在薛家的名氣已經與葛地主家比肩了。當然，比甄員外家還有段差距，但這已經足以讓永鎮和周邊幾個鎮的人羨慕和佩服，因為薛家沒有任何根基，更沒有祖上的福蔭，這些完全是靠他們自己努力掙來的產業。

大路的另一邊，也就是他們院子的對面，是一大排的作坊，東邊是榨油坊，西邊是線衣作坊，中間則是一座只有三間屋的小房子，這是櫻娘提出要蓋的，算是她和伯明的「辦公樓」，但凡有商賈尋上門來，他們也是在這裡招待客人。

家事要與「工作」分開，櫻娘是這麼對伯明洗腦的，她要求他只要回到家，最好不要談作坊的事，而是要好好的生活，享受天倫之樂。

此時，他們倆就坐在「辦公室」裡，而且還是面對面坐著。

近來種黃豆的人家越來越多，伯明翻著帳本對櫻娘說：「今年榨油坊估計大約能掙上一千兩銀子。」

櫻娘也在翻她的帳本。「線衣作坊應該也能掙上三百兩，不過只比去年高一點，以後想要翻倍掙錢怕是不可能了。」

伯明起身為櫻娘沏了一壺上好的雲霧茶。「我們家攢的這些錢已經夠花一輩子的了，以後掙多掙少都不打緊，只要夠自家開銷就行了。」

櫻娘喝著如此清香的茶，感覺這種味道是慢慢沁入心脾的，清爽得很。

她微微點頭道：「也是，我們連這麼好的茶都喝上了，還有什麼不滿足的。對了，念兒都快七歲了，把他送到秋風堂吧，聽說這是一位中了舉的人所辦的私塾。不知為什麼，他竟然沒有被安排官職，按往年的例子，中舉之人至少能當上縣裡的主簿，若是那些有背景的人家，還能當上縣令呢。」

「我也不太清楚，人家是從外省過來的，知道他底細的人不多。念兒已經識得不少字了，連一百之內的數他都能算得過來，但他不愛讀詩書，送去秋風堂讓教書先生管管也好，總不能一直在幼兒院待著。」

這時櫻娘想到他們倆後來生的女兒，如今也有三歲多了，可不是一般的淘氣，她嘆道：「念兒大了，委實不適合再待在幼兒院裡了。清兒雖然才三歲多，雲兒也已經管不住她了。

她今日咬別人的手，明日抓破人家的臉，哪一日又將人推倒在地磕破了腦袋，每日送她去幼兒院，我都提心弔膽的。」

伯明抬頭望著櫻娘，驚訝地問：「妳不會是想把清兒也送進秋風堂吧？那裡都是男孩，我可沒聽說女孩也能上私塾的，何況教書先生也不會收。」

櫻娘也知道此事很難辦。「到時候問問小暖和小語她們去不去，她們這兩年沒上幼兒院，整日在家瘋玩，若是清兒和她們結伴一起去秋風堂，或許教書先生能收呢？」

伯明雖然也想讓清兒進秋風堂學些東西，可他仍然覺得櫻娘有些異想天開，畢竟這個小地方從來就沒聽說過有女子讀書的。他朝櫻娘笑了笑。「嗯，先和招娣、銀月商量商量，雖然我覺得不僅教書先生不會收，她們倆也都不會同意的。」

「那可不一定。」櫻娘頗為自信地笑應。

到了傍晚時分，櫻娘去幼兒院接念兒和清兒，招娣去接她的四歲兒子穎兒，銀月也去接她後來生的六歲女兒小慧，懷裡還抱著一個剛出生的女兒繡兒。

銀月想生兒子都想瘋了，可是接連生了三個女兒，讓她十分頭疼；金鈴卻一連生了三個兒子，不到五歲的蘊兒、三歲的笙兒和她手裡抱的銘兒。銀月每次看到金鈴的三個兒子，她都羨慕得想搶一個過來。

小暖和小語都大了，沒去上幼兒院，這個時候肯定是相伴著去菜園子裡摘菜了。

她們四妯娌一起接到孩子，在路上就聊起來了。

「我和伯明商量好了，打算將念兒送到秋風堂去。招娣，妳家小暖去不去？」櫻娘問道。

招娣果然被伯明猜中了，她聽了直搖頭。「我家小暖是女孩，上什麼私塾？待穎兒有了念兒這麼大，送去讀書還差不多。」

櫻娘勸道：「女孩能讀幾年書也挺好，妳以前不還羨慕我會寫字認字嗎？我家清兒我也想送去私塾。」

招娣沒法接受女孩子和男孩子同坐一堂讀書，儘管她家裡現在是要什麼有什麼，她也沒想過把小暖像大戶人家的閨秀那般去養。「整個私塾都沒有一個女孩，甄家的姑娘也只是請先生在家教過一年，聽說是粗略能看懂什麼三字……和什麼千文之類的，這就已經很了不得了。」

銀月倒是不古板，她聽後微微笑道：「那是《三字經》和《千字文》。大嫂，我也想將我家小語和小慧送去讀書認字，可是上秋風堂似乎不太適宜，那兒沒有女孩，若是我們把女兒送進去太扎眼了，教書先生也不一定收。要不……像甄家那樣請一位教書先生來家裡教吧，我們幾家的孩子都跟著一塊兒學，多好。」

金鈴忙道：「妳們三家的女孩倒是可以請教書先生，我三個兒子就算了，得讓他們跟著別人家的孩子一起讀書才好，季旺說這樣可以互進互助，將來出遠門也能幹大事。」金鈴已經被季旺調教得越來越聽話了，說什麼都能扯到季旺身上。

櫻娘聽了這些，心裡也有了打算。「男孩到了六、七歲就都送去秋風堂吧，至於女孩，明日我去秋風堂問問，教書先生若是不肯收，我們再另想辦法。」

她們一路邊說邊帶著自家的孩子回家去了。

櫻娘和伯明為了讓念兒早些學會自立自強，打算這頓晚飯讓念兒來做，可是念兒連幾樣菜都還沒擇好，就已經滿頭大汗了。

眼見著天快要黑了，伯明只好幫著念兒一起擇菜，這會兒已經開始洗菜了。

櫻娘嚷道：「伯明，你過來，讓他自己洗。」

念兒把菜放在水裡亂揉弄著，在櫻娘一遍又一遍的督促下，總算是洗乾淨了。

來到廚房，櫻娘不能再讓念兒自己一個人弄了，而是和伯明站在他的兩旁，一步步地教他，先放什麼，再放什麼。

就在這時候，清兒竟然跑到灶下塞柴火去了，她可不是勤快，而是覺得好奇。才一會兒，她便把火星給弄到灶膛外來了，差點把她的褲子給燒了。

「哎喲，小祖宗，妳這是要放火燒宅子啊！」櫻娘連忙跑過來把清兒拉開，撲熄火苗。

這頓飯菜做得一點兒也不可口，不是鹹了就是淡了，餑餑也蒸得難吃，硬邦邦的。而這還是在櫻娘和伯明的指點下才做出這樣的，若是讓念兒一人獨做，整個廚房估計都要被他糟蹋了。

但櫻娘和伯明還是覺得欣慰，心想只要再多教幾次，以後念兒即便獨自一人在家，應該知道怎麼做飯吃了。

櫻娘邊吃邊說：「念兒，你想去秋風堂嗎？」

念兒搖搖頭。「不想！前幾日我見秋風堂的幾個人在路邊玩，拿棍子在地上寫字，還沒我寫得好看，也沒我認的字多。還有，十個加三十五個他們都不知道該是多少，還要扳手指頭、腳趾頭，最後還是沒算出來，一個個的都蠢死了。」

櫻娘與伯明噎住了，如鯁在喉。念兒太驕傲了，已經快到了目中無人的地步。

想到秋風堂裡有好些甄家的男孩，還有葛家的，櫻娘便尋思著讓念兒進去受受挫也好，因為那兩家的孩子可都不是好惹的。

櫻娘醞釀了好一會兒才道：「不想去也得去，去那裡不只是讀書認字，還要跟著先生學很多做人的道理。像你這般張口閉口說別人蠢，過不了多久，你眼裡可就瞧不見人了！」

念兒放下了碗筷，這樣的飯菜，他實在吃不下多少。「那我就去好了，正好想去會會他們幾個呢！」他說完就回自己的屋，那神情像個小大人似的。

櫻娘和伯明眼神交會，互相望了一眼，都不知道該怎麼辦，教養孩子可真是個大難題。

清兒吵鬧道：「我也要去，我也要去，哥哥不去幼兒院，就沒有人幫我打架了。」

櫻娘與伯明真是無語了，心裡嘆著氣。大的是有主意、有脾氣，雖也時常承認錯誤，但就是太傲氣，一副誰都比不上他的氣勢；而這個小的，雖然才三歲多，卻時常以捉弄人為樂，還很會看眼色行事，每次都是偷偷地捉弄人，不讓雲兒她們瞧見，看似古靈精怪的，就是太任性。

櫻娘和伯明此時都意識到，管教孩子的事不能再拖了。

次日，他們倆一起送清兒去了幼兒院，然後帶著念兒來到秋風堂找那位教書先生。

教書先生姓楊，與伯明年紀相仿，一副溫文爾雅的模樣。

他態度謙恭，語氣也十分柔和，自然是願意收念兒的，至於女孩，他卻是無論如何都不肯收。

把念兒送進秋風堂，他們為念兒繳上束脩就先回家了。

在回家的路上，櫻娘心生了一個想法。「伯明，小暖、小語和小慧都大了，我們的清兒過個兩、三年也不能在幼兒院混了。其實不只我們幾家，也有好多家境好一些的人家想讓女兒多讀點書的。要不……我們辦個女子學堂，然後請女教書先生來教她們，不僅教讀書寫字，還教女紅，也教一些禮儀規矩和做人的道理，總之得讓這些女孩以後能上得廳堂、下得廚房，你覺得如何？」

伯明聽了眼前一亮。櫻娘不就是上得廳堂也下得廚房的最好例子嗎？他才要說好，卻又止住了。

「怎麼了？這樣不好嗎？」櫻娘還以為伯明是像很多人家那般，認為女子無才便是德，所以才不太樂意。

其實伯明早被她給薰陶過，哪裡還會是那種想法。他嘆道：「好是好，只是要去哪兒找這樣的女教書先生？」

「要不……我們去找姚姑姑幫忙，她應該認識從宮裡出來的教養嬤嬤，聽說那些教養嬤嬤本事可不小，將許多大戶人家的姑娘教養成大家閨秀，不僅舉手投足十分得體，還會寫詩作賦，只是教養嬤嬤看重的是三從四德，和教書先生所側重的東西肯定不一樣。除了請教養嬤嬤來，我以後得了空也可以過一過教書先生的癮，時常去教教她們，你覺得怎麼樣？」

伯明這才反應過來，櫻娘才是教書先生的最好人選，點頭道：「好啊，有妳和教養嬤嬤兩人輪流來教，我也放心了，不用擔心教養嬤嬤會把孩子們都教得一板一眼的。自從那些商賈派人來永鎮運貨後，我們有一年多沒去烏州了吧？姚姑姑也不知過得好不好？」

櫻娘感慨道：「確實是好久沒去了，過幾日我們一起去，我也想去看看姚姑姑。現在家裡已經有了馬車，往返一趟也沒以前那麼費勁了。」

而招娣聽櫻娘說要辦女子學堂，忽然又願意讓小暖讀書了。因為全都是女孩，她不再擔心小暖整日和男孩混在一起，這才是她一開始不願意讓小暖去秋風堂的主要原因。

於是招娣和銀月都湊了錢給櫻娘，然後一起選好地方，請師傅們來蓋屋子了。

第二十一章

過了幾日，櫻娘和伯明一起去烏州，他們提前把兩個孩子交給了招娣。

烏州這幾年並沒有多大變化，他們倆走在街頭上，發現和一年前的感覺一樣。只是這次來到李府時，卻發現與往年不同，門口看守的小廝只剩一個，還愁眉苦臉的。

「這位小哥，你還記得我們嗎？我們是從永鎮來的。」櫻娘還記得這位小廝，可是這位小廝像是不願搭理他們倆，櫻娘便以為他已經把她和伯明給忘記了。

這位小廝懶懶地抬起頭來。「我記得你們，只是你們好像一年多沒來了吧？李府早已今不如昔，你們來也撈不到什麼油水，就別來找夫人的麻煩了。」

櫻娘與伯明聽了同時一驚，今不如昔？難道李府出了什麼事？

櫻娘從袖兜裡掏出一顆一兩重的銀子塞給小廝。「我們來可不是為了撈油水，只是為了探望你家夫人而已，還望你能趕緊進去稟告一聲。」

小廝都一年多沒見著打賞的銀子了，更沒想到櫻娘出手會這麼大方，一拿就是一兩銀！他拿著錢高興地跑了進去。

過沒多久，小廝就出來了，說夫人請他們進去。

櫻娘與伯明才跨進院門幾十步，便見姚姑姑迎面走來，她剛才只是在屋裡稍稍整理一下妝容，就親自上前來迎接。

櫻娘遠遠就瞧見姚姑姑的姿容不如當年了，雖然還是那樣的容貌，卻沒有當年那般容光煥發，不只臉色沒有光澤，身上的裝扮也差了許多。以前都是金絲繡花錦布衣，有些還是緄白裘毛領的，頭上插的是金釵玉簪，而此時的她卻是一身極普通的繡花細棉布衣，頭上也只斜插著一支銀簪，論起打扮，甚至還沒有櫻娘時興了。

甚至，她身邊一個丫頭也沒有，就她獨自一人。

櫻娘小跑著過去，有些哽咽地道：「姚姑姑，都怪我，好久沒來看妳了。」

姚姑姑神色雖然沒有光彩，卻極平和，她拉著櫻娘的手柔聲道：「現在來看我也不遲啊，我們進去敘話吧。」

這間正堂也與往年大不相同，以前擺放著的那些珍貴器玩一件都不剩，就連多寶格架子都不見了，還有那些名貴樹木打製的椅子也都換成了普通的杉木椅。

櫻娘與姚姑姑說話向來都是直來直往的，從不講究什麼隱晦，畢竟兩人是這麼多年的朋友，也不需要拐彎抹角了。因此櫻娘直入話題地問：「姚姑姑，家裡是不是遭了什麼大禍，怎會冷清成這樣子？李大哥呢？還有他的那些孩子們呢？」

姚姑姑給她和伯明沏上了最普通的山茶，然後坐了下來，慢悠悠地說：「都說二十年河東、二十年河西，我們這李府卻在一年之內敗落了。去年朝廷與西戎大戰，國庫不足，前線軍糧跟不上，將士們餓得都快自相殘殺了，後來皇上就派欽差大臣向李長安借銀子，這一借就是四百萬兩。本來即便朝廷一兩銀都沒還，李府也不至於變成這個樣子，沒想到幾個月後生意做敗了一大筆，家裡拿不出銀子還債，債主們便紛紛上門，把能搬的都搬走了，就連我那些上好的衣裳和頭面都沒剩一件。唉，首飾衣裳都是生不帶來、死不帶去的，沒就沒了吧。」

李府已經敗落了一年多，她早已接受了眼前的事實。

她抿了口茶，又接著說：「李長安近來在忙著尋人買宅院，打算賣了錢後，給幾個孩子們分一分。兩個兒子本來都是要考仕途的，可是殿試遲遲沒舉辦，因為朝廷一心一意關注著戰事，哪裡有精力選文官？所以兩個兒子都在家坐吃山空，這會兒也和他們的爹一塊兒出門了。兩個女兒一個是去年出閣，一個是兩個月前出閣，如今家道敗落，她們嫁的也是極普通的人家。李長安說，到時候也分一點給兩個女兒吧，總歸不能讓她們過得太苦。」

櫻娘和伯明聽了，久久不知該說什麼。這世道變得太快了，前幾年朝廷還在修別宮，大耗民脂民膏，直到國庫空虛了，那些幹了三年徭役的勞苦人民終於得以回家，沒想到緊接著又是戰事，朝廷沒有錢打仗，只好打富商人家的主意，李府樹大招風，是如何也躲不過的。

以朝廷那虛弱的國庫，怕是十年後都還不清李府的錢，而且皇上到底想不想還，那還得另說。李府倒是得了一張有皇上玉璽紅印的欠條，但是有誰敢拿著欠條去找皇上要錢？

櫻娘難過了一陣，忽然想起姚姑姑剛才說賣宅院的事，便問道：「把這宅院賣了，你們這一家子去哪兒生活？」

姚姑姑淡然一笑。「待賣了宅院得了錢，就先分一半給幾個孩子，兩個兒子都成了親，也該過自己的日子了。我和李長安會拿著剩下的錢去鄉下蓋個小院子，這宅院應該能賣不少錢，只要不奢侈，足夠一輩子花銷了，你們無須為我擔心。如今李長安年紀也大了，不再想生意上的事了，他說生意做大了，都逃不過朝廷的眼睛，還是在鄉下頤養天年的好。」

櫻娘心裡知道，李長安才剛四十歲就想著頤養天年，那也是極其無奈的事，看來他是對朝廷徹底失望了。

姚姑姑是個心胸開闊之人，去年李府突然敗落，她沒有驚慌失措，如今她更是坦然地接受了這一切。

此時，她還微帶笑意說：「待會兒我做東坡肉給妳吃，這可是我新學來的菜式。」

櫻娘微怔，姚姑姑高貴了大半輩子，以前見了廚房幾乎都是繞道走的，如今卻要自己做飯菜，還研究菜式，看樣子她身邊連一個伺候的人都沒有了，恐怕連廚房裡的下人也都遣散了。

櫻娘故作輕鬆地點頭道：「好，正好我也想學做這道菜呢。」

伯明不須櫻娘提醒，就悄悄地退出去了，先去廚房準備柴火之類的，讓她們倆好好在這兒說些知心話。

當櫻娘和姚姑姑說起自己兩個孩子難管教之事時，李長安黑著臉回來了。

姚姑姑見他情形不對，問道：「是不是賣不上好價錢？」

李長安先是向櫻娘微微點了點頭，算是見過面了，然後滿臉愧疚地瞧著姚姑姑，欲言又止。

姚姑姑對他再瞭解不過了，他向來是個沈得住氣的人，此時他臉色黑成這樣，神色沈鬱，還帶著怒氣，看來事情不小。

姚姑姑又問：「璠兒和瑁兒回他們的岳丈家了？」

因為家裡要賣宅院，他們兄弟倆已經搬到岳丈家去住了。本來李長安是想帶著兒子和兒媳們一起去鄉下，但他們執意不肯，寧願去受著岳父岳母的臉色，也不願去鄉下過清貧的日子。

李長安緊攥著拳頭，想重重地砸桌子，可是礙於家裡有客人，他終是忍住了。他呼了一口氣，怒氣仍然減不下來，生氣地說：「我已經沒有兒子了！就在剛才，我和他們兄弟倆斷了父子之情，從此不再相見！」

姚姑姑不知璠兒和瑁兒到底怎麼惹惱他，竟然鬧成這樣？正要細問，忽然有一群人闖進院子裡，小廝攔都攔不住。

姚姑姑不慌不忙道：「這又是哪位債主上門了？債不是都抵清了嗎？」

「這就是兩個兒子幹下的好事。」李長安苦笑一聲。「去年家道敗落時，他們倆就偷走家裡的房契做抵押，然後去做珠寶生意，虧得血本無歸！說來這都怪我啊，當初沒有聽妳的。」

李長安真想捶胸頓足，大罵兒子們一頓好好發洩，可他向來是個克己之人，只是憋悶地說：「若是聽妳的，對兒子們嚴格管教，又何至於此？」

他當真是後悔莫及！

前幾年，姚姑姑就覺得李長安對孩子們太過放任，提出要嚴加管教，可是李長安總覺得他們的親娘早早就過世了，不想再讓他們過得憋屈，他甚至覺得姚姑姑有點容不下前妻的孩子，所以一直聽不進去。

平時除了請有名望的老師來教書，他對孩子們生活上的事情與為人處事從來不管，每次給他們的銀兩都動輒幾百兩，沒多久就花完了。倒是姚姑姑時常管教他們，可他們也只是表面上應付著，因為他們有李長安這個爹可以倚恃，哪裡還肯把後娘的話放在心上？

現在得到報應了，李長安才頓悟過來，家道敗落，或許大半都是他自己的錯。

姚姑姑淡淡地說：「所以你去尋人買宅院，他們倆就跟在後面耍心眼，想讓人家買不成？」

李長安沒想到姚姑姑一下就猜到了，他愧疚地點點頭。「我開始還納悶呢，明明有幾家很有意願，他們倆不是說人家價錢出得太低，就說人家肯定沒現錢，一直阻攔著不讓我答應人家。有一家確實是誠心誠意，出的價錢也公道，我就答應說回家來拿房契，他們兄弟倆知道瞞不下去，這才招認了。」

後面的話，不用他說，姚姑姑也能猜得出來。李長安必定是氣得急火攻心，當場與兒子們斷了父子之情！李璠和李瑁見父親已經不認他們了，他們便不再顧忌，就讓人家來收宅院了。

他們倆足足哄了那位老闆一整年，不讓他來收宅院，如今實在心力交瘁，今日此事終於了結，他們也深深地吁了一口氣。

姚姑姑嘆氣道：「命中如此，看來我們得浪跡天涯了。」

在回家的路上，李長安還擔心姚姑姑會責怪他，或許一氣之下會離開他，沒想到她竟說出浪跡天涯這話來，想必她是打算與他生死與共了，她當真是能相濡以沫、同甘共苦的好妻子啊……

李長安眼睛有些濕潤，覺得這些年來，他對姚姑姑經常像對生意人那般任意揣度，實在太委屈她了。

姚姑姑見櫻娘在旁聽得一愣一愣的，語氣平和地說：「櫻娘，真是讓妳看笑話了，我家淪落到連宅院都沒得賣了。先不管這些，我們去廚房做東坡肉吧。」

院子裡的那些人將這個宅院欣賞得差不多了，他們得意洋洋地拿出抵押的房契，進來找李長安。

那位領頭的人正要開口說話，就被李長安打住。

「你們什麼也別說了，我們吃過午飯就搬走，你們都等一年了，不至於急於這一時吧？」

那些人以前可是把李長安當烏州的財神爺看待的，不管做什麼都遠遠敬著他，如今李長安就這麼一點要求，他們也不想做得太難看，便點頭同意了，說下午再來。

伯明已經在廚房忙開了，除了蒸米飯、炒幾道小菜，還煎了好些蔥油餅，完全把姚姑姑的廚房當成自家一樣，他相信姚姑姑不會說什麼的。

待姚姑姑和櫻娘進來後，她們只須做東坡肉就成了。她們倆並沒把宅院的問題告訴伯明，伯明還不知道姚姑姑等會兒就無家可歸了。

他們在這邊忙著，李長安則在那邊開始收拾細軟。都說瘦死的駱駝比馬大，李長安將家裡的銀兩全拿出來稱一稱，也有一百五十多兩。再加上他大拇指上的玉扳指，至少也能值五百兩銀。

他把小廝叫了過來。「李府幾十個家生子，也就你至今沒捨得離開我們。如今我和夫人都沒處去了，府裡還有兩輛馬車，除了留一輛給我和夫人，剩下的一輛你就拉去吧。你把府裡的這些家具拉去賣了，雖然都是換過的便宜貨，總歸能值幾個錢，就不要留給那些人了。」

李長安說著又拿出二十兩銀子遞給他。「你拿這些錢去城郊蓋兩間小屋子，然後娶門親，過個安生日子。你不是很會做各式糕點嗎？挑著擔子去街上賣，也能養家餬口的，以後日子怎麼過，就看你自己的了。」

小廝抹著淚，再重重地磕了幾個響頭，拿著銀子出去了。

飯菜都端上桌後，李長安也過來了，四個人圍著一張小桌子吃飯，神態都挺自然的，好像什麼事也沒發生。

吃過飯後，姚姑姑和李長安收拾隨身需要的物件去了，伯明還在那兒擦桌子，收拾灶面。

「伯明，你別收拾了，你收拾也是替別人收拾，姚姑姑等會兒就要和李大哥搬出府去了。」櫻娘接著再把剛才的事說給他聽。

伯明沒想到他才在廚房忙那麼一會兒的工夫，李家竟然又遭了一次大難。

「櫻娘，既然姚姑姑和李大哥沒地方去，不如去我們家吧！女子學堂不是要蓋成一個大院子嗎？讓他們住那兒就好。姚姑姑還可以當教書先生，她懂的東西多、見識廣，還是從宮裡出來的，教養嬤嬤也不一定比她強，以後妳和她一起，肯定能將女子學堂辦好的。」

櫻娘朝他擠眼一笑。「其實我和你想一塊兒去了。只是……我擔心李大哥臉皮薄，是不肯答應的，更何況李府再怎麼敗落，他們肯定也有一筆錢的，去鄉下蓋個小院子過日子並不是難事。」

伯明也大概瞭解李長安的脾性，他躊躇道：「李大哥和姚姑姑應該不會回他們的祖籍長安，那兒太遙遠了，聽姚姑姑說她和李大哥在長安已經沒有近親了，況且二十多年沒回去，已經不能適應那兒的氣候與生活習慣，既然要找安身之地，還不如去我們永鎮，離得不算遠，氣候與生活習性又大致相同，而且永鎮人口越來越多，生意也好做，只要李大哥願意謀營生，或許可以東山再起呢。」

櫻娘搖頭。「怕他已是沒那個心，只想安享餘年了。」

伯明忽然靈機一動。「要不把女子學堂賣給李大哥吧！我們估計要花八十兩蓋個像模像樣的學堂，賣他們五十兩就行，免得他們不肯接受。以姚姑姑和李長安的性情，他們去鄉下若是無事可做，也會覺得煩悶的。這樣一來，他們可以教教孩子，還可以與我們幾家相鄰為友，走門串戶的，這一生應該也不算太孤寂。」

櫻娘覺得如此甚好，他們就一起過來，徵詢李長安和姚姑姑的意思。

姚姑姑聽了眼前一亮，她是樂意去永鎮的，雖然當年離開永鎮的原因是甄子查的糾纏，但如今她的容顏已不如昔，那廝也不可能再對她念念不忘了。

櫻娘附在她的耳旁，小聲耳語道：「甄子查這些年沈穩多了，他爹已過世，幾位哥哥在京城做大買賣，還蓋了大宅子不會再回來，他便繼承了他爹的家財，現在是甄府的老爺，行為舉止都是一副規規矩矩的做派，想輕浮都輕浮不起來了。」

姚姑姑輕輕一笑，她早猜到會是這樣的。

只是，李長安陷入了沈思，他覺得去哪兒都行，為何非要去永鎮呢？可是他見姚姑姑那神色，知道她是極其樂意的。

這麼多年來，他好多事都沒有依她，如今家道中落，她還願意跟著他，他總該依她一回才是。

讓她與櫻娘為鄰，還能教女孩讀書，她應該能過得舒心。若是與他住在陌生的鄉下，每日對著他這麼個男人，她或許會厭煩的，日子就會過得索然無味。

思慮良久，他點頭答應了。姚姑姑知道他是為了遷就她才同意的，朝他會心一笑，而他也回以一笑，滿眼都是對她的愧疚與感激。

兩人好像從沒有過如此默契，或許這就是患難見真情吧。

李長安先去珠寶行把玉扳指給賣了，櫻娘和伯明幫著姚姑姑將行李搬上李家剩下的最後一輛馬車。

待李長安回來時，他坐在馬車前準備駕車，姚姑姑還有些擔心。「長安，你已二十多年沒趕過馬車了，還能趕得動嗎？」

李長安十分自信地應道：「笑話，這世上還有我趕不了的馬車？想當年我跟著我爹跑生意，天南地北地跑，全都是我在趕馬車的，那些小廝們只有乖乖靠邊站。」

姚姑姑本想說他已經不年輕了，哪能像以前小夥子時那般生龍活虎，但怕這一句話觸及他的心傷。因為他常常感嘆自己快老了，每次面對著鬢邊抽出的幾根白髮絲，他都十分的憂傷，姚姑姑一想到這裡，便不再提。

李長安長鞭一揮，馬便跑了出去。剛開始他確實有些手生，跑了一里路之後，他便輕車熟路地駕馭得很好了，還超了伯明的馬車。

姚姑姑動情一笑，她彷彿看到了當年青梅竹馬的那個他。那時他才十五，她剛滿十三，他常常駕著馬車帶著她去縣裡買東西，因為怕人瞧見，她不敢坐在他身旁，只能躲在馬車裡，每次她都嚇得直呼喊，生怕自己會從車轎裡摔出去，但是每次他都將她安然無恙地帶回了家。

往事歷歷在目，她沒想到，二十多年後的今日，還能再現當年的情景。

聽到外面李長安的駕馬聲，她坐在馬車裡，潸然淚下……

因為女子學堂還沒蓋好，姚姑姑和李長安暫時就先住在櫻娘的家。

姚姑姑瞧著櫻娘家裡的擺設，有些好奇。「櫻娘，妳這些家具都是從哪兒買來的？我自認見過各式各樣的家具，但還真沒見過妳家這樣的。」

這些可都是櫻娘自己畫圖找木匠師傅做的，比如新式衣櫥、書架還有矮茶几之類的。當然，她畫圖時也有請教過伯明。

她給姚姑姑遞上茶。「這些都是我和伯明在閒暇時瞎琢磨畫的圖，然後請木匠師傅打製的。」

姚姑姑坐在類似木沙發樣式的長靠椅裡。「不錯，舒適得很，妳和伯明還真能折騰，竟然想出這麼些玩意兒。」

李長安跟著伯明去各個作坊裡瞧瞧，他對薛家幾年間就發了家的事，倒是十分感興趣。

不知是小暖還是小語，去薛家村玩時，無意中說起家裡來了大客，還是從烏州來的，雲兒挺著大肚子，就一路小跑著過來。

她已經好多年沒見過去的主子了，當她跑進櫻娘家的院子，一聽到姚姑姑在屋裡說話的聲音，她便泣不成聲了。

這對舊主僕一見面，必定是有說不完的話，雲兒有抹不完的淚。

姚姑姑勸道：「好了好了，妳肚子裡還有孩子呢，哭多了可不好。」

雲兒使勁地抹淚都止不住。她的幼兒院這幾年收的孩子越來越多，都分出四個班了，而薛家二嬸金花已經從牢裡出來五年了，一直幫著雲兒看孩子，婆媳倆處得很融洽，因為雲兒孝順她，把她當親娘看待。

姚姑姑說笑道：「櫻娘出息了，已經是腰纏萬貫。還聽櫻娘說妳早些年就已經辦了一個幼兒院，也出息了！妳們都是往前走，倒是我在走退步路，現在已是半老徐娘，來找妳們湊伴了。」

雲兒破涕為笑。「夫人，妳說什麼呢，再不濟，妳也比我家要強上許多，妳是風韻猶存，哪裡是半老徐娘了？」

姚姑姑笑著應道：「風韻猶存不就是半老徐娘嗎？否則就不叫猶存，而是像妳們這般風華正茂了。」

雲兒臉兒微紅，撒嬌起來，搖晃著姚姑姑的胳膊。「夫人，妳知道雲兒嘴拙，說不來適當的詞兒，妳還這般說……反正妳就是沒老。」

姚姑姑見她這樣，心裡更舒坦了。「瞧妳這樣，我就知道妳家男人對妳不錯，連撒嬌都使上了。」

雲兒這時臉更加紅了。「夫人，妳淨拿雲兒說笑。」

姚姑姑忽然斂起笑容。「雲兒，妳以後不許再叫我夫人了，如今我不再是妳的主子，妳也不是我的奴婢，妳再叫我夫人就不妥當了。永鎮有不少人識得我，都和櫻娘一樣叫我姚姑姑，妳就跟著他們這般叫吧，更何況我現在已是落難人，哪裡還稱得上夫人？叫人聽了豈不是笑話。」

雲兒頗為傷感。「夫人，雲兒改不了口。」

姚姑姑嘆道：「人的一生可能會大起大落，或許也會命途多舛，這世上沒有什麼是不能改變的，何況一個稱呼而已。妳慢慢地改吧，過幾日或許妳就能習慣了。」

雲兒乖乖點頭，然後與櫻娘一起為姚姑姑收拾出一間空屋子來。櫻娘家的屋子足夠多，各屋的陳設也都算講究，平時收拾得整齊，她們只要稍微收拾，再鋪上鋪蓋就行了。

晚飯過後，櫻娘把念兒和清兒叫到姚姑姑的面前。

「念兒、清兒，快叫乾娘！」

剛才櫻娘已經與姚姑姑商量過了，問她願不願意當孩子們的乾娘？姚姑姑當然是願意的，她自己無兒無女，雖然李長安有四個孩子，可都與她不貼心，如今他們父子之情都斷了，更不可能和她還有什麼感情。

而櫻娘心裡想的是，姚姑姑現在與李長安還能相伴著過日子，待老了之後，李長安或許會先離世，到時候姚姑姑身邊沒個兒女照顧，晚年會很淒涼的，若是收了念兒和清兒為乾兒子、乾女兒，將來兩個孩子就得視乾娘為親人，幫她養老送終。

櫻娘相信只要好好教養這兩個孩子，他們或許不只是為姚姑姑養老送終，說不定還能好好地孝順她，願意時常伴她左右，為她解解悶。

念兒與清兒都很喜歡姚姑姑，剛才吃飯時就覺得她十分親切和藹，而且她身上散發的氣韻，讓他們覺得她肯定是個厲害的人物，此時他們倆都搶著喊乾娘。

姚姑姑心裡一暖，將他們左右抱懷。「長安，沒想到來到這兒，我還能收穫一雙兒女。」

李長安見姚姑姑高興，他也高興。「嗯，這回妳可以好好教養他們，不要像對瑨兒、瑁兒那般縱容了。」

一說起自己的兩個兒子，李長安就無比地遺憾。

接下來幾日，姚姑姑和李長安時常去櫻娘家的斜對面，監督著泥匠師傅們蓋女子學堂。因為要蓋成一個大院子的樣式，後面的一排屋子將是他們自己的住所，所以他們提出很多意見，希望蓋成他們自己喜歡的那種樣式，姚姑姑甚至還學著櫻娘畫起圖來，每日都有自己的事做。

而李長安忽然找到了一個新的樂趣，他沒事就扛起鋤頭去山上，挖奇形怪狀的樹根回來當盆栽，除此之外，他還栽養著各種花盆，在村民的眼裡，有些花草再普通不過了，可一被他栽種在花盆裡，不知怎的就顯得高貴許多。

這一日，念兒從秋風堂哭著回來。

念兒竟然被人欺負哭了——這對櫻娘和伯明來說，可算是件稀罕事。因為念兒主意大、脾氣也倔，不再像小時候襁褓中的他那麼愛哭，這幾年哪怕他再怎麼想哭，都會極力憋著，不願服輸，何況平時也只有他欺負別人的分兒。而今日，他卻哭得很傷心。

櫻娘也不哄他，只是說道：「以前你打別人的時候，別人也是像你這般哭著鼻子回家的，滋味不好受吧？」

念兒抬袖將淚一抹，不哭了。「以前只是別人惹我生氣了，我才會打人，罵人也只是罵人家蠢。可是甄觀易竟然罵我是土財主家的兒子，上不了檯面，還往我身上吐口水！」

甄觀易是甄子查最小的兒子，比念兒大了一歲多，雖然念兒當時衝上去打了一架，但年紀小的他卻不是甄觀易的對手，吃了不少虧，這才哭著回來。

櫻娘拿塊濕巾子遞給他，讓他把臉擦一擦，然後坐下來，準備好好教他以後如何應對像甄觀易這樣的同窗。若是連這點都應對不了，以後如何面對漫長的一生？

望著念兒那張挫敗的臉，櫻娘嘆道：「來，你也坐下，娘就跟你講一個『坐井觀天』的故事吧。」

櫻娘還沒開始講，念兒就搶話問道：「是指人坐在井裡望著天？哪有這麼蠢的人，天空如此之大，那樣只能望到一角。」

「瞧，你老毛病又犯了吧？娘還沒開始講，你就自以為是了。娘要講的這個坐井觀天的不是人，而是一隻青蛙。有一日，一隻小鳥落在一口廢井的井口上，青蛙與小鳥說著說著就吵起架來，青蛙說天空只有井口那麼大，而小鳥說天空是無邊無際的，你說牠們兩個誰說得對？」

念兒不以為然地說道：「當然是小鳥了！青蛙蠢死了，牠躲在井裡懂什麼？牠要是不相信小鳥的話，自己跳出井來看，不就知道了？」

櫻娘反問：「你不覺得你與這隻青蛙挺像的嗎？你說牠蠢，其實也是在說你自己。你平時也經常認為什麼都是自己說得對，聽不進別人的話。在上幼兒院的時候，你覺得誰都比你蠢，還會因為小夥伴們的家沒有我們家富裕而瞧不起他們。甄觀易罵人固然不對，但他也是在告訴你，人外有人，天外有天。平心而論，我們家確實如同土財主，甄家才是真正的富貴之家。」

櫻娘見念兒似乎不服氣，又道：「論家世你不占優勢，論智慧你也未必就是最出挑的，秋風堂雖然才十幾個孩子，說不定哪一日你也會發現有人比你懂得更多。你認的字多和算數很快，這也不是什麼很了不得的事，真正聰慧與明理之人不會像你這般自視甚高，只有能看到他人的長處、能與他人和睦相處之人，才值得人尊敬。」

念兒聽了面露愧色，但他隨即又反駁起來。「就算聰慧明理又能怎樣？還不是要受甄觀易的欺負，他也不過是仗著他家有錢又有勢罷了。」

這時姚姑姑走了過來，剛剛念兒所說的話她都聽見了，她也想來跟念兒講講道理。

「乾娘對甄家的底細倒是知道不少，就讓乾娘跟你講講什麼叫『一代不如一代』吧。甄觀易的祖爺爺是曾經與先帝一起馳騁沙場、立下汗馬功勞的人，當年被封為國公。可是到了甄觀易他爺爺這一輩就差了許多，雖然他也在京為官，辦差也得皇上賞識，可他偏偏鋒芒太露，不懂得與人周旋，在朝中樹敵太多，最後皇上不得已只好讓他解甲歸田。而到了他父親甄子查這一代，他們甄家就徹底中落了，且不說無一人在朝為官，就連一個真正才德兼備的人都沒有，如今也只能靠屯田和做買賣了。雖然甄家仍是永鎮的頭號富貴之家，但假如沒有可以承繼的人才，遲早也會坐吃山空的。」

櫻娘接話道：「念兒，你乾娘的話聽清楚了沒？爹娘辛辛苦苦攢下的這些家底，你若是像甄家後代一樣，遲早也會被你敗光的。既然你知道甄觀易不對，你就得做與他不一樣的人，只有懂得謙恭、博學好問且能廣交朋友的人，將來才能成為一個有出息的人。」

念兒其實是很聰慧的孩子，這些道理他是一點就通，只不過以前傲氣太甚，掩蓋了他的天資而已。

這時他如同忽然開竅似的，十分認真地點了點頭。「娘、乾娘，妳們放心，我一定會努力做一個有出息的人。」

他說完就揹起他那獨特的書包回自己屋裡，打開書本溫習楊先生今日講的課，直到飯煮好了，他才抬起頭來。

櫻娘見他少了些浮躁，能靜下心學習，覺得他已經進步不少了。

幾日後，念兒竟然帶著一位比他大三歲的同窗顧興回家來玩，還熱情地留人家吃晚飯。因餑餑還沒蒸熟，大家就先圍桌坐著說話。

念兒對櫻娘和伯明自豪地說，這位顧興是自己的第一個好朋友，而且他比自己優秀得多，楊先生提問時，每次都只有顧興的回答最令楊先生滿意。其他人都是按部就班地回答問題，大同小異，只有這位顧興答得不一樣，不僅有新意，還十分有道理。

櫻娘與伯明聽了心頭一喜，覺得念兒與前些日子相比，真的不可同日而語了！因為想讓念兒承認別人比他優秀，簡直太難了，更別提他肯跟人家交朋友，尤其顧興還是顧家村一戶普通農家的孩子，攢了一年的錢只夠繳一次秋風堂的束脩。若以念兒以前的習性，哪肯與窮人家的孩子深交。

櫻娘知道這不僅僅是因為她與姚姑姑對他的開導，更是楊先生的做法潛移默化影響了他。聽許多人讚揚楊先生對所有的孩子一視同仁，從來不會偏心有錢人家的孩子。

或許就因為如此，念兒已將自身的優越看淡，自然而然也就能看到他人的長處了。

櫻娘乘機問道：「這幾日你和甄觀易還會鬧彆扭嗎？」

念兒搖頭。「他嘲笑我，我若是理他，豈不是承認自己是他說的那種人？楊先生說了，對於胡攪蠻纏之人，只有對他置之不理，才是對他最好的懲罰。」

櫻娘聽了直點頭，覺得還真是這個理。

一旁的伯明有些仰慕地說：「楊先生果然是個好先生，難怪那麼多人稱讚他。念兒，那你不理甄觀易之後，他有什麼舉動？還會罵你或欺負你嗎？」

念兒呵呵笑了起來。「這幾日我不理他，他倒是急了，還哄著我說話呢。」

他的同窗顧興也跟著他一起笑了起來，還說：「甄家的兄弟三人都在秋風堂，也就甄觀易愛鬧騰一些，他的兩位兄長直接不搭理人，說話都是用鼻孔出氣的。反正大家各學各的，只要他不惹我們，我們也不會去擾了他們。」

念兒忽然覺得以前的自己還真有些像甄觀易的兩位兄長，不過他心裡偷笑了一下，幸好他現在已經不會那樣了，因為他知道那樣根本贏不了別人的尊重。

一個月後，女子學堂蓋好了，姚姑姑和李長安就搬了過去。

前院是學堂，裡頭布置得很清雅，適合女孩子在這裡讀書和學規矩；後院則與前院隔著一道門，外人是不能隨意進來的，因為這裡面是姚姑姑與李長安的小天地。

十分惹人注目的是，無論前院或後院，都擺了好些花盆，紅花綠葉，朝氣得很，而且馥郁的芬芳溢滿院，讓人一進來就渾身舒服。

因為這個學堂已經賣給了姚姑姑，所以收多少束脩及如何安排女學子，都由姚姑姑和李長安決定，櫻娘是不插手的，她只打算每日來上那麼半個時辰的課，而且不要月錢。
剛開始櫻娘還擔心女子學堂會很冷清，因為最初只有小暖、小語、小慧三人報了名，清兒才三歲多，還太小，櫻娘怕她擾亂課堂就沒讓她去。
沒想到過了三日，葛地主家有三位女孩被送來了，其中還包括銀月她大姊的女兒。
本來葛家是不同意妾室生的姑娘來上學堂的，後來還是看在姚姑姑與薛家妯娌們如此熟絡的分上，覺得若是將銀月她大姊生的姑娘一起送來，姚姑姑會對他家正室生的兩位姑娘好一些。
既然女子學堂已有六名女學子，姚姑姑就開始上課了。
沒想到在開課的第一日，甄子查竟然領了四位姑娘來了！
這四位姑娘從六歲到十歲的都有，其實也就一位是他的小女兒，因為以他的歲數，他的其他幾位女兒都已經嫁人生孩子了。
論理，以他大老爺的身分，怎麼也不該由他領孩子過來，雖然殷管家老了不少，但還是管事的，況且另外三位姑娘都是甄子查他妹妹家的孩子，如此說來，更不該歸他管了。
姚姑姑一見了他，就知道他來的原因，只不過是想會一會她而已。
甄子查的眼神定格在姚姑姑的面容上，許久才開口道：「妳已經風華不再了，不過還算雍容端正。」他的聲音已老成許多，再也沒有當年的輕浮。
姚姑姑瞥了他一眼。「你都四十多歲，快成老頭子了，還有心思去端詳一位女教書先生的容顏？」

姚姑姑話也不多說，直接帶著他進了待客室，由李長安接待他，她自己則領著甄子查帶來的四位姑娘進學堂了。

如今有十名女學子，姚姑姑看她們個個水靈靈的，雖稚氣未脫，但已能瞧出她們以後或清麗或嬌豔的氣韻來。

她暗暗下決心，她一定要好好教她們，讓她們成為下得廚房、上得廳堂的優秀女子。

李長安看到甄子查來了，先是神色一凜，隨後便泰然處之。

他客氣地請甄子查落坐，開口便道：「人生總是如此難以預料，沒想到你我還有相見的一日。當年，你尋上李府是為了找玉簟吧？我當時還被櫻娘矇了一道，以為你是去找她的。她說你為了強納她為小妾，將伯明打得頭破血流的，他們一對小夫妻無處可去，只好先到李府避難。」

甄子查聽了先是一怔，繼而爽朗地哈哈大笑起來。「這個櫻娘，一肚子的鬼主意。當初我還納悶著，李兄胸襟怎地如此開闊，竟然對自己夫人的過往一點兒也不想過問？沒想到竟然是這麼回事！不過，姚玉簟可是從來沒給我一個好臉色，我連她的手指頭都沒碰過。如此說來，你還得感謝我，若不是因為我，姚玉簟就不會逃到烏州去，你就不會娶到她這麼一位賢妻良母了。」

李長安點頭微笑，內心卻愧疚得很。當初他打發甄子查時並沒多想，可是過了幾日之後，他忽然疑心起來，就派人偷偷來永鎮打聽姚玉簟的事，直到聽說姚玉簟對甄子查並無半點意思，他才放下心來。

現在想來，自己當時的行為是對玉簟的不信任，派人偷偷打聽也屬小人行徑，再經甄子查這麼一提，他更覺得自己不是大丈夫了。

甄子查知道在李長安面前說姚玉簟的種種是很不禮貌的，便道：「李兄，聽說如今你一門心思撲在花草樹木上，莫非就真的沒有別的想法？我甄家有幾個莊園種了不少藥材，不知你是否願意做我家的一位管事，去京城跑買賣？盈利的錢二八分成，如何？」

他知道李長安是做買賣的好手，若是他肯幫忙，他就不愁藥材沒個好銷路。

李長安卻笑著直擺手。「我對生意再無興趣，只想清靜地安度晚年。」他雖然鬥志已不在，但志氣還是在的，他曾經可是名冠京華的銀莊大東家，無論如何也不會甘做甄子查的手下，更何況甄子查還曾經覬覦過他的妻子。

甄子查也知趣，想來說動李長安是不大可能的事，寒暄幾句就告辭了。

當他出門，背著手從學堂的門口路過時，聽見從窗戶裡傳出姚姑姑那珠圓玉潤且抑揚頓挫的讀書聲。「關關雎鳩，在河之洲。窈窕淑女，君子好逑……」

甄子查聽得眉頭舒展，微微帶笑。再一品這詩的寓意，他深深地嘆息一聲，出了院門。

伯明剛從作坊裡出來，恰巧見到甄子查離開女子學堂的背影。他來到他與櫻娘的「辦公室」，有些擔憂地說：「櫻娘，甄子查可是甄家的大老爺，他親自來女子學堂，肯定是因為想看姚姑姑。妳說李大哥會不會生氣啊？他現在肯定能猜得出來當年我們是矇他的。」

櫻娘只是微微一笑，一點兒也不擔心。「這都是哪年的陳穀子爛芝麻事了，你可別小瞧了李大哥，他不會放在心上的，當年的事估計他也早就知道真相了。既然你見甄子查背著手還嘆氣地走出來，就知道什麼事也沒有。甄子查這個人你還不知道嗎？雖然現在當了大老爺，變得沈穩許多，但若是能惹得李大哥生氣，估計他還能興奮起來呢。」

伯明覺得櫻娘說得在理，便不再擔心了。

「對了，櫻娘，有一件十分重要的事我想與妳商量商量。」

櫻娘抬頭瞧著他，納悶道：「瞧你說得這麼鄭重，我怎麼想不起來我們家或作坊裡有什麼重要的事？」

伯明嘿嘿笑著，起身來到櫻娘的背後，替她捶肩頭。

櫻娘瞧他這樣，忍不住笑了起來。「你這叫無事獻殷勤，非奸即盜。快說，到底是什麼事？」

伯明邊為她捶肩頭邊說：「這可不是非奸即盜的事，而是件功德無量的大好事。佛雲廟年久失修，我師父的屋裡都開始漏雨了，師兄弟們的屋則是外面下大雨，裡面下小雨。佛堂裡的幾尊佛像也都破爛不堪，香客越來越少，人氣越來越蕭條，而且想入廟當和尚的人見此廟如此破爛，都跑到縣裡的靜陀廟去了。我師父十分擔憂，再這樣下去，這個佛雲廟將來怕是連個傳承的徒弟都沒有，因為我的那幾位師兄弟們也都不年輕了，卻都沒有收到徒弟。

師父如今年事已高，他很擔心自己哪一日圓寂了，佛雲廟就再也無人問津，漸漸成了廢廟破廟，待師兄弟們再一個個的沒了，以後佛雲廟可能就成了雜草叢生的破屋子。」

櫻娘見伯明說得十分傷感，畢竟佛雲廟是他曾經的福地，他在那兒養好了病，得師父的疼愛，與師兄弟們相處得如親兄弟，過了十年無憂無慮的生活，他哪捨得看著佛雲廟漸漸破落。

「哦，我知道了，你是想出錢修葺佛雲廟吧？」櫻娘爽快地點頭。「好吧，你拿五十兩去請人修葺，這只不過小事一樁而已，我還以為有多大的事咧。」

伯明使勁捶著櫻娘的肩頭。「謝謝老闆娘。」

「假惺惺！」櫻娘笑道，然後神秘地拿出一疊宣紙出來。「我想給短工們做『工作服』。」

「工作服？這是什麼東西？」伯明來了興趣。

「就是勞作時穿的衣裳，回家後就不用穿了。特別是榨油坊的那些男人們，當然還有金鈴，每日身上油膩膩的，特別糟蹋衣裳。要是大家都能穿上一致的工作服，這樣不僅省了衣裳，還能增進集體的榮譽感和互助互勵。」櫻娘怕這些話有些突兀，還特意補了一句。「這可是姚姑姑教我的。」

伯明想像著所有人穿同樣的衣裳一起幹活的場面，興致勃勃地說：「挺有意思的，可別忘了也給我做一套。」

「那是自然，我和招娣幾人也是要做的，到時候再在衣裳上繡出薛家線衣坊和榨油坊的字樣，走到哪兒人家一看就知道了，以後我們家的作坊名氣就越來越大了。」櫻娘一說起這些就十分帶勁。「還有，除了給大家漲工錢，我還打算弄一個獎勵的規定出來，幹得好的人就能得到獎勵，他們勞作起來才會更有熱情。」

「大嫂！大嫂！」門外響起了雲兒的聲音。

櫻娘和伯明迎了出來。「雲兒，有什麼……」「事」字還沒說出來，他們倆就見清兒躲在雲兒身後哭。

櫻娘將清兒拉了出來，厲聲道：「妳是不是又做什麼壞事，還是欺負小夥伴了？」

雲兒挺著個大肚子，過幾日就要生了，走這麼一點路已是滿頭大汗，她一邊擦汗一邊說：「可不是嗎？她剛才趁我不注意，突然推了一個愛罵人的小姑娘，把人推倒撞在桌角上，腦門都磕出血來了。我當時嚇壞了，連忙去喊郎中，幸好沒大礙，只是皮肉之傷，已經給上藥了。清兒這一下可被嚇壞了，大哭不止，我就把她送回來了。不過，大嫂妳可得拿點錢賠給那位小姑娘的爹娘，否則即便他們不敢來找妳，心裡也是不痛快的。」

櫻娘趕緊進屋拿些碎銀子，遞給雲兒。「雲兒，妳先替我把錢賠給小姑娘的爹娘，晚上我再去她家賠禮道歉。妳也快要生了，這幾日我就不把清兒送過去給妳惹麻煩了。」

雲兒瞧了瞧清兒，嘆了一口氣就回去了。

櫻娘把清兒拉進屋裡，拿起牆角的笤帚就來抽清兒的屁股，抽得她哇哇大哭。櫻娘邊抽邊罵道：「妳這個小姑娘，為什麼這麼淘氣？要是磕出人命來，妳叫爹娘怎麼跟人交代？到時候就算把妳賠給人家，人家還不想要呢！」

櫻娘抽了清兒五、六下，伯明想過來攔住，可又不好當著清兒的面攔，否則清兒見爹爹護著她，轉眼就又忘記了自己的錯。他只好瞧著清兒，裝沒事樣地說：「嗯，抽得好，讓妳娘狠命地抽，抽得屁股腫得高高的，就好看了。」

其實他是想清兒才三歲多，這麼用笤帚抽她，他實在是不忍心看，心疼得很。

櫻娘聽伯明這麼一說，才發現自己衝動了，打孩子根本沒辦法解決問題，也就是家長出出氣而已。她扔掉了笤帚，氣得心肝疼。

清兒見爹不護、娘不疼的，挨打後就靠在牆角邊傷心地大哭。

伯明也不想在這個時候去搭理她，只是對著櫻娘說：「依我看，把她送去女子學堂吧，雖然她才三歲多，小是小了點，但是那兒的孩子都比她大多了，她不敢欺負人家，況且姚姑姑管得嚴厲，諒她也不敢擾亂課堂。」

清兒對姚姑姑這位乾娘是又愛又怕，聽說要送她去女子學堂，她還真有些慌，哭得更厲害了。

櫻娘嘆道：「也只能這樣了，我明日帶清兒去問一問姚姑姑吧。」

到了晚上睡覺前，伯明給清兒換衣裳時，見她屁股都被打青了，又是一陣心疼。

待清兒在自己的屋裡睡著後，伯明來到了臥房。「櫻娘，以後可不要再打孩子了，姑娘家的，屁股打成那樣，沒準兒她心裡把妳當成是後娘呢。」

其實櫻娘心裡也後悔極了。「以前我也沒怎麼打她，今日實在是氣壞了。你以為我不心疼？就因為心疼，所以才不敢看她的屁股。你放心好了，以後我再也不打她了，先送去女子學堂看看吧。」

次日早上，櫻娘來到女子學堂，這個時辰還沒開始上課，但是已經來了不少姑娘。櫻娘瞧著，最近幾日又來了好幾位姑娘，應該是鄰村家境好一些的人家送來的，因為她都沒見過。

櫻娘領著清兒來到隔壁姚姑姑歇息的小屋，卻沒見到她人。平時這個時辰，姚姑姑早就從後院過來了，今日她或許在家裡忙些什麼吧？

於是櫻娘就帶著清兒來到後院，卻見姚姑姑摟著一個痰盂在嘔吐，李長安則在一旁端著水，準備遞給她漱口，看他的神色是既歡喜又憂愁。

櫻娘琢磨不透李長安這神色到底是什麼意思，主動問道：「姚姑姑，妳這是吃壞了東西？還是睡覺著涼了？」

姚姑姑臉上泛起了紅暈，一時不知該怎麼說，她先接過李長安手裡的水漱了口，才與櫻娘一起來到堂屋坐下。

只見姚姑姑欲言又止，還羞答答的，那模樣簡直像個小姑娘似的。

櫻娘瞧她這模樣，既納悶又好笑。「姚姑姑，妳今日這是怎麼了？妳身子不舒服，有沒有找郎中來瞧過？」

姚姑姑覺得在櫻娘面前也沒有什麼好不好意思的，就直接說了。「櫻娘，妳說我都三十八了，若是有了孩子，能順利生下來嗎？」

櫻娘驚得一下子站了起來。「妳是說……妳有了？」

姚姑姑笑道：「瞧妳，都是兩個孩子的娘了，怎麼還這樣一驚一乍的？」

櫻娘走上前摸著她的肚子，笑咪咪地說：「姚姑姑，別人在妳這年紀，孫子都有了，妳這叫晚來有福，李大哥肯定樂壞了吧？」

姚姑姑也是既喜又憂。「他雖高興，但也為我的身子發愁。妳說我這麼一大把年紀了，怎麼還能懷上孩子？即便懷上了，想順順利利地生下來，怕也是一件難事。」

櫻娘知道，這是古代，生孩子對女人來說就是走一遭鬼門關，姚姑姑和李大哥肯定擔心會難產什麼的，畢竟年紀實在是太大了。

可是這兒又沒有條件墮胎，懷上了就得生下來啊！至於以後順利與否，也只能聽天由命了。

櫻娘想到姚姑姑身子向來康健，便安慰她。「以妳的底子，生孩子肯定沒問題的，妳和李大哥可別太憂心。對了，聽說甄子查就是他娘四十歲時才生他的，他身子骨還不照樣好好的，他娘也活到了近七十歲才過世。」

姚姑姑雙手不自覺地撫著那仍然平坦的肚子，微笑道：「說得也是，聽說甄子查的兩個妹妹也是他爹的小妾在三十五歲時才生的，如今她還在世呢。」

櫻娘想起剛才準備把清兒送到女子學堂來的事，這時又覺得不妥了。「妳都有身子了，還能好好上課嗎？清兒昨日在幼兒院又鬧事了，我還想著讓她來妳這兒呢。」

姚姑姑站了起來，走了幾大步。「妳瞧，我這身子不是好好的，哪裡就嬌貴得不能上課了？清兒來也成，我正想好好管教她。」

櫻娘心想孕婦適當活動一下也好，只是不能太勞累了，便道：「好，那我們就一人上半天的課，妳也多歇息歇息，今兒個上午就由我來上吧。」

兩人說定了，櫻娘就讓清兒先去教室，自己來小屋裡翻看姚姑姑這幾日教的內容，好好準備一下。

當她準備好了要去上課時，卻在教室外定住了腳步，因為她聽到那些姑娘們不知在裡面討論些什麼，講得熱火朝天的。

櫻娘尋思著，要想教好孩子，得先知道她們的想法，所以就安靜地聽了起來。

這時，她聽到一位大一些的姑娘開口說：「姚先生說了，分久必合，合久必分，國事是這樣，家事也會是這樣。薛小清她家與幾位叔嬸家現在貌似處得很好，將來肯定會把作坊給分了！」

可能是因為清兒突然到來，她們就議論起薛家的事。

接著又有一位姑娘說：「妳說得對，即便薛家這一代不分，不可能世世代代不分吧？聽我爹說，當年我爺爺說葛家不許分家，分家了怕一代還沒過完，家裡就要敗落了。可是我爺爺才病倒，還沒過世呢，我二嬸就吵著要分家，因為她生了五個兒子，我卻只有一個哥哥。她覺得她兒子多，分家應該要多分些，人都是自私的。」

櫻娘在外聽了不禁感慨，十歲出頭的姑娘就能說出這些來，真不簡單，果然都是大家族裡出來的。

其實薛家這些作坊將來走向如何，櫻娘早有考慮過，因為伯明四個兄弟全都當了爹，也都有後代了。

在他們這一代，肯定不會鬧彆扭，可到了子女這一代，那就不一定了，他們做長輩的必須提前把這些安排妥當才是。

第二十二章

櫻娘故意在教室外把腳步踩得重一些，讓那些女學子們知道先生要進來了。

當櫻娘進來時，那些女孩們頓時歡欣雀躍起來。因為之前櫻娘來上過兩次課，她們都覺得十分有趣，櫻娘會教她們許多小曲，還給她們講很多新奇的故事。

姚姑姑的課她們也喜歡，只是要累一些，因為姚姑姑經常要求她們練習走路姿勢和坐姿，練久了身子都僵了，而櫻娘上的課，大多是很輕鬆的。

這時只有清兒一個人哭喪著臉。她娘來上課，她能有好果子吃嗎？

這一上午，櫻娘確實沒讓這些小姑娘們失望，先是規規矩矩地講了一篇文章，然後就給她們出了好些腦筋急轉彎的題目，還教她們畫圖，最後再帶她們在院子裡上一堂「體育課」，玩「丟手絹」的遊戲。

這些小姑娘們倒是高興了，只有清兒一臉可憐兮兮的，因為她一個問題都沒回答出來，畫圖也是鬼畫符，還不小心把墨給打翻了，灑了一地，結果櫻娘讓她面壁思過，靠在牆邊罰站。

沒辦法，對於自己的女兒，櫻娘不知怎的，就是控制不住想對她動用體罰。

到了午時，有些路遠的姑娘們會有家裡人來送飯，甄家和葛家的姑娘則由僕人來送，吃過飯後，她們便來到歇息室午休。

這間歇息室很大，但也不是每人都有床，而是兩條大通鋪，願意睡覺的就躺會兒，不願意睡覺的就坐在桌邊看書或繡花，悠閒得很。

櫻娘帶著清兒回家吃午飯，因為家就在斜對面，方便得很。她牽著清兒一回到家，就聞到從廚房裡飄出的飯菜香。

清兒從櫻娘手裡抽出自己的小手，一溜煙地跑進廚房。「哇，爹炒了四道菜，全都是我和哥哥愛吃的！」

櫻娘招呼著兩個孩子先洗手，然後一家四口圍桌而坐。

伯明如今已是快滿二十八的人了，少了當年的青澀，多了些這個年紀該有的老成，只是他的面相與仲平比起來，總是顯得年輕很多。

櫻娘覺得以她和伯明這年紀，若放在現代，估計還沒論及婚嫁呢，而在這裡，他們已經有了一雙兒女，兒子都快七歲了。

伯明吃著吃著，有些不好意思，笑道：「妳這是怎麼了?怎麼還像成親那會兒一樣，老愛看著我吃飯。」

櫻娘眉眼彎彎，輕輕一笑。「我願意看你吃飯，表示我還沒有厭煩你，你該高興才是。」

伯明故作一怔。「哦，妳的意思是，說不定有一日妳會厭煩我?」

「厭煩你又能怎樣？莫非我還能改嫁？」櫻娘撇著嘴。

伯明得意地說：「沒有我給妳寫休書，妳休想踢開我。」

櫻娘瞪了他一眼。「討厭！當孩子的面不許說這些了。」念兒和清兒一邊吃著一邊呵呵直笑，他們也能聽懂一些的。

「伯明，我有正事要跟你說。你想不想有下人伺候你，就像甄家那樣，有小廝、丫頭、老婆子什麼的，我們就像當老爺、夫人那般，飯來張口、衣來伸手，平時沒事訓訓下人什麼的？」

伯明這回是真的怔住了。「妳是跟我說笑的吧？我知道妳根本不喜歡有人伺候，那麼些人在妳面前晃來晃去，妳肯定煩得很。」

櫻娘托著腮。「我是問你，你別扯我。」

伯明搖頭。「我和妳一樣，也不喜歡被人伺候。要是真有一個丫頭站在我們的身邊，我們還能這般自在地說話嗎？還有，我們薛家世代為農，只不過到了我們這一代發了點財，但也不能因此就擺起富貴人家那種派頭來。」

櫻娘笑了。「嗯，我們還是自食其力，自己照顧自己比較好。但要是銀月、招娣、金鈴她們想要找下人來伺候，你覺得怎麼樣？」

伯明沈默了，扒了一口飯，再吃了一口菜才說：「那是她們自己的事，我們就不要管了，隨她們去吧。」

櫻娘嘆了一聲。「嗯，我們不管。還有，我們四家雖然早在幾年前就分好了，我們家得四成，他們三家各兩成。可是等到我們這一代都老了，這些後輩未必就不會為爭家產而鬧彆扭，特別是銀月一直為沒有兒子發愁，到時候他們手上的那兩成該怎麼辦？這事不早早說開，銀月心裡總是有個疙瘩也不好。」

伯明猶豫良久，說道：「這得聽聽大家的意見，不能我們說怎樣就怎樣。」

「嗯，晚上叫齊他們，來我們家堂屋商議此事吧。」

到了晚上，大家吃過飯後就來到櫻娘家的堂屋聚齊了。每次這麼正式的聚在一起，伯明和櫻娘都有大事要跟他們商議，所以這次一過來，他們就感覺到今日肯定有要緊的事。

櫻娘說話不愛拐彎，直接開門見山道：「如今我們各家都積攢了不少，是可以讓日子過得更好一些。前些日子招娣生病了，但還得自己洗衣做飯，確實辛苦；銀月和金鈴每日帶著幾個月大的孩子，自家的事都忙不完了，還時常去作坊工作……我想說的是，你們若是想花錢雇幾個老婆子，或是買幾個丫頭來家裡伺候著，這些你們都可以自己作主。」

銀月聽得喜上眉梢。「大嫂，妳平時比我們還忙，還經常去女子學堂上課，妳也雇幾個老婆子吧，不過丫頭就不要買了，現在那些姑娘心眼多，說是來當下人，搞不好想招惹我們家的男人。」

叔昌眉頭一皺。「妳當著大哥大嫂的面，瞎說這些做什麼？再說了，我們兄弟幾個可是大老爺真漢子，妳當是像甄子查那種愛納妾的男人啊？妳也太小瞧我們了。」

銀月撇嘴道：「那也得防著，這種事誰知道啊？你們不動歪心思，可擋不住那些丫頭一心想當妾，惦記著我們家的錢呢。」

櫻娘趕緊打住。「好了好了，你們就都雇老婆子吧，她們年紀大，做家務和帶孩子都順手得很，就不要買丫頭了，可別沒什麼事還鬧得夫妻不和睦。」

這下不僅銀月心裡歡喜，就連招娣和金鈴也蠢蠢欲動了，心裡都想著要雇兩個老婆子來家裡幫忙，以後再也不用整日忙得團團轉了。

其實她們也和銀月有相同的想法，只不過當著自家男人的面，不好意思說只雇老婆子，怕男人嫌她們小心眼。

現在櫻娘替她們作主，她們這下可高興了！還是大嫂好啊，懂得她們的心意。

接著櫻娘讓伯明來說明作坊的事，畢竟這是大事，應該由伯明這位長兄來開口，他總歸是大當家嘛。

伯明先喝了一口茶，然後十分認真地說：「我們四家管著兩個大作坊，平時都是我和你們大嫂作主，你們只負責一些小事，另外得了空還得和短工們一起幹活。可是等到孩子們大了，以後就不可能再這樣了。孩子們之間是堂兄弟，不像我們這般的親兄弟，平時他們在一起玩，也可以瞧得出來，他們並沒有我們小時候那麼親，以後若是讓他們混在一起管作坊，肯定會鬧矛盾。」

伯明這麼一說，仲平、叔昌和季旺都默默點頭，他們也認同這一點。

而銀月十分著急，聽伯明只說孩子們是堂兄弟，好像沒提女孩子，難道沒她家的分？

金鈴心裡有些不安，因為她家的兒子多，說不定以後還會再生兒子，不知道在外人看來，會不會誤以為她家想要多分一點？其實她不想占這個便宜的。

伯明看著他的三個弟弟。「你們有什麼想法，都說說吧。」

仲平第一個開口。「要我說，我們還是按各家原本占幾成，直接分給自家的兒子，大家還是在一起幹活，這樣不就行了？三弟你也別急，你那兩成也可以分給小語、小慧和繡兒。」

季旺笑道：「要按你這麼說，大哥就不用提這件事了，到時候這些孩子們不還是得混在一起扯不清嗎？而且還要加上三哥家的外姓女婿。但是如果要分開，把作坊分成四家，然後各家幹各家的，這樣勢必只會把買賣越做越差啊。」

叔昌不吭聲，看著銀月，銀月想吭聲卻又不知該說什麼，她沒有兒子啊。

櫻娘見大家沒有更好的主意，就說出了自己的想法。「依我看，把作坊分成四家是絕對不行的，怕是還沒等到我們變老，作坊就被各家折騰沒了。就說我家念兒吧，他對買賣之事不感興趣，說不定直接賣給別人了，若是這樣，我們豈不是白忙了這麼多年？我覺得最後得看哪家的孩子最適合接手作坊，其他人只按幾成拿錢，不要摻和作坊的事。」

銀月聽不太懂。「大嫂的意思是，以後這作坊只歸一人，其他的孩子們都沒分？」

櫻娘想了好半天，才想出怎麼解釋清楚「甩手股東」的事。

「其他的孩子們不是沒分，而是不用在作坊裡幹活，但照樣可以分錢。比如我家，我可以把四成分給念兒和清兒，他們一人得兩成，念兒以後無論是走仕途或是幹別的都行，他只要每年來分錢就好，前提是這作坊裡墊上的這些錢他不能拿出去，拿出去就算退出了，以後再不能分錢了。清兒哪怕嫁人了，她也可以得到她的那兩成。我的意思就是，他們不許摻和作坊裡的事，但該分錢的時候分錢，該出錢的時候就得出錢，若是作坊忽然需要一大筆錢來周轉，他們必須按占的成數來湊錢。」

銀月驚喜道：「妳還打算給清兒兩成？按妳這麼說，我家小語、小慧和繡兒也都有分了？」

「當然有分了，妳自己手裡的那兩成，我們幾家是不會要的。金鈴，妳家兒子多，以後可能他們幾個分的錢就少了，妳和季旺不會不樂意吧？」

金鈴連忙搖頭笑道：「哪會不樂意，我和季旺本來就只占兩成，總不能因為兒子多就占你們的吧？既然大嫂這麼說了，我和季旺再也不擔心別人說我家以後想占便宜了。」

不僅金鈴放心了，銀月和招娣也都放心了，反正各自的那兩成都還是自家的。

這時櫻娘忽然嚴肅起來。「但是無論如何，待孩子們長大了，必須選出一個最能擔當、也最適合的人來接手作坊。若是我家念兒想將手裡的兩成轉手，也只能賣給自家人，絕對不許賣給外人，否則以後就亂了。」

大家紛紛點頭，誰也不希望有外人摻和進來。

銀月信誓旦旦地說：「大嫂，妳放心，將來我家即便女婿也得了兩成，絕對不會讓他們進作坊！哪怕要賣，也只賣給金鈴家。」

說到金鈴家，櫻娘就想起她的大兒子蘊兒來，他像金鈴一樣能幹，雖然才幾歲大，就知道幫爹娘幹活，腦子活絡得很，這點又很像季旺。

櫻娘便道：「我覺得目前蘊兒最有潛質繼承作坊，待他長大些，我和伯明會多教教他。金鈴、季旺，你們平時也好好管教他，讓他多接觸作坊上的事。」

金鈴和季旺歡喜地點頭，銀月和招娣也沒有話說，畢竟大家都看在眼裡，蘊兒是這些孩子們中最勤快、最能幹的一個，學起東西來也快。

伯明見大家都沒什麼意見，總算是放心了。「這些事暫且就這麼定了吧，以後若有變化再商議。」

他拿出一張紙，將剛才商定的這些都寫了下來，總共寫了一式四份，他首先在上面摁了紅手印，再讓仲平、叔昌、季旺也都來摁手印。

有了這份契約，以後就算孩子們想鬧，怕是也鬧不出花樣來。

時辰不早了，大家對於商議的結果都算滿意，各自拿一份契約回家去了。

兩個月後，佛雲廟已修葺完畢。雖然說是修葺，但看上去就像整個都翻新了一般，因為好多間屋子都是重新蓋的，而且前面三間大堂裡的佛像都是全新的，院子也擴大了，足足有以前的兩倍大，氣派得很。

佛雲廟才剛修葺好，香火就旺了許多，廟前呈一片欣欣向榮的景象。

伯明站在院前瞧著，見三五成群的人們來上香，心裡浮現從未有過的踏實。

他默默地想著，佛雲廟經過這次大修葺，應該能在五十年內屹立不倒吧？五十年後，肯定會有後代來管的。待他有孫子以後，到時候一定要跟孫子好好說說這件事。

幸福的日子過得總是特別快，轉眼又過了十二年。

伯明與櫻娘已至中年，青春早已不再，而念兒卻長成了一位儀表堂堂的有為青年，舉手投足間帶著一股清雅之氣，神采俊逸，英氣挺拔，是許多姑娘的欽慕之人。

清兒已是一位妙齡少女，臉龐秀氣，雙眼明媚，當她捧著書坐在院子裡讀書的模樣，十分端莊秀美，不愧是姚姑姑教養出來的大家閨秀。

可是，只要她一開口，整個形象都毀了——

「你們偏心，總說哥哥這兒好、那兒好的，我都要嫁人了，你們也不誇誇顧興。」

這一日，她又和她的爹娘槓上了。

櫻娘無奈地搖了搖頭。「妳這個姑娘家也不害臊，現在都還沒過門呢，就整日顧興顧興的，也不怕人聽見笑話妳。」

清兒本不覺得羞，被她娘這麼一說，還真覺得不好意思了，急得直跺腳。

恰在此時，她見她哥念兒回來了，身後還跟著一個人，清兒頓時小嘴微張，趁兩人還沒進來時，飛快地躲進自己的屋裡去了。

她心裡既羞又喜，這個顧興終於肯來看看她了。

躲進自己屋裡後，她實在忍不住，來到了窗前，只露出小半邊臉，瞧著院子裡的動靜。

「來，快快坐下，你這一路上肯定渴了。」念兒修長的手指伸進一個瓷器裡，抓出一小把茶葉，然後熟練地為顧興沏了一杯茶。

顧興放下手裡的紅布包袱，朝櫻娘和伯明作了個揖，才謙恭地坐下來，靦覥地說道：「伯父、伯母，我爹娘讓我給清兒送喜服和新娘冠過來。」

他的聲音清亮又醇厚，令屋裡的清兒聽得心臟怦怦直跳。她再偷偷瞅著顧興那稜角分明的臉龐，深邃的眼神，還有矯健的身姿，看起來就是個沈穩有擔當的大男人，大氣中還不乏一絲儒雅的氣息。

她再偷偷瞟了哥哥一眼，覺得她哥哥和顧興比起來，完全是不一樣的男子。她哥長得稍稍白淨一些，且神采飛揚、英姿煥發的，給人一種清俊飄逸的感覺。

而顧興則是穩重又內斂，每次只要看見他，清兒就感到怦然心動，還有種莫名的踏實感。

清兒對顧興愛慕不已，而櫻娘對這個未來的女婿也是十分滿意，畢竟這麼多年來，顧興常來她家，她也算是看著顧興長大的。

櫻娘微笑道：「一轉眼你在莊縣擔任主簿一職都一年了，下個月底你和清兒就要成親，你是打算讓她住在顧家村，還是和你一起去莊縣住？」

顧興中舉後，他爹和村裡人為了搶水灌溉，打架出了事，被官府抓去關了一陣，因此他不能再參加殿試，而他又沒門路，所以只能做個主簿而已。

由於他與念兒交情深，經常過來玩，早就與清兒情投意合，但是剛開始他根本不敢提娶清兒的事，覺得自己門不當戶不對。還是念兒從中撮合，告訴他主簿再小也是個官，以他的能力，只要好好做，將來仕途肯定不會差的，加上櫻娘和伯明一點兒也不嫌棄他的家境，最後他才敢壯著膽子，讓他爹娘託媒人來提親。

顧興抿嘴笑著，有些不好意思回答櫻娘的問題。

念兒急著替他答道：「娘，這還需要問嗎？他肯定是要接清兒去莊縣的，新婚燕爾的，怎麼可能會分開住？清兒豈不是要成日哭鼻子？」

清兒在屋裡聽了好不羞惱，被她哥氣得咬牙切齒。

顧興早已面紅耳赤，反唇道：「你來年不是就要娶甄觀易的妹妹甄觀怡，還有心思笑話我？當年你和甄觀易鬧到打架，以後卻要喊他一聲哥哥，倒是挺有趣的。」

念兒不以為然道：「即便我喊他哥哥，他也是聽我的。這些年他最愛當我的跟屁蟲了，就連來年我要參加殿試，他都說要跟著我去，說是要為我挑書。」

一旁的伯明聽到這裡，連忙說道：「你哪能把大舅子當書僮使喚？到時候他去了，你可不能讓他為你幹活。」

「爹，我若不讓他幹，他還生氣呢！他是想等我考上功名做了官，好當我的幕僚。」

櫻娘不禁笑道：「伯明，你就由著他們去吧，甄觀易你又不是不知道，這麼些年當念兒的跟班已經習慣了，你不讓他跟著，他怕是真的會生氣的。」

「就是。」念兒與顧興一陣開懷朗笑。

就在此時，他們忽然看見北面有二十匹健馬朝這邊跑來，騎馬的人都是統一的官服裝扮，馬匹後面揚起一陣塵土，吸引了不少人站立路邊圍觀。

念兒神色一凜。「這好像是為皇上辦差的輕騎隊。」

「啊？」櫻娘驚問：「你怎麼知道？」

念兒小聲地說：「娘，只有為皇上辦差的人，穿的官服袖口才會緄金黃色的錦布，而且妳看他們騎的都是上等的好馬。早年就聽楊先生說皇上有一支輕騎隊，肯定就是了！」

顧興也細細瞧著。「伯父伯母，念兒說得沒錯，肯定是的。只是他們怎麼會來永鎮？」

櫻娘和伯明也覺得甚是蹊蹺，皇上是那麼遙不可及的尊貴人物，他的輕騎隊來永鎮做什麼？

下一秒，他們更驚恐了，這支輕騎隊居然停在了女子學堂院前——

他們齊齊出了院子，全走了過去。

輕騎隊的領頭見來了這麼一群人，還沒下馬便問：「請問這是李長安的宅府嗎？」

伯明向他施了個禮。「這位官爺，這兒正是李長安所居之地，不知您找他有何貴幹？」

這位領頭滿臉喜色地跳下馬。「還請你快快喊他出來，本將帶來了皇上的聖旨，要向李長安宣讀。」

聖旨？十幾年前，李府接到了一道聖旨，結果李家敗落，父子斷義。今日又來了一道聖旨，櫻娘與伯明都有些忐忑不安。

念兒飛快地跑了進去，然後李長安、姚姑姑及他們的女兒媗媗全都出來了，齊齊跪聽聖旨。

領頭抑揚頓挫地宣讀聖旨。

皇上肯定是因為到了遲暮之年，變得仁慈了，覺得曾經虧欠李家，可是朝廷又無力全部償還，便想著多少能還一部分也好，至少不要讓李家怨恨朝廷，所以這次讓輕騎隊帶來了一萬兩白銀，足夠讓李長安得以頤養天年，至於那四百萬兩銀，就略過不提了。另外皇上還特意賞賜了一塊碧玉，上面刻著「御賜」二字，算是用來保護李家的。

皇上能為李家做到這般，李長安和姚姑姑也無話可說了，只能磕頭謝恩。此時若不謝恩，輕騎隊回去稟告可就不好了。

輕騎隊走了之後，他們幫著李長安和姚姑姑將這些箱子搬了進去。

姚姑姑已經年過五十，雖已略顯老態，但因她向來注重自己的儀態及身形的保養，看似只有四十出頭而已，仍端莊雍容，風韻猶存。

她的女兒媗媗笑嘻嘻地道：「娘，我去找蘊哥哥玩。」

姚姑姑和顏悅色地點頭。「嗯，去吧。」

媗媗得了允許，便飛快地向金鈴家跑去，她要將這個好消息告訴她的蘊哥哥。

金鈴如今已有四個兒子了，除了蘊兒、笙兒、銘兒，另外還有一個七歲的征兒。但因為銀月和叔昌只有三個女兒，沒有兒子，早在幾年前，金鈴就已經將征兒過繼給了銀月和叔昌，可是媗媗偏偏最喜歡和比她大六歲的蘊兒一起玩，這讓姚姑姑有些琢磨不透。

平時蘊兒都要去秋風堂的，回來不是做功課，就是去作坊跟著他爹娘幹活，很少有空閒陪媗媗玩，不過蘊兒倒是很喜歡她的機靈可愛，把她當親妹妹一般疼。

媗媗每日總是興奮地往蘊兒家跑，哪怕只是見蘊兒一面，一句話也沒說上，她也能開開心心地回來。

久而久之，這兩人就成了一對青梅竹馬，年紀雖然相差許多，卻相處得十分融洽。

姚姑姑想到當初她和李長安就是青梅竹馬，所以並不攔著，由他們去，大家也早已默認，他們倆以後肯定是要成親的。

搬完箱子後，姚姑姑隨著櫻娘幾人一起來到了櫻娘家的院子裡。

櫻娘想到剛才媗媗等不及要將好消息告訴蘊兒的模樣，便忍不住說道：「這年月過得真是快啊，轉眼間這些女孩都大了，我家清兒下個月就要嫁人了，妳家的媗媗和銀月家的繡兒過個三、四年也是要嫁的。小暖嫁到了縣裡譚地主家，招娣剛開始還擔心她嫁過去會被厲害的婆嫂們欺負，沒想到她相公是個有擔當的，平時護著小暖不說，如今分家了，也過上了自己的小日子。

「至於小語，竟然嫁到葛家去了，她的大姨就這麼成了她的姨婆婆。想當年她大姨和正室鄭氏鬧得不可開交，如今卻因為小語而緩和了許多，倒互稱起姊妹來。而小慧嫁給了楊先生的大兒子，小倆口三日兩頭地抱著孩子來銀月家玩，我瞧著都羨慕。」

姚姑姑笑道：「妳是越來越沒出息了，這有什麼好羨慕的？妳還怕妳將來抱不上小孫子和小外孫？」

櫻娘倒不好意思起來，她覺得自己才三十多歲，還真不習慣當奶奶或外婆。

就在這時，櫻娘突然感覺眼前一黑，一陣天旋地轉，身子發虛，腦子裡也一片空白，就像失去了知覺一般，讓她有些恐慌。

最近不知怎麼回事，她偶爾會犯暈，胸口也悶得很！因為每隔十幾日才犯一次，她也沒放在心上，更不敢告訴伯明，怕他會擔心。

現在當著這麼多人的面，她更不敢吭聲，只是硬擠出淺淺的笑容靜坐了一會兒，然後強撐著端起桌上的茶喝了幾口，慢慢的才緩和過來。

接下來幾日，櫻娘和伯明在忙一件事，那就是讓蘊兒正式挑起作坊的大梁。

因為櫻娘說她有些累了，每隔一、兩年線衣作坊就要換新的花樣，而且現在還新開了織布坊和染布坊，光是女短工就有幾百人，招娣她們幾個根本管不了，幾乎都是靠她作主，由她打理一切。

其實櫻娘心裡也是擔心自己在作坊處理事情時會突然暈倒。

而伯明覺得他對管理榨油坊的事也漸漸力不從心，因為規模越來越大，應對的商戶越來越多，卻只有季旺在一些事情上能夠幫忙出出主意，仲平和叔昌都只能幫著幹活，而季旺出的那些主意，大多是蘊兒在家先跟他爹說的。

他們兩個都覺得，蘊兒不僅能扛下榨油坊，連線衣坊、織布坊、染布坊他也都能挑得起來！因為櫻娘一直很用心培養他，他們還經常帶著蘊兒一起去外地，觀摩過許多其他家的作坊。

櫻娘想，等到把這些都交給蘊兒後，若是身體還持續犯病，她就告訴伯明，然後讓他陪著自己去找好的郎中，好好醫治。

她才三十五歲，還想多活幾年呢！眼見著兒女們就快要成親了，若是沒親眼看見他們與心愛的人步入洞房，她會死不瞑目的。況且還有伯明，她怎捨得先他而去？

三日後，櫻娘將兄弟幾家人全招呼過來了，拿出當年寫的契約。對於由蘊兒來挑大梁一事，沒人有意見。

櫻娘、招娣和銀月都把自己手裡的那幾成賣給了蘊兒，就連蘊兒弟弟們的，金鈴也一併賣給了蘊兒，他們家算是兒子們都還沒有成親，就先分家了。

大家雖然把手裡的持份都賣給蘊兒，但並沒有急著把錢一次拿出來，先只拿一半，剩下的一半則留給蘊兒繼續經營，並商定好，以後每年固定分一次盈利。

接下來，他們若想在作坊裡幹活，就只是短工而已，除了幹活拿工錢，其他的事都不能干涉。

櫻娘果然沒有看錯蘊兒的經營能力，蘊兒一接手便撤掉了幾個擔任領頭的遠親，換上有能力、有擔當的人，還多選了些手藝好的人當領頭，給他們加工錢。

櫻娘和伯明這會兒是徹底的放心了，因為這些是他們以前想做的事，但因怕得罪了那些遠親而不好意思，沒想到蘊兒做起事來很果斷，一點都不拖泥帶水。

這一日剛吃過晚飯，櫻娘又感覺身子不適，便將自己最近經常頭暈胸悶的事告訴了伯明。

伯明嚇得臉色蒼白，第一反應就是要拉著櫻娘去佛雲廟找他師父。

櫻娘換上睡衣，往炕上躺著，輕聲笑道：「這都天黑了，你急什麼？我只是身子有些不適而已，又不是急症。況且你師父雖然懂得醫術，但並不是華佗再世，哪能我們一去就看好病的？先睡吧，明早再去，你師父若是瞧不出是什麼病，我們再去縣裡。」

伯明可不像櫻娘如此鎮定，平時三、四十歲的婦人得病身亡的也不是沒有，雖然櫻娘的病似乎不是急症，只是偶爾發作，可是聽起來還是很嚇人。

雖然伯明心裡慌張極了，但他不敢在櫻娘面前表現出來，怕她因此而亂了心緒，會更加重病情。他只好乖乖上炕，像年輕的時候那般緊緊摟著她的腰。「櫻娘，這麼多年來，妳太累了，這病肯定是累出來的。」

此時櫻娘身子並沒有什麼不適，她側身瞧著伯明，摸了摸他眼角那幾條細紋。「我哪裡算累，你還比我更累呢，你平時擔的事可不比我少，瞧，都累出皺紋了。」

伯明嗤笑一聲。「哪裡是累出皺紋來的？是我老了，都快成老頭子了。」

「還沒滿四十歲，怎麼就說老了？再過三十年等你白髮蒼蒼，說是老頭子也不遲。其實我們倆過得都不算累，雖然每日管著那些事，但也都還算順利，偶爾遇上些麻煩事，也都很快就解決了。比起那些短工們，我們吃得好、喝得好，也玩得好，心理沒有多少負擔，哪裡稱得上累病了？只不過是人都逃不過生老病死而已。我近幾年來極少生病，這次犯個頭暈胸悶的，也沒什麼大不了，對症吃些藥應該很快就能好起來的。」

伯明本想說，哪有那麼簡單？要知道他小時候生一場大病，可是治了十年啊！何況老話都說，病來如山倒，病去如抽絲，可是不能小看哪！

伯明輕撫著櫻娘鬢邊的散髮，情意綿綿地道：「嗯，妳身子向來康健，肯定能好得快。何況我師父醫術高明著呢，否則我哪來的命娶妳，還能陪妳這麼多年？」說完這些，他還溫存地湊過來親她。

櫻娘笑著躲開。「你老不正經！」

伯明捉住她，不讓她躲。「妳剛才不還說我四十歲都沒滿，還不算老嗎？」

「嗯，是不老，仲平的小外孫昨日還喊你爺爺呢！」櫻娘摟著肚子笑了起來。

第二日上午，陽光明媚，春意盎然，櫻娘與伯明相伴著去佛雲廟，呼吸著新鮮的空氣，看著滿山遍野的花花草草，兩人心情還不錯。

「伯明，你還記得二十年前我們剛成親那時嗎？也是這個季節。」

伯明嘆息道：「轉眼間二十年都過去了，山山水水都還是原來的樣子，可是我們早已不再年輕。現在若叫我再像以前那般爬山砍柴，然後挑一百多斤的擔子，我怕是下不了山了。」

櫻娘瞧著伯明還算結實的身板。「那是因為你沒嘗試，說不定再挑重擔也能行的。近幾年來除了蘊兒和笙兒趕馬車，你也經常趕的，而且你還時常進作坊裡幹活，再加上你平時心平氣和，心寬得很，也懂得修身養性，活個百歲輕輕鬆鬆。」

伯明笑道：「我才不要活百歲呢，活得像個老妖怪有什麼好？除非妳也能活成老妖婆。」

櫻娘感慨道：「我今年才三十五，你三十九，若是要活到百歲，我們豈不是還有六十多年要活？」

話音才落，她忽覺一陣心悸，越往前走，心臟越疼痛！為了不讓伯明擔心，她咬牙撐著往前走，還強顏歡笑。

伯明見她滿頭大汗，過來攙著她。「妳大概是太久沒爬山了，瞧妳一頭大汗。」

櫻娘感覺整個人都不對勁了，看著眼前的伯明有些恍惚，卻還故作鎮定說：「從明日開始我要鍛鍊身體，沒事就爬山，你可要陪著我。」

「好，反正我們把事都交給了蘊兒，現在清閒得很。」

伯明見她神情恍惚，並沒有意識到櫻娘此時已經有些撐不住了，還以為她是在想事情，便道：「妳在想什麼？妳放心，以後妳想去哪兒我都陪著妳。」

櫻娘難受得想哭了，以後她怕是哪兒也去不了，她這身子動不動就犯病，哪敢出遠門。

她擠出笑容朝伯明燦爛一笑，她穿在裡面的肚兜早已濕透，若不是伯明攙著，她隨時都有栽倒在地的可能，可她硬是撐著爬到了山頂。

到了山頂，伯明尋了塊石頭，扶著櫻娘坐下來。這時櫻娘身子雖然發虛，但比剛才好了許多，至少心不悸、胸不悶，只不過腦袋還是昏昏沈沈的。

無論伯明說什麼，她都帶著笑容答話，因此伯明以為她只是體力不支才累成這樣。

到了佛雲廟，櫻娘忽然不敢讓空玄把脈了。以她現在這身子的狀況，不要說空玄了，哪怕隨隨便便的一個郎中都能瞧出問題來的。

若能醫治還好，伯明會靜下來為她熬湯藥，陪著她一起養病；若是不能醫治，她覺得伯明肯定會比她還要脆弱，比她更先垮掉。

伯明見櫻娘站在大佛面前仰望著，遲遲不肯跟他去後院找師父，便與她一起站在佛前，虔誠地拜了拜。

這時伯明的大師兄過來了，伯明見櫻娘望著佛像發呆，也沒有打擾她，便與他的大師兄到另一間屋子裡說話去了。

櫻娘望著佛像發呆，其實她心裡是在思考著自己到底該怎麼辦？該讓伯明知道她病得很嚴重嗎？

她雖然不知自己是得了什麼病，但她冥冥之中就是知道自己的身體會漸漸不支，她好害怕說不定哪一日就這麼痛過去了。

她見伯明被他大師兄叫走了，趕緊獨自走到後院，去敲空玄的屋門。

雖然櫻娘沒有伯明這麼勤來佛雲廟，但她至少一年來一次，如今都二十個年頭了，空玄對櫻娘也很熟悉。

一見到櫻娘這神色，空玄頓覺不妙，因為她精、氣、神都處於極虛的狀態。

過了好一會兒，伯明從他大師兄屋裡出來，見櫻娘已經不在佛前，便往後院走來，卻見櫻娘站在一棵菩提樹下流眼淚。

伯明跑了過來。「櫻娘，妳這是怎麼了？」

櫻娘身子一滯。「伯明你來了，你快給我吹吹，剛才好像有一隻小小的飛蟲飛到我眼睛裡了。」

伯明根本沒多想，扒開她的眼皮仔細瞧了瞧，雖然什麼也沒瞧見，他還是好一頓吹。

「難道是已經飛走了？或許剛才只不過碰了一下我的眼睛，並沒有掉進來。」櫻娘拿出手帕子擦了擦眼淚，笑問：「你不會以為我哭了吧？」

伯明抬頭瞧了瞧菩提樹。「我還納悶呢，妳並不是佛家弟子，平時也不愛看佛書，更沒有潛心參悟佛理，怎麼會站在菩提樹下無緣無故傷懷呢？釋迦牟尼佛當年在菩提樹下悟道，莫非妳也悟出什麼禪機？」

櫻娘噘嘴道：「瞧你，又貧嘴了。」

伯明嘿嘿笑著，拉著她去找師父。

空玄為櫻娘輕把著脈，再細觀她的手掌及神色，很沈靜地對伯明說：「她只是長期沒勞動，突然爬山或幹重活就會有些心慌氣短，只須煎一些補氣的藥喝就行了，平時再多活動活動筋骨，並無大礙。」

伯明對師父的話深信不疑，他滿心歡喜，只要櫻娘身子無大礙，能與他相伴到老，便是他最期盼的事。

當他們走出空玄的屋時，空玄看著櫻娘的背影，在心裡深深地嘆息，手裡不停地撥弄著佛珠，嘴裡輕聲唸道：「南無阿彌陀佛……南無阿彌陀佛……」

回到家後，伯明心情愉悅，跑去廚房燒水，然後端過來給櫻娘泡腳。「妳平時很少上山，現在肯定腿痠，泡泡腳能解乏，妳會覺得舒服一點。」

櫻娘已是一身汗。「我想先洗個澡。」

「不行，妳剛出一身汗，急著洗澡會傷著身子。妳得先泡半個時辰的腳，然後再去洗澡。」伯明蹲下來按住她的腳，準備為她脫鞋襪。

櫻娘將腳往邊上一挪，輕聲道：「我自己來，等我老得動不了了，你再為我洗，好嗎？」

伯明抬頭仰望著她，像哄孩子般柔笑道：「好，以後我每日都為妳洗。」

櫻娘忽然又說：「伯明，下個月清兒成親了，下下個月就讓念兒和觀怡也成親吧。」

伯明不解。「妳怎麼突然這麼急了？念兒說過要等來年考過殿試後，回來再成親的，再等等吧，也就幾個月而已。」

櫻娘像年輕時那般撒嬌道：「不行，就下下個月。我擔心他考中了好名次，又被皇上指派個好官職，他就不肯娶觀怡了怎麼辦？」

「哪有可能？我們的兒子才不是這種負心人，他對觀怡可是真心真意的。」伯明見櫻娘一臉的堅持，只好又道：「好好好，明日我問問念兒，讓他以成親來表真心，好讓觀怡安心地放他去京城考殿試。」

「好，這樣觀怡安心，我也安心了。」櫻娘舒心地笑了。

伯明無奈地搖頭笑道：「妳怎麼突然變得像個小姑娘似的。」

念兒為表真心，果然同意了。清兒才出閣一個月，就到了念兒成親的日子。

這一日，薛家熱鬧非凡，因為所有的親戚都來了。

顧興和清兒昨日下午就趕回來了，哥哥要娶嫂嫂，他們當然要來慶祝。

仲平和招娣自是不必說，一定要過來幫忙的，小暖也帶著她的相公和孩子過來，小暖的弟弟穎兒就在一邊帶著小外甥玩。

叔昌和銀月一家也是一個都不少，小語和小慧都帶著相公和孩子過來了，繡兒正和他們打鬧一片，而征兒雖然知道自己是季旺和金鈴生下的孩子，但他早就融入銀月一家，心裡清楚知道自己有兩個爹、兩個娘。

季旺和金鈴忙前忙後的幫著待客，蘊兒今日給作坊放了假，帶著笙兒、銘兒一起擺酒席的桌椅。

姚姑姑、李長安和婠婠幫著張貼大紅喜字，婠婠還時不時偷偷瞅著蘊兒的身影，滿臉甜蜜的笑容。

櫻娘和伯明兩人並肩坐在羅漢椅上，念兒和觀怡、清兒和顧興則站在他們的身後，由一位畫師替他們認真地畫像。如此大喜之日，他們定是要畫一張全家福的，這也是櫻娘的期望，這位畫師可是她提前好幾日就找好的。

到了晚上，念兒與觀怡進了洞房，櫻娘與伯明也累了，回自己的房準備歇息。

此時的櫻娘不僅僅是累，而且極其虛弱，虛弱到整個人恍恍惚惚，意識也越來越模糊，快撐不下去了。

她知道，她的生命已經走到了盡頭。

想到自己即將要離開人世，離開這個家，離開陪伴了她二十年的夫君薛伯明，她心如刀割，萬分疼痛。

儘管她心裡清楚明白，她在這裡的人生已圓滿，她該從從容容地離去，不要有任何貪念，可是看著眼前的伯明，她真的難以割捨啊！

伯明平時常說，他之所以想活得長一些，就是想等著看她滿頭白髮的老太婆模樣……

可是，他等不到了。

櫻娘踉踉蹌蹌地來到伯明面前，一下撲進他的懷裡，腦子裡一片渾濁，口齒不清地喚著。「伯明……伯明……」

伯明有些嚇到了，他緊緊摟住櫻娘。「怎麼了?兒女都成家了，妳反而失落了?」

櫻娘胡亂地點頭，泣不成聲。

伯明輕輕撫摸著她的頭髮，微微笑道：「傻瓜。」

他攙扶著櫻娘坐在炕邊，像往日一樣為她洗腳，揉捏著她的腳掌，抬頭見她一副魂不守舍的模樣，安慰道：「兒孫自有兒孫福，如今他們都成家了，我們也可以享享清福了，做父母的不可能陪著兒女一輩子。」

櫻娘已經有些神志不清，癡癡地說：「我們要是能白頭偕老多好。」

伯明擰乾巾子，為她擦腳。「那是一定的，到時候妳可別嫌棄我是個糟老頭子。」

櫻娘搖頭，淚水輕灑。

趁伯明出去倒洗腳水時，櫻娘拚著最後一絲力氣，勉強地脫掉了棉襖，躺下了。

伯明進屋上了炕，蓋好被褥，與櫻娘依偎在一起，櫻娘感受著從他身上傳遞過來的熱度，是那麼的舒適，那麼的溫暖，她真的好不捨。

趁自己還剩最後一絲意識，她使盡全身的力氣才側過身來面對伯明。看著眼前模糊不清的伯明，她伸手摸著他的臉龐，輕聲道：「累了吧？」

伯明緊緊握住她的手。「瞧妳，手都沒勁了，臉色也蒼白，妳才是真的累壞了，快好好歇息吧。」

櫻娘氣若游絲地說：「真希望今日永遠不要過去，一直綿延到老。」

「妳真貪心。」伯明嗤笑道。「妳放心，像今日這樣的大喜之日還會有的，妳就等著為孫子和外孫辦滿月酒吧。」

「好，我等著。」櫻娘極輕極輕地應著，她也盼著這一日呢，可是她現在連手腳都動彈不了，眼皮也撐不開了，只有極微弱的呼吸聲。

伯明以為她是睏極了，所以才會這麼快就睡著，輕輕地為她掖好被子，再習慣性地摟著她的腰，閉上眼睛跟著入眠。

而櫻娘仍在心裡默唸著——

伯明，我走了，去陰曹地府了，你一定要好好地度過餘生。至於要不要續弦，或是一人孤身過日子，就交給你自己決定了。無論如何，我都不會怪你，只要你過得舒心就好……

漸漸的，她感覺身體輕如浮雲，虛無縹緲地四處飄蕩，靈魂似乎已經出了竅。

她很想緊緊抓住伯明的手，可是雙手無力，怎麼都握不住。

櫻娘千般不捨、萬般留念地望了伯明最後一眼，他熟睡的臉仍然是那麼的沈靜，如二十年前那般恬靜淡然。

眼見著伯明的身影已模糊一片，櫻娘無聲地吶喊——

「伯明，我愛你……」

次日清晨，觀怡早早就起來了，因為她想先燒好茶水，待公婆起來，就可以給他們敬茶。

當她從堂屋走過時，覺得那幅全家福很不對勁，她仔細一瞧，差點嚇暈過去。她摟著那幅全家福回到屋裡，慌慌張張地喚：「念哥哥！念哥哥！」

念兒睜開眼睛，甜蜜一笑。「還叫我念哥哥？該叫我相公才對。」

觀怡哪裡還顧得了和他打情罵俏，她直接把畫放在念兒的面前。「娘……娘她不見了！」

念兒嚇得騰地一下坐了起來，看見全家福上空了一塊，他的娘真的不見了！可是昨日畫師明明畫上她了呀！

他驚愕地發著呆，忽然想起了四歲那年，他娘為了哄他午睡，給他講的故事……

這時伯明走了進來。「念兒，你娘呢？大清早的她去哪兒了？」

念兒心裡咯噔一聲，他的娘不僅從畫上消失了，也從他爹的身邊消失了——

他顫著嗓子說：「爹，你坐下來，我跟你說……說一件事。」

伯明正要坐下來，忽然瞧見兒子手裡的畫，他一下搶了過去，拚命地揉著自己的眼睛。「我眼睛怎麼了？怎麼瞧不見你娘的畫像？」

念兒哽咽道：「爹，娘她……她肯定是走了……」

伯明抖著嗓子問：「她去哪兒了？」

「爹，不是你眼睛不好使，是娘她走了，應該不會再回來了，就連畫上的娘……也走了……」

伯明大驚失色地瞧著念兒。「你是說這畫上沒有你娘，你也同樣瞧不見她？」他見念兒流著淚點頭，又拉著觀怡過來。「觀怡，妳也瞧不見？」

觀怡瑟瑟發抖，哭著點頭。

他不相信，這怎麼可能?!櫻娘明明是起床做什麼去了！

可是，她究竟去哪兒了？而且為什麼畫上也沒有她？

或許……這只是他作的一場夢？

他渾身顫抖地出門要去找櫻娘，在抬腳跨過門檻時，突然一下栽倒，昏厥過去了。

念兒和觀怡直撲過去。「爹！爹！」

清兒和顧興昨夜並沒有回家，也是歇在這裡的，這時被他們兩人的哭聲驚醒了。

他們趕緊將伯明揹到佛雲廟去，因為櫻娘跟他們講過，他們的爹曾經昏厥過，是空玄師父治好的。

將伯明留在佛雲廟給空玄師父診治後，念兒回家，才哭著將四歲午睡時他娘給他講的故事告訴了清兒。

那時娘告訴他，她本是五百年後的未來之人，在與他爹成親前一日穿越到這裡來，娘當時說的故事很長，但是他只能記得這些。

為了不讓別人知道這件詭異的事，他們把全家福的畫收了起來，趕緊買來棺木，往棺木裡放幾件櫻娘的衣裳就釘上了。

整個喪事辦得毫無漏洞。

七日之後，伯明終於醒過來了。在他看來，這個人世已是面目全非，因為櫻娘不在了……

空玄將櫻娘得了重病的事告訴他，他這才明白上次來佛雲廟，櫻娘站在菩提樹下流淚，根本不是眼睛裡進了什麼飛蟲，而是真的在哭泣。
而且念兒還告訴他，說櫻娘是從未來穿越過來的。當他回憶著這二十年裡，櫻娘與他在一起生活的點點滴滴，有著那麼多的驚喜，那麼多的不可思議，他不知該不該相信念兒的話，或許櫻娘當時真的只是為了哄念兒睡覺，而編造出這樣的故事。
不過即便櫻娘真是穿越而來的，他也能安然接受，但他無法接受櫻娘就這麼走了，消失得無影無蹤，甚至連畫像都跟著一起消失。
沒有她的日子，他該怎麼過？
他一直不肯相信櫻娘死了，因為人死都會留著身形，沒有哪個人會像她這般，連個影子都沒有留下。他認定櫻娘是在某個地方等著他，所以他決定跋山涉水，走遍大江南北，尋找櫻娘。
三年後，他一無所獲，落魄而歸。
念兒並未去參加殿試，因為母喪的關係，他在家守丁憂三年。待伯明尋了三年未果返家後，他的丁憂期已滿，才去考了殿試，結果他中了進士，被皇上授了官，然後帶著觀怡走馬上任。
伯明則帶著櫻娘曾經寫的「生活日誌」、「工作日誌」，去佛雲廟剃了髮，再次當起了和尚，但他的頭上仍然沒有燃戒疤，因為他要在這裡等著櫻娘，他記得櫻娘曾經說過，她不敢和燃了戒疤的人睡在一起。

十年後，空玄圓寂，伯明成了佛雲廟的住持。

二十年後，念兒如同往年那般，在臨近他母親忌日時回家省親，但這一日，卻是他爹的圓寂之日。

櫻娘回到了現代。

只是，她已經無法適應現代的生活，眼前的一切對她來說都是陌生的。

她的頭上還纏著紗布，聽說她像植物人般在醫院裡躺了二十天，誰會想到，在這二十天裡，她已經在古代生活了二十年。

能夠回到現代，她卻沒有驚喜，沒有因為又能重活一世而開心，因為她的心留在了伯明的身邊，留在了兒女的身邊，再也回不來了……

雖然只要稍稍適應一下，她仍然可以生活得很好，可以重新嫁人生子，可是她根本做不到！她無時無刻不想念她的伯明，想念她的一雙兒女。

出院後，她的爸媽見她仍然每日魂不守舍的，就問她是不是失戀了？她仔細想了想，沈默了一會兒，然後點了點頭。

哦，原來是失戀了！難怪如此！

他們便勸女兒出去旅遊散散心。

她迫切地去找那個欒縣，那個永鎮，那個薛家村，還有她的那個家。可是現在已經是五百年後了，當初的那個地方還存在嗎？

她廢寢忘食花了三天的時間，果然讓她找到了一處可能是永鎮的地方，還花錢請了一位當地的老人，給她講講這裡古老的故事。

「聽說我們這個村莊在上個世紀還是叫薛家村的，後來因為大多數人都姓甄，就改為甄家村了。不過我是姓薛的，我家的族譜上寫著我的——」

老人話還未說完，她就央求老人把他家的族譜拿給她看。

難道這裡的人家就是甄家和薛家的後代？

老人感到很好奇，這位年紀輕輕的女子怎麼認得古字，還看得那麼認真，坐在那兒看一上午都不眨眼的？

她從族譜上得知，這位老人是薛粱子的第十八代孫，可是老人說這一帶只有他一家姓薛，其他的分支或許幾百年前就搬走了。

「老人家，這附近有廟嗎？」

「有啊，有座『思櫻廟』。」

「……什麼？」

老人帶她去了思櫻廟，原來這座廟就是佛雲廟，還是當初的格局，只不過修繕了幾次。

她如同看到了當年的佛雲廟，頓時淚如泉湧。當她環顧四周，看到了一塊記載著歷代住持的木牌，發現上面竟然有「伯明」！

伯明！伯明！她摟著這塊木牌，摸著伯明的名字，泣不成聲。

難怪佛雲廟會改名叫思櫻廟，這是伯明對她深深的思念啊……

老人以為她有精神上的問題，趕緊將她手中的木牌給接了過來。「孩子呀，這個是不能碰的。」

接著就有一位和尚走了過來，阻止她這奇怪的舉動，希望她不要擾了歷代住持的靈魂，還委婉地勸她離開。

走出了廟，她站在院前，抬頭看著「思櫻廟」三個字，再也挪不動步伐。

她不想走，想永遠停留在此處，永遠陪著伯明。

伯明，你知道我來看你了嗎？

「小姐不好意思，妳能幫我拍張照嗎？」一位小夥子小跑著過來。

當她轉過身，小夥子將相機往她手心遞來的那一剎那，兩人同時怔住了。

眸光相對，欲語還休，良久良久……

「我們曾經在哪兒見過嗎？」小夥子朝她靦覥地笑著，表情頗為羞澀，但眼眸裡卻閃著幽幽的光，似乎想訴說著什麼。

她如同看到了當年洞房裡那個羞澀得不敢看她的伯明，他的音容笑貌是那麼的熟悉，那麼的讓她想念，那麼的讓她沈醉……

他不就是伯明嗎？

她流下了一串眼淚，嫣然一笑。「嗯，好像見過。」

此時已是日落時分，思櫻廟金色的屋簷與天邊的霞光交相輝映，呈現一幅瑰麗的火紅畫面，絢爛而熱烈。

她拭去淚水，綻放燦爛的笑容，與小夥子相視一笑。她感覺自己已經回到了伯明身邊，做回了他的愛妻櫻娘。

小夥子被一種莫名的直覺引領而來，或許，就是為了遇見她。

他帶著前世模糊的記憶，似陌生又熟悉地幽望著櫻娘，似乎在訴說著伯明三十多年的苦苦等待，訴說著對櫻娘無止境的思念，還有對她隔世的深沈愛戀。

兩人一起抬頭仰望著天邊奪目的萬丈霞光，如同他們的內心，濃烈而激盪。他們自然而然地牽起了手，一起走向餘暉，走向他們的未來。

——全書完

全套四冊

花落雲暮間

慧黠有情，智謀見趣／木嬴

冤家配對頭，不打不鬧怎成雙？

堂堂權相嫡女備受冷落不說，竟如軟柿子般任人拿捏？
她一穿越來面對如此局勢也就罷了，
偏偏那老謀深算的右相親爹威逼皇上娶她入主後宮，
平白無故又添一樁亂點鴛鴦譜的聖旨賜婚戲碼來……
明面上她與祁國公嫡孫「兩情相悅、情投意合」是煞有介事，
暗地裡卻是仇人見面，分外眼紅，舊仇未消，又添新怨！
誰知這冤家聚頭吵不散、罵不走又拆不開，反倒越拌嘴越恩愛。
只不過……這端內宅不寧，嬸娘婆婆各個不安好心；
那端朝政不平，朝野黨派亦是各懷鬼胎，
且看她發揮看家本領，左手施展醫術，右手經營鋪子，
無論陰謀陽謀皆是信手捻來，以智略巧計一一擺平諸多麻煩。
可縱使她機關算盡，也算不到誅連九族的大禍竟會無端臨頭，
眼看事已至此，她勢必得爭出個「我命由我不由天」！

文創風 225

福妻稼到 下

國家圖書館出版品預行編目資料

福妻稼到 / 于隱著. --
初版. -- 臺北市 : 狗屋, 民103.09
冊 ; 公分. --（文創風）
ISBN 978-986-328-354-6（下冊：平裝）. --

857.7　　103015558

著作者　于隱
編輯　黃湘茹
校對　黃薇霓　王冠之
發行所　狗屋出版社有限公司
地址　台北市104中山區龍江路71巷15號1樓
電話　02-2776-5889～0
發行字號　局版台業字845號
法律顧問　蕭雄淋律師
總經銷　知遠文化事業有限公司
電話　02-2664-8800
初版　103年9月
國際書碼　ISBN-13　978-986-328-354-6
原著書名　**《穿越之农家长媳》**，由北京晉江原創網絡科技有限公司授版

定價250元
狗屋劃撥帳號：19001626
網址：love.doghouse.com.tw　E-mail：love@doghouse.com.tw